我这一辈子

老舍 作品

江苏凤凰文艺出版社
JIANGSU PHOENIX LITERATURE AND ART PUBLISHING, LTD

· 目录 ·

微神

清明已过了，大概是；海棠花不是都快开齐了吗？今年的节气自然是晚了一些，蝴蝶们还很弱；蜂儿可是一出世就那么挺拔，好像世界确是甜蜜可喜的。天上只有三四块不大也不笨重的白云，燕儿们给白云上钉小黑丁字玩呢。没有什么风，可是柳枝似乎故意地转摆，像逗弄着四外的绿意。田中的清绿轻轻地上了小山，因为娇弱怕累得慌，似乎是，越高绿色越浅了些；山顶上还是些黄多于绿的纹缕呢。山腰中的树，就是不绿的也显出柔嫩来，山后的蓝天也是暖和的，不然，大雁们为何唱着向那边排着队去呢？石凹藏着些怪害羞的三月兰，叶儿还赶不上花朵大。

小山的香味只能闭着眼吸取，省得劳神去找香气的来源，你看，连去年的落叶都怪好闻的。那边有几只小白山羊，叫的声儿恰巧使欣喜不至过度，因为有些悲意。偶尔走过一只来，没长犄角就留下须的小动物，向一块大石发了会儿愣，又颠颠着俏式的小尾巴跑了。

我在山坡上晒太阳，一点思念也没有，可是自然而然地从心中滴下些诗的珠子，滴在胸中的绿海上，没有声响，只有些波纹走不到腮上便散了的微笑；可是始终也没成功一整句。一个诗的宇宙里，连我自己好似只是诗的什么地方的一个小符号。

越晒越轻松，我体会出蝶翅是怎样的欢欣。我搂着膝，和柳枝同一律动前后左右地微动，柳枝上每一黄绿的小叶都是听着春声的小耳勺儿。有时看看天空，啊，谢谢那块白云，它的边上还有个小燕呢，小得已经快和蓝天化在一处了，像万顷蓝光中的一粒黑痣，我的心灵像要往那儿飞似的。

远处山坡的小道，像地图上绿的省份里一条黄线。往下看，一大片麦田，地势越来越低，似乎是由山坡上往那边流动呢，直到一片暗绿的松树把它截住，很希望松林那边是个海湾。及至我立起来，往更高处走了几步，看看，不是；那边是些看不甚清的树，树中有些低矮的村舍；一阵小风吹来极细的一声鸡叫。

春晴的远处鸡声有些悲惨，使我不晓得眼前一切是真还是虚，它是梦与真实中间的一道用声音做的金线；我顿时似乎看见了个血红的鸡冠：在心中，村舍中，或是哪儿，有只——希望是雪白的——公鸡。

我又坐下了；不，随便地躺下了。眼留着个小缝收取天上的蓝光，越看越深，越高；同时也往下落着光暖的蓝点，落在我那离心不远的眼睛上。不大一会儿，我便闭上了眼，看着心内的晴空与笑意。

我没睡去，我知道已离梦境不远，但是还听得清清楚楚小鸟的相唤与轻歌。说也奇怪，每逢到似睡非睡的时候，我才看见那块地方——不晓得一定是哪里，可是在入梦以前它老是那个样儿浮在眼前。就管它叫作梦的前方吧。

这块地方并没有多大，没有山，没有海。像一个花园，可又没有清楚的界限。差不多是个不甚规则的三角，三个尖端浸在流动的黑暗里。一角上——我永远先看见它——是一片金黄与大红的花，密密层层；没有阳光，一片红黄的后面便全是黑暗，可是黑的背景使红黄更加深厚，就好像大黑瓶上画着红牡丹，深厚得至于使美中有一点点恐怖。黑暗的背景，我明白了，使红黄的一片抱住了自己的彩色，不向四外走射一点；况且没有阳光，彩色不飞入空中，而完全贴染在地上。我老先看见这块，一看见它，其余的便不看也会知道的，正好像一看见香山，准知道碧云寺在哪儿藏着呢。

其余的两角，左边是一个斜长的土坡，满盖着灰紫的野花，在不漂亮中有些深厚的力量，或者月光能使那灰的部分多一些银色，显出点诗的灵空；但是我不记得在哪儿有个小月亮。无论怎样，我也不厌恶它。不，我爱这个似乎被霜弄暗了的紫色，像年轻的母亲穿着暗紫长袍。右边的一角是最漂亮的，一处小草房，门前有一架细蔓的月季，满开着单纯的花，全是浅粉的。

设若我的眼由左向右转，灰紫、红黄、浅粉，像是由秋看到初春，时候倒流；生命不但不是由盛而衰，反倒是以玫瑰做香色双艳的结束。

三角的中间是一片绿草，深绿、软厚、微湿；每一短叶都向上挺着，似乎是听着远处的雨声。没有一点风，没有一个飞动的小虫；一个鬼艳的小世界，活着的只有颜色。

在真实的经验中，我没见过这么个境界。可是它永远存在，在我的梦前。英格兰的深绿，苏格兰的紫草小山，德国黑林的幽晦，或者是它的祖先们，但是谁准知道呢。从赤道附近的浓艳中减去阳光，也有点像它，但是它又没有虹样的蛇与五彩的禽，算了吧，反正我认识它。

我看见它多少多少次了。它和“山高月小，水落石出”，是我心中的一对画屏。可是我没到那个小房里去过。我不是被那些颜色吸引得不动一动，便是由它的草地上恍惚地走入另种色彩的梦境。它是我常遇到的朋友，彼此连姓名都晓得，只是没细细谈过心。我不晓得它的中心是什么颜色的，是含着一点什么神秘的音乐——真希望有点响动！

这次我决定了去探险。

一想就到了月季花下，或许因为怕听我自己的足音？月季花对于我是有些端阳前后的暗示，我希望在哪儿贴着张深黄纸，印着个朱红的判官，在两束香艾的中间。没有。只在我心中听见了声“樱桃”的吆喝。这个地方是太静了。

小房子的门闭着，窗上门上都挡着牙白的帘儿，并没有花影，因为阳光不足。里边什么动静也没有，好像它是寂寞的发源地。轻轻地推开门，静寂与整洁双双地欢迎我进去，是，欢迎我；室中的一切是“人”的，假如外面景物是“鬼”的——希望我没用上过于强烈的字。

一大间，用幔帐截成一大一小的两间。幔帐也是牙白的，上面绣着些小蝴蝶。外间只有一条长案，一个小椭圆桌儿，一把椅子，全是暗草色的，没有油饰过。椅上的小垫是浅绿的，桌上有几本书。案上有一盆小松，两方古铜镜，锈色比小松浅些。内间有一个小床，罩着一块快垂到地上的绿毯。床首悬着一个小篮，有些快干的茉莉花。地上铺着一块长方的蒲垫，垫的旁边放着一双绣白花的小绿拖鞋。

我的心跳起来了！我绝不是入了济慈的复杂而光灿的诗境；平淡朴美是此处的音调，也绝不是辜勒律芝的幻景，因为我认识那只绣着白花的小绿拖鞋。

爱情的故事往往是平凡的，正如春雨秋霜那样平凡。可是平凡的人们偏爱在这些平凡的事中找些诗意；那么，想必是世界上多数的事物是更缺乏色彩的；可怜的人们！希望我的故事也有些应有的趣味吧。

没有像那一回那么美的了。我说“那一回”，因为在那一天那一会儿的一切都是美的。她家中的那株海棠花正开成一个大粉白的雪球；沿墙的细竹刚拔出新笋；天上一片娇晴；她的父母都没在家；大白猫在花下酣睡。听见我来了，她像燕儿似的从帘下飞出来；没顾得换鞋，脚下一双小绿拖鞋像两片嫩绿的叶儿。她喜欢得像晨起的阳光，腮上的两片苹果比往常红着许多倍，似乎有两颗香红的心在脸上开了两个小井，溢着红润的胭脂泉。那时她还梳着长黑辫。

她父母在家的时候，她只能隔着窗儿望我一望，或是设法在我走去的时节，和我笑一笑。这一次，她就像一个小猫遇上了个好玩的伴儿；我一向不晓得她“能”这样的活泼。在一同往屋中走的工夫，她的肩挨上了我的。我们都才十七岁。我们都没说什么，可是四只眼彼此告诉我们是欣喜到万分。我最爱看她家壁上那张工笔百鸟朝凤；这次，我的眼匀不出工夫来。我看着那双小绿拖鞋；她往后收了收脚，连耳根儿都有点红了；可是仍然笑着。我想问她的功课，没问；想问新生的小猫有全白的没有，没问；心中的问题多了，只是口被一种什么力量给封起来，我知道她也是如此，因为看见她的白润的脖儿直微微地动，似乎要将些不相干的言语咽下去，而真值得一说的又不好意思说。

她在临窗的一个小红木凳上坐着，海棠花影在她半个脸上微动。有时候她微向窗外看看，大概是怕有人进来。及至看清了没人，她脸上的花影都被欢悦给浸渍得红艳了。她的两手交换着轻轻地摸小凳的沿，显着不耐烦，可是欢喜得不耐烦。最后，她深深地看了我一眼，极不愿意而又不得不说地说，“走吧！”我自己已忘了自己，只看见，不是听见，两个什么字由她的口中出来？可是在心的深处猜对那两个字的意思，因为我也有点那样的关切。我的心不愿动，我的脑知道非走不可。我的眼盯住了她的。她要低头，还没低下去，便又勇敢地抬起来，故意地，不怕地，羞而不肯羞地，迎着我的眼。直到不约而同地垂下头去，又不约而同地抬起来，又那么看。心似乎已碰着心。

我走，极慢地，她送我到帘外，眼上蒙了一层露水。我走到二门，回了回头，她已赶到海棠花下。我像一个羽毛似的飘荡出去。

以后，再没有这种机会。

有一次，她家中落了，并不使人十分悲伤的丧事。在灯光下我和她说了两句话。她穿着一身孝衣。手放在胸前，摆弄着孝衣的扣带。站得离我很近，几乎能彼此听得见脸上热力的激射，像雨后的禾谷那样带着声儿生长。可是，只说了两句极没有意思的话——口与舌的一些动作：我们的心并没管它们。

我们都二十二岁了，可是五四运动还没降生呢。男女的交际还不是普通的事。我毕业后便做了小学的校长，平生最大的光荣，因为她给了我一封贺信。信笺的末尾——印着一枝梅花——她注了一行：不要回信。我也就没敢写回信。可是我好像心中燃着一束火把，无所不尽其极地整顿学校。我拿办好了学校作为给她的回信；她也在我的梦中给我鼓着得胜的掌——那一对连腕也是玉的手！

提婚是不能想的事。许多许多无意识而有力量的阻碍，像个专以力气自雄的恶虎，站在我们中间。

有一件足以自慰的，我那系在心上的耳朵始终没听到她的订婚消息。还有件比这更好的事，我兼任了一个平民学校的校长，她担任着一点功课。我只希望能时时见到她，不求别的。她呢，她知道怎么躲避我——已经是个二十多岁的大姑娘。她失去了十七八岁时的天真与活泼，可是增加了女子的尊严与神秘。

又过了二年，我上了南洋。到她家辞行的那天，她恰巧没在家。

在外国的几年中，我无从打听她的消息。直接通信是不可能的。间接探问，又不好意思。只好在梦里相会了。说也奇怪，我在梦中的女性永远是“她”。梦境的不同使我有时悲泣，有时狂喜；恋的幻境里也自有种味道。她，在我的心中，还是十七岁时的样子：小圆脸，眉眼清秀中带着一点媚意。身量不高，处处都那么柔软，走路非常的轻巧。那一条长黑的发辫，造成最动心的一个背影。我也记得她梳起头来的样儿，但是我总梦见那带辫的背影。

回国后，自然先探听她的一切。一切消息都像谣言，她已做了暗娼!

就是这种刺心的消息，也没减少我的情热；不，我反倒更想见她，更想帮助她。我到她家去。已不在那里住，我只由墙外看见那株海棠树的一部分。房子早已卖掉了。

到底我找到她了。她已剪了发，向后梳拢着，在顶部有个大绿梳子。穿着一件粉红长袍，袖子仅到肘部，那双臂，已不是那么活软的了。脸上的粉很厚，脑门和眼角都有些褶子。可是她还笑得很好看，虽然一点活泼的气象也没有了。设若把粉和油都去掉，她大概最好也只像个产后的病妇。她始终没正眼看我一次，虽然脸上并没有羞愧的样子，她也说也笑，只是心没在话与笑中，好像完全应酬我。我试着探问她些问题与经济状况，她不大愿意回答。她点着一支香烟，烟很灵通地从鼻孔出来，她把左膝放在右膝上，仰着头看烟的升降变化，极无聊而又显着刚强。我的眼湿了，她不会看不见我的泪，可是她没有任何表示。她不住地看自己的手指甲，又轻轻地向后按头发，似乎她只是为它们活着呢。提到家中的人，她什么也没告诉我。我只好走吧。临出来的时候，我把住址告诉给她——深愿她求我，或是命令我，做点事。她似乎根本没往心里听，一笑，眼看看别处，没有往外送我的意思。她以为我是出去了，其实我是立在门口没动，这么着，她一回头，我们对了眼光。只是那么一擦似的她转过头去。

初恋是青春的第一朵花，不能随便掷弃。我托人给她送了点钱去。留下了，并没有回话。

朋友们看出我的悲苦来，眉头是最会出卖人的。她们善意地给我介绍女友，惨笑地摇首是我的回答。我得等着她。初恋像幼年的宝贝永远是最甜蜜的，不管那个宝贝是一个小布人，还是几块小石子。慢慢地，我开始和几个最知己的朋友谈论她，他们看在我的面上没说她什么，可是假装闹着玩似的暗刺我，他们看我太愚，也就是说她不配一恋。他们越这样，我越顽固。是她打开了我的爱的园门，我得和她走到山穷水尽。怜比爱少着些味道，可是更多着些人情。不久，我托友人向她说明，我愿意娶她。我自己没胆量去。友人回来，带回来她的几声狂笑。她没说别的，只狂笑了一阵。她是笑谁？笑我的愚，很好，多情的人不是每每有些傻气吗？这足以使人得意。笑她自己，那只是因为不好意思哭，过度的悲郁使人狂笑。

愚痴给我些力量，我决定自己去见她。要说的话都详细地编制好，演习了许多次，我告诉自己——只许胜，不许败。她没在家。又去了两次，都没见着。第四次去，屋门里停着小小的一口薄棺材，装着她。她是因打胎而死。

一篮最鲜的玫瑰，瓣上带着我心上的泪，放在她的灵前，结束了我的初恋，开始终生的虚空。为什么她落到这般光景？我不愿再打听。反正她在我心中永远不死。

我正呆看着那小绿拖鞋，我觉得背后的幔帐动了一动。一回头，帐子上绣的小蝴蝶在她的头上飞动呢。她还是十七八岁时的模样，还是那么轻巧，像仙女飞降下来还没十分立稳那样立着。我往后退了一步，似乎是怕一往前凑就能把她吓跑。这一退的工夫，她变了，变成二十多岁的样子。她也往后退了，随退随着脸上加着皱纹。她狂笑起来。我坐在那个小床上。刚坐下，我又起来了，扑过她去，极快；她在这极短的时间内，又变回十七岁时的样子。在一秒钟里我看见她半生的变化，她像是不受时间的拘束。我坐在椅子上，她坐在我的怀中。我自己也恢复了十五六年前脸上的红色，我觉得出。我们就这样坐着，听着彼此心血的潮荡。不知有多么久。最后，我找到声音，唇贴着她的耳边，问：

“你独自住在这里？”

“我不住在这里，我住在这儿。”她指着我的心说。

“始终你没忘了我，那么？”我握紧了她的手。

“被别人吻的时候，我心中看着你！”

“可是你许别人吻你？”我并没有一点妒意。

“爱在心里，唇不会闲着；谁教你不来吻我呢？”

“我不是怕得罪你的父母吗？不是我上了南洋吗？”

她点了点头，“惧怕使你失去一切，隔离使爱的心慌了。”

她告诉了我，她死前的光景。在我出国的那一年，她的母亲死去。她比较得自由了一些。出墙的花枝自会招来蜂蝶，有人便追求她。她还想念着我，可是肉体往往比爱少些忍耐力，爱的花不都是梅花。她接受了一个青年的爱，因为他长得像我。他非常地爱她，可是她还忘不了我，肉体的获得不就是爱的满足，相似的容貌不能代替爱的真形。他疑心了，她承认了她的心是在南洋。他们俩断绝了关系。这时候，她父亲的财产全丢了。她非嫁人不可。她把自己卖给一个阔家公子，为是供给她的父亲。

“你不会去教学挣钱？”我问。

“我只能教小学，那点薪水还不够父亲买烟吃的！”

我们俩都愣起来。我是想：假使我那时候回来，以我的经济能力说，能供给得起她的父亲吗？我还不是大睁白眼地看着她卖身？

“我把爱藏在心中，”她说，“拿肉体挣来的茶饭营养着它。我深恐肉体死了，爱便不存在，其实我是错了；先不用说这个吧。他非常地妒忌，永远跟着我，无论我是干什么。上哪儿去，他老随着我。他找不出我的破绽来，可是觉得出我是不爱他。慢慢地，他由讨厌变为公开地辱骂我，甚至于打我，他逼得我没法不承认我的心是另有所寄。忍无可忍也就顾不及饭碗问题了。他把我赶出来，连一件长衫也没给我留。我呢，父亲照样和我要钱，我自己得吃得穿，而且我一向吃好的穿好的惯了。为满足肉体，还得利用肉体，身体是现成的本钱。凡给我钱的便买去我点筋肉的笑。我很会笑：我照着镜子练习那迷人的笑。环境的不同使人做退一步想，这样零卖，到是比终日叫那一个阔公子管着强一些。在街上，有多少人指着我的后影叹气，可是我到底是自由的，有时候我与些打扮得不漂亮的女子遇上，我也有些得意。我一共打过四次胎，但是创痛过去便又笑了。

“最初，我颇有一些名气，因为我既是做过富宅的玩物，又能识几个字，新派旧派的人都愿来照顾我。我没工夫去思想，甚至于不想积蓄一点钱，我完全为我的服装香粉活着。今天的漂亮是今天的生活，明天自有明天管照着自己，身体的疲倦，只管眼前的刺激，不顾将来。不久，这种生活也不能维持了。父亲的烟是无底的深坑。打胎需要化许多花费。以前不想剩钱，钱自然不会自己剩下。我连一点无聊的傲气也不敢存了。我得极下贱地去找钱了，有时是明抢。有人指着我的后影叹气，我也回头向他笑一笑了。打一次胎增加两三岁。镜子是不欺人的，我已老丑了。疯狂足以补足衰老。我尽着肉体的所能伺候人们，不然，我没有生意。我敞着门睡着，我是大家的，不是我自己的。一天二十四小时，什么时间也可以买我的身体。我消失在欲海里。在清醒的世界中我并不存在。我看着人们在我身上狂动，我的手指算计着钱数。我不思想，只是盘算——怎能多进五毛钱。我不哭，哭不好看。只为钱着急，不管我自己。”

她休息了一会儿，我的泪已滴湿她的衣襟。

“你回来了！”她继续着说，“你也三十多了；我记得你是十七岁的小学生。你的眼已不是那年——多少年了？——看我那双绿拖鞋的眼。可是，你，多少还是你自己，我，早已死了。你可以继续做那初恋的梦，我已无梦可做。我始终一点也不怀疑，我知道你要是回来，必定要我。及至见着你，我自己已找不到我自己，拿什么给你呢？你没回来的时候，我永远不拒绝，不论是对谁说，我是爱你；你回来了，我只好狂笑。单等我落到这样，你才回来，这不是有意戏弄人？假如你永远不回来，我老有个南洋做我的梦景，你老有个我在你的心中，岂不很美？你偏偏回来了，而且回来这样迟——”

“可是来迟了并不就是来不及了。”我插了一句。

“晚了就是来不及了。我杀了自己。”

“什么？”

“我杀了我自己。我命定的只能住在你心中，生存在一首诗里，生死有什么区别？在打胎的时候我自己下了手。有你在我左右，我没法子再笑。不笑，我怎么挣钱？只有一条路，名字叫死。你回来迟了，我别再死迟了：我再晚死一会儿，我便连住在你心中的希望也没有了。我住在这里，这里便是你的心。这里没有阳光，没有声响，只有一些颜色。颜色是更持久的，颜色画成咱们的记忆。看那双小鞋，绿的，是点颜色，你我永远认识它们。”

“但是我也记得那双脚。许我看看吗？”

她笑了，摇摇头。

我很坚决，我握住她的脚，扯下她的袜，露出没有肉的一只白脚骨。

“去吧！”她推了我一把，“从此你我无缘再见了！我愿住在你的心中，现在不行了；我愿在你心中永远是青春。”

太阳已往西斜去；风大了些，也凉了些，东方有些黑云。

春光在一个梦中惨淡了许多。我立起来，又看见那片暗绿的松树。立了不知有多久。远处来了些蠕动的小人，随着一些听不甚真的音乐。越来越近了，田中惊起许多白翅的鸟，哀鸣着向山这边飞。我看清了，一群人们匆匆地走，带起一些灰土。三五鼓手在前，几个白衣人在后，最后是一口棺材。春天也要埋人的。撒起一把纸钱，蝴蝶似的落在麦田上。东方的黑云更厚了，柳条的绿色加深了许多，绿得有些凄惨。心中茫然，只想起那双小绿拖鞋，像两片树叶在永生的树上做着春梦。

黑白李

爱情不是他们兄弟俩这档子事的中心，可是我得由这儿说起。

黑李是哥，白李是弟，哥比弟大着五岁。俩人都是我的同学，虽然白李刚一入中学，黑李和我就毕业了。黑李是我的好友；因为常到他家去，所以对白李的事儿我也略知一二。五年是个长距离，在这个时代。这哥儿俩的不同正如他们的外号——黑，白。黑李要是古人，白李是现代的。他们俩并不因此打架吵嘴，可是对任何事的看法也不一致。黑李并不黑；只是在左眉上有个大黑痣。因此他是“黑李”；弟弟没有那么个记号，所以是“白李”。这在给他们送外号的中学生们看，是很逻辑的。其实他俩的脸都很白，而且长得极相似。

他俩都追她——恕不道出姓名了——她说不清到底该爱谁，又不肯说谁也不爱。于是大家替他们弟兄捏着把汗。明知他俩不肯吵架，可是爱情这玩意是不讲交情的。

可是，黑李让了。

我还记得清清楚楚：正是个初夏的晚间，落着点小雨，我去找他闲谈，他独自在屋里坐着呢，面前摆着四个红鱼细瓷茶碗。我们俩是用不着客气的，我坐下吸烟，他摆弄那四个碗。转转这个，转转那个，把红鱼要一点不差地朝着他。摆好，身子往后仰一仰，像画家设完一层色那么退后看看。然后，又逐一地转开，把另一面的鱼们摆齐。又往后仰身端详了一番，回过头来向我笑了笑，笑得非常天真。

他爱弄这些小把戏。对什么也不精通，可是什么也爱动一动。他并不假充行家，只信这可以养性。不错，他确是个好脾性的人。有点小玩意，比如粘补旧书等等，他就平安地消磨半日。

叫了我一声，他又笑了笑，“我把她让给老四了。”按着大排行，白李是四爷，他们的伯父屋中还有弟兄呢。“不能因为个女子失了兄弟们的和气。”

“所以你不是现代人。”我打着哈哈说。

“不是。老狗熊学不会新玩意了。三角恋爱，不得劲儿。我和她说了，不管她是爱谁，我从此不再和她来往。觉得很痛快！”

“没看见过这么讲恋爱的。”

“你没看见过？我还不讲了呢。干她的去，反正别和老四闹翻了。将来咱俩要来这么一出的话，希望不是你收兵，就是我让了。”

“于是天下就太平了？”

我们笑开了。

过了有十天吧，黑李找我来了。我会看，每逢他的脑门发暗，必定是有心事。每逢有心事，我俩必喝上半斤莲花白。我赶紧把酒预备好，因为他的脑门不大亮嘛。

喝到第二盅上，他的手有点哆嗦。这个人的心里存不住事。遇上点事，他极想镇定，可是脸上还泄露出来。他太厚道。

“我刚从她那儿来。”他笑着，笑得无聊；可还是真的笑，因是要对个好友道出胸中的闷气。这个人若没有好朋友，是一天也活不了的。

我并不催促他；我俩说话用不着忙，感情都在话中间那些空子里流露出来呢。彼此对看着，一齐微笑，神气和默默中的领悟，都比言语更有分量。要不怎么白李一见我俩喝酒就叫我们“一对糟蛋”呢。

“老四跟我好闹了一场。”他说，我明白这个“好”字——第一他不愿说兄弟间吵了架，第二不愿只说弟弟不对，即使弟弟真是不对。这个字带出不愿说而又不能不说的曲折。“因为她。我不好，太不明白女子心理。那天不是告诉你，我让了吗？我是居心无愧之好，她可出了花样。她以为我是特意羞辱她。你说对了，我不是现代人，我把恋爱看成该怎样就怎样的事，敢情人家女子愿意‘大家’在后面追随着。她恨上了我。这么报复一下——我放弃了她，她断绝了老四。老四当然跟我闹了。所以今天又找她去，请罪。她骂我一顿，出出气，或者还能和老四言归于好。我这么希望。哼，她没骂我。她还叫我和老四都做她的朋友。这个，我不能干，我并没这么明对她讲，我上这儿跟你说说。我不干，她自然也不再理老四。老四就得再跟我闹。”

“没办法！”我替他补上这一小句。待了会儿，“我找老四一趟，解释一下？”

“也好。”他端着酒盅愣了会儿，“也许没用。反正我不再和她来往。老四再跟我闹呢，我不言语就是了。”

我们俩又谈了些别的，他说这几天正研究宗教。我知道他的读书全凭兴之所至，绝不会因为谈到宗教而想他有点厌世，或是精神上有什么大的变动。

哥哥走后，弟弟来了。白李不常上我这儿来，这大概是有事。他在大学还没毕业，可是看起来比黑李精明着许多。他这个人，叫你一看，你就觉得他应当到处做领袖。每一句话，他不是领导着你走上他所指出的路子，便是把你绑在断头台上。他没有客气话，和他哥哥正相反。

我对他也不便太客气了，省得他说我是糟蛋。

“老二当然来过了？”他问，黑李是大排行行二，“也当然跟你谈到我们的事？”我自然不便急于回答，因为有两个“当然”在这里。果然，没等我回答，他说了下去：“你知道，我是借题发挥？”

我不知道。

“你以为我真要那个女玩意儿？”他笑了，笑得和他哥哥一样，只是黑李的笑向来不带着这不屑于对我笑的劲儿，“我专为和老二捣乱，才和她来往；不然，谁有工夫招呼她？男与女的关系，从根儿上说，还不是兽欲的关系？为这个，我何必非她不行？老二以为这个兽欲的关系应当叫作神圣的，所以他郑重地向她磕头，及至磕了一鼻子灰，又以为我也应当去磕，对不起，我没那个瘾！”他哈哈地笑起来。

我没笑，也不敢插嘴。我很留心听他的话，更注意看他的脸。脸上处处像他哥哥，可是那股神气又完全不像他的哥哥。这个，使我忽而觉得是和一个顶熟识的人说话，忽而又像和个生人对坐着。我有点不舒坦——看着个熟识的面貌，而找不到那点看惯了的神气。

“你看，我不磕头；得机会就吻她一下。她喜欢这个，至少比受几个头更过瘾。不过，这不是正笔。正文是这个，你想我应当老和二爷在一块儿吗？”

我当时回答不出。

他又笑了笑——大概心中是叫我糟蛋呢。“我有我的志愿，我的计划；他有他的。顶好是各走各的路，是不是？”

“是。你有什么计划？”我好容易想起这么一句，不然便太僵得慌了。

“计划，先不告诉你。得先分家，以后你就明白我的计划了。”

“因为要分居，所以和老二吵；借题发挥？”我觉得自己很聪明似的。

他笑着点了头，没说什么，好像准知道我还有一句呢。我确是有一句：“为什么不明说，而要吵呢？”

“他能明白我吗？你能和他一答一和地说，我不行。我一说分家，他立刻就得落泪。然后，又是那一套——母亲去世的时候，说什么来着？不是说咱俩老得和美吗？他必定说这一套，好像活人得叫死人管着似的。还有一层，一听说分家，他管保不肯，而愿把家产都给了我，我不想占便宜，他老拿我当作‘弟弟’，老拿自己的感情限定住别人的行动，老假装他明白我，其实他是个时代落伍者。这个时代是我的，用不着他来操心管我。”他的脸上忽然地很严肃了。

看着他的脸，我心中慢慢地起了变化——白李不仅是看不起“俩糟蛋”的狂傲少年了，他确是要树立住自己。我也明白过来，他要是和黑李慢慢地商量，必定要费许多动感情的话，要讲许多弟兄间的情义；即使他不讲，黑李总要讲的。与其这样，还不如吵，省得拖泥带水；他要一刀两断，各自奔前程。再说，慢慢地商议，老二绝不肯干脆地答应。老四先吵嚷出来，老二若还不干，便是显着要霸占弟弟的财产了。猜到这里，我心中忽然一亮：

“你是不是叫我对老二去说？”

“一点不错。省得再吵。”他又笑了，“不愿叫老二太难堪了，究竟是弟兄。”似乎他很不喜欢说这末后的两个字——弟兄。

我答应了给他办。

“把话说得越坚决越好。二十年内，我俩不能做弟兄。”他停了一会儿，嘴角上挤出点笑来，“也给老二想了，顶好赶快结婚，生个胖娃娃就容易把弟弟忘了。二十年后，我当然也落伍了，那时候，假如还活着的话，好回家做叔叔。不过，告诉他，讲恋爱的时候要多吻，少磕头，要死追，别死跪着。”他立起来，又想了想，“谢谢你呀。”他叫我明明地觉出来，这一句是特意为我说的，他并不负要说的责任。

为这件事，我天天找黑李去。天天他给我预备好莲花白。吃完喝完说完，无结果而散。至少有半个月的工夫是这样。我说的，他都明白，而且愿意老四去创练创练。可是临完的一句老是“舍不得老四呀！”

“老四的计划？计划？”他走过来，走过去，这么念道。眉上的黑痣夹陷在脑门的皱纹里，看着好似缩小了些。“什么计划呢？你问问他，问明白我就放心了。”

“他不说”，我已经这么回答过五十多次了。

“不说便是有危险性！我只有这么一个弟弟！叫他跟我吵吧，吵也是好的。从前他不这样，就是近来才和我吵。大概还是为那个女的！劝我结婚？没结婚就闹成这样，还结婚！什么计划呢？真！分家？他爱要什么拿什么好了。大概是我得罪了他，我虽不跟他吵，我知道我也有我的主张。什么计划呢？他要怎样就怎样好了，何必分家……”

这样来回磨，一磨就是一点多钟。他的小玩意也一天比一天增多：占课、打卦、测字、研究宗教……什么也没能帮助他推测出老四的计划，只添了不少的小恐怖。这可并不是说，他显着怎样的慌张。不，他依旧是那么婆婆妈妈的。他的举止动作好像老追不上他的感情，无论心中怎样着急，他的动作是慢的，慢得仿佛是拿生命当作玩意儿似的逗弄着。

我说老四的计划是指着将来的事业而言，不是现在有什么具体的办法。他摇头。

就这么耽延着，差不多又过了一个多月。

“你看，”我抓住了点理，“老四也不催我，显然他说的是长久之计，不是马上要干什么。”

他还是摇头。

时间越长，他的故事越多。有一个礼拜天的早晨，我看见他进了礼拜堂。也许是看朋友，我想。在外面等了他会儿。他没出来。不便再等了，我一边走一边想：老李必是受了大的刺激——失恋，弟兄不和，或者还有别的。只就我知道的这两件事说，大概他已经支持不下去。他的动作仿佛是拿生命当作小玩意，那正是因他对任何小事都要慎重地考虑。茶碗上的花纹摆不齐都觉得不舒服。哪一件小事也得在他心中摆好，摆得使良心上舒服。上礼拜堂去祷告，为是坚定良心。良心是古圣先贤给他制备好了的，可是他又不愿将一切新事新精神一笔抹杀。结果，他“想”怎样，老不如“已是”怎样来得现成，他不知怎样才好。他大概是真爱她，可是为了弟弟不能不放弃她，而且失恋是说不出口的。他常对我说：“咱们也坐一回飞机。”说完，他一笑，不是他笑呢，是“身体发肤，受之父母”笑呢。

过了晌午，我去找他。按说一见面就得谈老四，在过去的一个多月都是这样。这次他变了花样，眼睛很亮，脸上有点极静适的笑意，好像是又买着一册善本的旧书。

“看见你了。”我先发了言。

他点了点头，又笑了一下：“也很有意思！”

什么老事情被他头次遇上，他总是说这句。对他讲个闹鬼的笑话，也是“很有意思”！他不和人家辩论鬼的有无，他信那个故事，“说不定世上还有比这更奇怪的事”。据他看，什么事都是可能的。因此，他接受得容易，可就没有什么精到的见解。他不是不想多明白些，但是每每在该用脑筋的时候，他用了感情。

“道理都是一样的，”他说，“总是劝人为别人牺牲。”

“你不是已经牺牲了个爱人？”我愿多说些事实。

“那不算，那是消极的割舍，并非由自己身上拿出点什么来。这十来天，我已经读完‘四福音书’。我也想好了，我应当分担老四的事，不应当只是不准他离开我。你想想吧，设若他真是专为分家产，为什么不来跟我明说？”

“他怕你不干。”我回答。

“不是！这几天我用心想过了，他必是真有个计划，而且是有危险性的。所以他要一刀两断，以免连累了我。你以为他年轻，一冲子性？他正是利用这个骗咱们；他实在是体谅我，不肯使我受屈。把我放在安全的地方，他好独作独当地去干。必定是这样！我不能撒手他，我得为他牺牲，母亲临去世的时候——”他没往下说，因为知道我已听熟了那一套。

我真没想到这一层。可是还不深信他的话；焉知他不是受了点宗教的刺激而要充分地发泄感情呢？

我决定去找白李，万一黑李猜得不错呢！是，我不深信他的话，可也不敢要玄虚。

怎样找也找不到白李。学校、宿舍、图书馆、网球场、小饭铺，都看到了，没有他的影儿。和人们打听，都说好几天没见着他。这又是白李之所以为白李；黑李要是离家几天，连好朋友们他也要通知一声。白李就这么人不知鬼不觉地不见了。我急出一个主意来——上“她”那里打听打听。

她也认识我，因为我常和黑李在一块儿。她也好几天没见着白李。她似乎很不满意李家兄弟，特别是对黑李。我和她打听白李，她偏跟我谈论黑李。我看出来，她确是注意——假如不是爱——黑李。大概她是要圈住黑李，做个标本。有比他强的呢，就把他免了职；始终找不到比他高明的呢，最后也许就跟了他。这么一想，虽然只是一想，我就没乘这个机会给他和她再撮合一下；按理说应当这么办，可是我太爱老李，总觉得他值得娶个天上的仙女。

从她那里出来，我心中打开了鼓。白李上哪儿去了呢？不能告诉黑李！一叫他知道了，他能立刻登报找弟弟，而且要在半夜里起来占课测字。可是，不说吧，我心中又痒痒。干脆不找他去？也不行。

走到他的书房外边，听见他在里面哼唧呢。他非高兴的时候不哼唧着玩。可是他平日哼唧，不是诗便是那句代表一切歌曲的“深闺内，端的是玉无瑕”。这次的哼唧不是这些。我细听了听，他是练习圣诗呢。他没有音乐的耳朵，无论什么，到他耳中都是一个调儿。他唱出的时候，自然也还是一个调儿。无论怎样吧，反正我知道他现在是很高兴。为什么事高兴呢？

我进到屋中，他赶紧放下手中的圣诗集，非常地快活：“来得正好，正想找你去呢！老四刚走。跟我要了一千块钱去。没提分家的事，没提！”

显然他是没问过弟弟，那笔钱是干什么用的。要不然他不能这么痛快。他必是只求弟弟和他同居，不再管弟弟的行动；好像即使弟弟有带危险性的计划，只要不分家，便也没什么可怕的了。我看明白了这点。

“祷告确是有效，”他郑重地说，“这几天我天天祷告，果然老四就不提那回事了。即使他把钱都扔了，反正我还落下个弟弟！”

我提议喝我们照例的一壶莲花白。他笑着摇摇头：“你喝吧，我陪着吃菜，我戒了酒。”

我也就没喝，也没敢告诉他，我怎么各处去找老四。老四既然回来了，何必再说？可是我又提起“她”来。他连接茬儿也没接，只笑了笑。

对于老四和“她”，似乎全没有什么可说的了。他给我讲了些《圣经》上的故事。我一面听着，一面心中嘀咕——老李对弟弟与爱人所取的态度似乎有点不大对；可是我说不出所以然来。我心中不十分安定，一直到回在家中还是这样。

又过了四五天，这点事还在我心中悬着。有一天晚上，王五来了。他是在李家拉车，已经有四年了。

王五是个诚实可靠的人，三十多岁，头上有块疤——据说是小时候被驴给啃了一口。除了有时候爱喝口酒，他没有别的毛病。

他又喝多了点，头上的疤都有点发红。

“干吗来了，王五？”我和他的交情不错，每逢我由李家回来得晚些，他总张罗把我拉回来，我自然也老给他点“酒钱”。

“来看看你。”说着便坐下了。

我知道他是来告诉我点什么。“刚沏上的茶，来碗？”

“那敢情好。我自己倒，还真有点渴。”

我给了他支烟卷，给他提了个头儿：“有什么事吧？”

“哼，又喝了两壶，心里痒痒；本来是不应当说的事！”他用力吸了口烟。

“要是李家的事，你对我说了准保没错。”

“我也这么想。”他又停顿了会儿，可是被酒气催着，似乎不能不说，“我在李家四年零三十五天了！现在叫我很为难。二爷待我不错，四爷呢，简直是我的朋友。所以不好办。四爷的事，不准我告诉二爷；二爷又是那么傻好的人。对二爷说吧，又对不起四爷——我的朋友。心里别提多么为难了！论理说呢，我应当向着四爷。二爷是个好人，不错；可究竟是个主人。多么好的主人也还是主人，不能肩膀齐为弟兄。他真待我不错，比如说吧，在这老热天，我拉二爷出去，他总设法在半道上耽搁会儿，什么买包洋火呀，什么看看书摊呀，为什么？为是叫我歇歇，喘喘气。要不，怎说他是好主人呢。他好，咱也得敬重他，这叫作以好换好。久在街上混，还能不懂这个？”

我又让了他碗茶，显出我不是不懂“外面”的人。他喝完，用烟卷指着胸口说：“这儿，咱这儿可是爱四爷。怎么呢？四爷年轻，不拿我当个拉车的看。他们哥儿俩的劲儿——心里的劲儿——不一样。二爷吧，一看天气热就多叫我歇会儿，四爷就不管这一套，多么热的天也得拉着他飞跑。可是四爷和我聊起来的时候，他就说，凭什么人应当拉着人呢？他是为我们拉车的——天下的拉车的都算在一块儿——抱不平。二爷对‘我’不错，可想不到大家伙儿。所以你看，二爷来得小，四爷来得大。四爷不管我的腿，可是管我的心；二爷是家长里短，可怜我的腿，可不管这儿。”他又指了指心口。

我晓得他还有话呢，直怕他的酒气教酽茶给解去，所以又紧了他一板：“往下说呀，王五！都说了吧，反正我还能拉老婆舌头，把你搁里！”

他摸了摸头上的疤，低头想了会儿。然后把椅子往前拉了拉，声音放得很低：“你知道，电车道快修完了？电车一开，我们拉车的全玩完！这可不是为我自个儿发愁，是为大家伙儿。”他看了我一眼。

我点了点头。

“四爷明白这个，要不怎么我俩是朋友呢。四爷说：王五，想个办法呀！我说：四爷，我就有一个主意，揍！四爷说：王五，这就对了！揍！一来二去，我们可就商量好了。这我不能告诉你。我要说的是这个。”他把声音放得更低了，“我看见了，侦探跟上了四爷！未必是为这件事，可是叫侦探跟着总不妥当。这就来到坐蜡的地方了：我要告诉二爷吧，对不起四爷；不告诉吧，又怕把二爷也饶在里面。简直地没法儿！”

把王五支走，我自己琢磨开了。

黑李猜得不错，白李确是有个带危险性的计划。计划大概不一定就是打电车，他必定还有厉害的呢。所以要分家，省得把哥哥拉扯在内。他当然是不怕牺牲，也不怕别人牺牲，可是还不肯一声不发地牺牲了哥哥——把黑李牺牲了并无济于事。现在，电车的事来到眼前，连哥哥也顾不得了。

我怎办呢？警告黑李是适足以激起他的爱弟弟的热情。劝白李，不但没用，而且把王五搁在里边。

事情越来越紧了，电车公司已宣布出开车的日子。我不能再耗着了，得告诉黑李去。

他没在家，可是王五没出去。

“二爷呢？”

“出去了。”

“没坐车？”

“好几天了，天天出去不坐车！”

由王五的神气，我猜着了：“王五，你告诉了他？”

王五头上的疤都紫了：“又多喝了两盅，不由得就说了。”

“他呢？”

“他直要落泪。”

“说什么来着？”

“问了我一句——老五，你怎样？我说，王五听四爷的。他说了声，好。别的没说，天天出去，也不坐车。”

我足足地等了三点钟，天已大黑，他才回来。

“怎样？”我用这两个字问到了一切。

他笑了笑：“不怎样。”

绝没想到他这么回答我。我无须再问了，他已决定了办法。我觉得非喝点酒不可，但是独自喝有什么味呢。我只好走吧。临别的时候，我提了句："跟我出去玩几天，好不好？"

"过两天再说吧。"他没说别的。

感情到了最热的时候是会最冷的。想不到他会这样对待我。

电车开车的头天晚上，我又去看他。他没在家，直等到半夜，他还没回来。大概是故意地躲我。

王五回来了，向我笑了笑："明天！"

"二爷呢？"

"不知道。那天你走后，他用了不知什么东西，把眉毛上的黑痦子烧去了，对着镜子直出神。"

完了，没了黑痣，便是没有了黑李。不必再等他了。

我已经走出大门，王五把我叫住："明天我要是——"他摸了摸头上的疤，"你可照应着点我的老娘！"

约莫五点多钟吧，王五跑进来，跑得连裤子都湿了。"全——揍了！"他再也说不出话来。直喘了不知有多少工夫，他才缓过气来，抄起茶壶对着嘴喝了一气。"啊！全揍了！马队冲下来，我们才散。小马六叫他们拿去了，看得真真的。我们吃亏没有家伙，专仗着砖头哪行！小马六要玩完。"

"四爷呢？"我问。

"没看见。"他咬着嘴唇想了想，"哼，事闹得不小！要是拿的话呀，准保是拿四爷，他是头目。可也别说，四爷并不傻，别看他年轻。小马六要玩完，四爷也许不能。"

"也没看见二爷？"

"他昨天就没回家。"他又想了想，"我得在这儿藏两天。"

“那行。”

第二天早晨，报纸上登出——砸车暴徒首领李——当场被获，一同被获的还有一个学生，五个车夫。

王五看着纸上那些字，只认得一个“李”字，“四爷玩完了！四爷玩完了！”低着头假装抓那块疤，泪落在报上。

消息传遍了全城，枪毙李——和小马六，游街示众。

毒花花的太阳，把路上的石子晒得烫脚，街上可是还挤满了人。一辆敞车上坐着两个人，手在背后捆着。土黄制服的巡警，灰色制服的兵，前后押着，刀光在阳光下发着冷气。车越走越近了，两个白招子随着车轻轻地颤动。前面坐着的那个，闭着眼，额上有点汗，嘴唇微动，像是祷告呢。车离我不远，他在我面前坐着摆动过去。我的泪迷住了我的心。等车过去半天，我才醒了过来，一直跟着车走到行刑场。他一路上连头也没抬一次。

他的眉皱着点，嘴微张着，胸上汪着血，好像死的时候还正在祷告。我收了他的尸。

过了两个月，我在上海遇见了白李，要不是我招呼他，他一定就跑过去了。

“老四！”我喊了他一声。

“啊？”他似乎受了一惊，“呕，你？我当是老二复活了呢。”

大概我叫得很像黑李的声调，并非有意的，或者是在我心中活着的黑李替我叫了一声。

白李显着老了一些，更像他的哥哥了。我们俩并没说多少话，他好似不大愿意和我多谈。只记得他的这么两句：

“老二大概是进了天堂，他在那里顶合适了；我还在这儿砸地狱的门呢。”

我这一辈子

【一】

我幼年读过书，虽然不多，可是足够读七侠五义与三国志演义什么的。我记得好几段聊斋，到如今还能说得很齐全动听，不但听的人都夸奖我的记性好，连我自己也觉得应该高兴。可是，我并念不懂聊斋的原文，那太深了；我所记得的几段，都是由小报上的“评讲聊斋”念来的——把原文变成白话，又添上些逗哏打趣，实在有个意思！

我的字写得也不坏。拿我的字和老年间衙门里的公文比一比，论个儿的匀适，墨色的光润，与行列的齐整，我实在相信我可以做个很好的“笔帖式”。自然我不敢高攀，说我有写奏折的本领，可是眼前的通常公文是准保能写到好处的。

凭我认字与写的本事，我本该去当差。当差虽不见得一定能增光耀祖，但是至少也比做别的事更体面些。况且呢，差事不管大小，多少总有个升腾。我看见不止一位了，官职很大，可是那笔字还不如我的好呢，连句整话都说不出来。这样的人既能做高官，我怎么不能呢?

可是，当我十五岁的时候，家里教我去学徒。五行八作，行行出状元，学手艺原不是什么低搭的事；不过比较当差稍差点劲儿罢了。学手艺，一辈子逃不出手艺人去，即使能大发财源，也高不过大官儿不是?可是我并没和家里闹别扭，就去学徒了；十五岁的人，自然没有多少主意。况且家里老人还说，学满了艺，能挣上钱，就给我说亲事。在当时，我想象着结婚必是件有趣的事。那么，吃上二三年的苦，而后大人似的去要手艺挣钱，家里再有个小媳妇，大概也很下得去了。

我学的是裱糊匠。在那太平年月，裱匠是不愁没饭吃的。那时候，死一个人不像现在这么省事。这可并不是说，老年间的人要翻来覆去地死好几回，不干脆的一下子断了气。我是说，那时候死人，丧家要拼命地花钱，一点不惜力气与金钱的讲排场。就拿与冥衣铺有关系的事来说吧，就得花上老些个钱。人一断气，马上就得去糊“倒头车”——现在，连这个名词儿也许有好多人不晓得了。紧跟着便是“接三”，必定有些烧活：车轿骡马，墩箱灵人，引魂幡，灵花等等。要是害月子病死的，还必须另糊一头牛，和一个鸡罩。赶到“一七”念经，又得糊楼库，金山银山，尺头元宝，四季衣服，四季花草，古玩陈设，各样木器。及至出殡，纸亭纸架之外，还有许多烧活，至不济也得弄一对“童儿”举着。“五七”烧伞，六十天糊船桥。一个死人到六十天后才和我们裱糊匠脱离关系。一年之中，死那么十来个有钱的人，我们便有了吃喝。

裱糊匠并不专伺候死人，我们也伺候神仙。早年间的神仙不像如今晚儿的这样寒碜，就拿关老爷说吧，早年间每到六月二十四，人们必给他糊黄幡宝盖，马童马匹，和七星大旗什么的。现在，几乎没有人再惦记着关公了！遇上闹“天花”，我们又得为娘娘们忙一阵。九位娘娘得糊九顶轿子，红马黄马各一匹，九份凤冠霞帔，还得预备痘哥哥痘姐姐们的袍带靴帽，和各样执事。如今，医院都施种牛痘，娘娘们无事可做，裱糊匠也就陪着她们闲起来了。此外还有许许多多的“还愿”的事，都要糊点什么东西，可是也都随着破除迷信没人再提了。年头真是变了啊！

除了伺候神与鬼外，我们这行自然也为活人做些事。这叫作“白活”，就是给人家糊顶棚。早年间没有洋房，每遇到搬家，娶媳妇，或别项喜事，总要把房间糊得四白落地，好显出焕然一新的气象。那大富之家，连春秋两季糊窗子也雇用我们。人是一天穷似一天了，搬家不一定糊棚顶，而那些有钱的呢，房子改为洋式的，棚顶抹灰，一劳永逸；窗子改成玻璃的，也用不着再糊上纸或纱。什么都是洋式好，耍手艺的可就没了饭吃。我们自己也不是不努力呀，洋车时兴，我们就照样糊洋车；汽车时兴，我们就糊汽车，我们知道改良。可是有几家死了人来糊一辆洋车或汽车呢？年头一旦大改良起来，我们的小改良全算白饶，水大漫不过鸭子去，有什么法儿呢！

【二】

上面交代过了：我若是始终仗着那份儿手艺吃饭，恐怕就早已饿死了。不过，这点本事虽不能永远有用，可是三年的学艺并非没有很大的好处，这点好处教我一辈子享用不尽。我可以撂下家伙，干别的营生去；这点好处可是老跟着我。就是我死后，有人谈到我的为人如何，他们也必须要记得我少年曾学过三年徒。

学徒的意思是一半学手艺，一半学规矩。在初到铺子去的时候，不论是谁也得害怕，铺中的规矩就是委屈。当徒弟的得晚睡早起，得听一切的指挥与使遣，得低三下四的伺候人，饥寒劳苦都得高高兴兴地受着，有眼泪往肚子里咽。像我学艺的所在，铺子也就是掌柜的家；受了师傅的，还得受师母的，夹板儿气！能挺过这么三年，顶倔强的人也得软了，顶软和的人也得硬了；我简直地可以这么说，一个学徒的脾性不是天生带来的，而是被板子打出来的；像打铁一样，要打什么东西便成什么东西。

在当时正挨打受气的那一会儿，我真想去寻死，那种气简直不是人所受得住的！但是，现在想起来，这种规矩与调教实在值金子。受过这种排练，天下便没有什么受不了的事啦。随便提一样吧，比方说教我去当兵，好哇，我可以做个蛮好的兵，军队的操演有时有会儿，而学徒们是除了睡觉没有任何休息时间的。我抓着工夫去出恭，一边蹲着一边就能打个盹儿，因为遇上赶夜活的时候，我一天一夜只能睡上三四点钟的觉。我能一口吞下去一顿饭，刚端起饭碗，不是师傅喊，就是师娘叫，要不然便是有照顾主儿来订活，我得恭而敬之地招待，并且细心听着师傅怎样论活讨价钱。不把饭整吞下去怎办呢？这种排练教我遇到什么苦处都能硬挺，外带着还是挺和气。读书的人，据我这粗人看，永远不会懂得这个。现在的洋学堂里开运动会，学生跑上两个圈就仿佛有了汗马功劳一般，喝！又是搀着，又是抱着，往大腿上拍火酒，还闹脾气，还坐汽车！这样的公子哥儿哪懂得什么叫作规矩，哪叫排练呢？话往回来说，我所受的苦处给我打下了做事任劳任怨的底子，我永远不肯闲着，做起活来永不晓得闹脾气，耍别扭，我能和大兵们一样受苦，而大兵们不能像我这么和气。

再拿件实事来证明这个吧：在我学成出师以后，我和别的耍手艺的一样，为表明自己是凭本事挣钱的人，第一我先买了根烟袋，只要一闲着便捻上一袋吧唧着，仿佛很有身份，慢慢地，我又学了喝酒，时常弄两盅猫尿咂着嘴儿抿几口。嗜好就怕开了头，会了一样就不难学第二样，反正都是个玩意吧咧。这可也就出了毛病。我爱烟爱酒，原本不算什么稀奇的事，大家伙儿都差不多是这样。可是，我一来二去的学会了吃大烟。那个年月，鸦片烟不犯私，非常的便宜；我先是吸着玩，后来可就上了瘾。不久，我便觉出手紧来了，做事也不似先前那么上劲了。我并没等谁劝告我，不但戒了大烟，而且把旱烟袋也撅了，从此烟酒不动！我入了“理门”。入理门，烟酒都不准动；一旦破戒，必走背运。所以我不但戒了嗜好，而且入了理门；背运在那儿等着我，我怎肯再犯戒呢？这点心胸与硬气，如今想起来，还是由学徒得来的。多大的苦处我都能忍受。初一戒烟戒酒，看着别人吸，别人饮，多么难过呢！心里真像有一千条小虫爬挠那么痒痒触触地难过。但是我不能破戒，怕走背运。其实背运不背运的，都是日后的事，眼前的罪过可是不好受呀！硬挺，只有硬挺才能成功，怕走背运还在其次。我居然挺过来了，因为我学过徒，受过排练呀！

提到我的手艺来，我也觉得学徒三年的光阴并没白费了。凡是一门手艺，都得随时改良，方法是死的，运用可是活的。三十年前的瓦匠，讲究会磨砖对缝，做细工儿活；现在，他得会用洋灰和包镶人造石什么的。三十年前的木匠，讲究会雕花刻木，现在得会造洋式木器。我们这行也如此，不过比别的行业更活动。我们这行讲究看见什么就能糊什么。比方说，人家落了丧事，教我们糊一桌全席，我们就能糊出鸡鸭鱼肉来。赶上人家死了未出阁的姑娘，教我们糊一全份嫁妆，不管是四十八抬，还是三十二抬，我们便能由粉罐油瓶一直糊到衣橱穿衣镜。眼睛一看，手就能模仿下来，这是我们的本事。我们的本事不大，可是得有点聪明，一个心窟窿的人绝不会成个好裱糊匠。

这样，我们做活，一边工作也一边游戏，仿佛是。我们的成败全仗着怎么把各色的纸调动得合适，这是要心路的事儿。以我自己说，我有点小聪明。在学徒时候所挨的打，很少是为学不上活来，而多半是因为我有聪明而好调皮不听话。我的聪明也许一点也显露不出来，假若我是去学打铁，或是拉大锯——老那么打，老那么拉，一点变动没有。幸而我学了裱糊匠，把基本的技能学会了以后，我便开始自出花样，怎么灵巧逼真我怎么做。有时候我白费了许多工夫与材料，而做不出我所想到的东西，可是这更教我加紧地去揣摸，去调动，非把它做成不可。这个，真是个好习惯。有聪明，而且知道用聪明，我必须感谢这三年的学徒，在这三年养成了我会用自己的聪明的习惯。诚然，我一辈子没做过大事，但是无论什么事，只要是平常人能做的，我一瞧就能明白个五六成。我会砌墙，栽树，修理钟表，看皮货的真假，合婚择日，知道五行八作的行活上诀窍……这些，我都没学过，只凭我的眼去看，我的手去试验；我有勤苦耐劳与多看多学的习惯；这个习惯是在冥衣铺学徒三年养成的。到如今我才明白过来——我已是快饿死的人了！——假若我多读上几年书，只抱着书本死啃，像那些秀才与学堂毕业的人们那样，我也许一辈子就糊糊涂涂的下去，而什么也不晓得呢！裱糊的手艺没有给我带来官职和财产，可是它让我活得很有趣；穷，但是有趣，有点人味儿。

刚二十多岁，我就成为亲友中的重要人物了。不因为我有钱与身份，而是因为我办事细心，不辞劳苦。自从出了师，我每天在街口的茶馆里等着同行的来约请帮忙。我成了街面上的人，年轻，利落，懂得场面。有人来约，我便去做活；没人来约，我也闲不住：亲友家许许多多的事都托付我给办，我甚至于刚结过婚便给别人家做媒了。

给别人帮忙就等于消遣。我需要一些消遣。为什么呢？前面我已说过：我们这行有两种活，烧活和白活。做烧活是有趣而干净的，白活可就不然了。糊顶棚自然得先把旧纸撕下来，这可真够受的，没做过的人万也想不到顶棚上会能有那么多尘土，而且是日积月累攒下来的，比什么土都干、细、钻鼻子，撕完三间屋子的棚，我们就都成了土鬼。及至扎好了秫秸，糊新纸的时候，新银花纸的面子是又臭又挂鼻子。尘土与纸面子就能教人得痨病——现在叫作肺病。我不喜欢这种活儿。可是，在街上等工作，有人来约就不能拒绝，有什么活得干什么活。应下这种活儿，我差不多老在下边裁纸递纸抹糨糊，为的是可以不必上“交手”，而且可以低着头干活儿，少吃点土。就是这样，我也得弄一身灰，我的鼻子也得像烟筒。做完这么几天活，我愿意做点别的，变换变换。那么，有亲友托我办点什么，我是很乐意帮忙的。

再说呢，做烧活吧，做白活吧，这种工作老与人们的喜事或丧事有关系。熟人们找我订活，也往往就手儿托我去讲别项的事，如婚丧事的搭棚、讲执事、雇厨子、定车马等等。我在这些事儿中渐渐找出乐趣，晓得如何能捏住巧处，给亲友们既办得漂亮，又省些钱，不能窝窝囊囊的被人捉了“大头”。我在办这些事儿的时候，得到许多经验，明白了许多人情，久而久之，我成了个很精明的人，虽然还不到三十岁。

【三】

由前面所说过的去推测，谁也能看出来，我不能老靠着裱糊的手艺挣饭吃。像逛庙会忽然遇上雨似的，年头一变，大家就得往四散里跑。在我这一辈子里，我仿佛是走着下坡路，收不住脚。心里越盼着天下太平，身子越往下出溜。这次的变动，不使人缓气，一变好像就要变到底。这简直不是变动，而是一阵狂风，把人糊糊涂涂地刮得不知上哪里去了。在我小时候发财的行当与事情，许多许多都忽然走到绝处，永远不再见面，仿佛掉在了大海里头似的。裱糊这一行虽然到如今还阴死巴活地始终没完全断了气，可是大概也不会再有抬头的一日了。我老早地就看出这个来。在那太平的年月，假若我愿意的话，我满可以开个小铺，收两个徒弟，安安顿顿地混两顿饭吃。幸而我没那么办。一年得不到一笔大活，只仗着糊一辆车或两间屋子的顶棚什么的，怎能吃饭呢？睁开眼看看，这十几年了，可有过一笔体面的活？我得改行，我算是猜对了。

不过，这还不是我忽然改了行的唯一的原因。年头儿的改变不是个人所能抵抗的，胳臂扭不过大腿去，跟年头儿叫死劲简直是自己找别扭。可是，个人独有的事往往来得更厉害，它能马上教人疯了。去投河觅井都不算新奇，不用说把自己的行业放下，而去干些别的了。个人的事虽然很小，可是一加在个人身上便受不住；一个米粒很小，教蚂蚁去搬运便很费力气。个人的事也是如此。人活着是仗了一口气，多咱有点事儿，把这口气憋住，人就要抽风。人是多么小的玩意儿呢！

我的精明与和气给我带来背运。乍一听这句话仿佛是不合情理，可是千真万确，一点儿不假，假若这要不落在我自己身上，我也许不大相信天下会有这宗事。它竟自找到了我；在当时，我差不多真成了个疯子。隔了这么二三十年，现在想起那回事儿来，我满可以微微一笑，仿佛想起一个故事来似的。现在我明白了个人的好处不必一定就有利于自己。一个人好，大家都好，这点好处才有用，正是如鱼得水。一个人好，而大家并不都好，个人的好处也许就是让他倒霉的祸根。精明和气有什么用呢！现在，我悟过这点理儿来，想起那件事不过点点头，笑一笑罢了。在当时，我可真有点咽不下去那口气。那时候我还很年轻啊。

哪个年轻的人不爱漂亮呢？在我年轻的时候，给人家行人情或办点事，我的打扮与气派谁也不敢说我是个手艺人。在早年间，皮货很贵，而且不准乱穿。如今晚的人，今天得了马票或奖券，明天就可以穿上狐皮大衣，不管是个十五岁的孩子还是二十岁还没刮过脸的小伙子。早年间可不行，年纪身份决定个人的服装打扮。那年月，在马褂或坎肩上安上一条灰鼠领子就仿佛是很漂亮阔气。我老安着这么条领子，马褂与坎肩都是青大缎的——那时候的缎子也不怎么那样结实，一件马褂至少也可以穿上十来年。在给人家糊棚顶的时候，我是个土鬼；回到家中一梳洗打扮，我立刻变成个漂亮小伙子。我不喜欢那个土鬼，所以更爱这个漂亮的青年。我的辫子又黑又长，脑门剃得铿光青亮，穿上带灰鼠领子的缎子坎肩，我的确像个“人儿”！

一个漂亮小伙子所最怕的恐怕就是娶个丑八怪似的老婆吧。我早已有意无意的向老人们透了个口话：不娶倒没什么，要娶就得来个够样儿的。那时候，自然还不时兴自由婚，可是已有男女两造对相对看的办法。要结婚的话，我得自己去相看，不能马马虎虎就凭媒人的花言巧语。

二十岁那年，我结了婚，我的妻比我小一岁。把她放在哪里，她也得算个俏式利落的小媳妇；在订婚以前，我亲眼相看的呀。她美不美，我不敢说，我说她俏式利落，因为这四个字就是我择妻的标准；她要是不够这四个字的格儿，当初我决不会点头。在这四个字里很可以见出我自己是怎样的人来。那时候，我年轻，漂亮，做事麻利，所以我一定不能要个笨牛似的老婆。

这个婚姻不能说不是天配良缘。我俩都年轻，都利落，都个子不高；在亲友面前，我们像一对轻巧的陀螺似的，四面八方的转动，招得那年岁大些的人们眼中要笑出一朵花来。我俩竞争着去在大家面前显出个人的机警与口才，到处争强好胜，只为教人夸奖一声我们是一对最有出息的小夫妇。别人的夸奖增高了我俩彼此间的敬爱，颇有点英雄惜英雄、好汉爱好汉的劲儿。

我很快乐，说实话：我的老人没挣下什么财产，可是有一所儿房。我住着不用花租金的房子，院中有不少的树木，檐前挂着一对黄鸟。我呢，有手艺，有人缘，有个可心的年轻女人。不快乐不是自找别扭吗？

对于我的妻，我简直找不出什么毛病来。不错，有时候我觉得她有点太野；可是哪个利落的小媳妇不爽快呢？她爱说话，因为她会说；她不大躲避男人，因为这正是做媳妇所应享的利益，特别是刚出嫁而有些本事的小媳妇，她自然愿意把做姑娘时的腼腆收起一些，而大大方方地自居为“媳妇”。这点实在不能算作毛病。况且，她见了长辈又是那么亲热体贴，殷勤地伺候，那么她对年轻一点的人随便一些也正是理之当然；

她是爽快大方，所以对于年老的正像对于年少的，都愿表示出亲热周到来。我没因为她爽快而责备她过。

她有了孕，做了母亲，她更好看了，也更大方了——我简直地不忍再用那个“野”字！世界上还有比怀孕的少妇更可怜，年轻的母亲更可爱的吗？看她坐在门槛上，露着点胸，给小娃娃奶吃，我只能更爱她，而想不起责备她太不规矩。

到了二十四岁，我已有一儿一女。对于生儿养女，做丈夫的有什么功劳呢！赶上高兴，男子把娃娃抱起来，耍巴一回；其余的苦处全是女人的。我不是个糊涂人，不必等谁告诉我才能明白这个。真的，生小孩，养育小孩，男人有时候想去帮忙也归无用；不过，一个懂得点人事的人，自然该使做妻的痛快一些，自由一些；欺侮孕妇或一个年轻的母亲，据我看，才真是混蛋呢！对于我的妻，自从有了小孩之后，我更放任了些；我认为这是当然的合理的。

再一说呢，夫妇是树，儿女是花；有了花的树才能显出根儿深。一切猜忌，不放心，都应该减少，或者完全消灭；小孩子会把母亲拴得结结实实的。所以，即使我觉得她有点野——真不愿用这个臭字——我也不能不放心了，她是个母亲呀。

【四】

直到如今，我还是不能明白那到底是怎么一回事。

我所不能明白的事也就是当时教我差点儿疯了的事，我的妻跟人家跑了。

我再说一遍，到如今我还不能明白那到底是怎回事。我不是个固执的人，因为我久在街面上，懂得人情，知道怎样找出自己的长处与短处。但是，对于这件事，我把自己的短处都找遍了，也找不出应当受这种耻辱与惩罚的地方来。所以，我只能说我的聪明与和气给我带来祸患，因为我实在找不出别的道理来。

我有位师哥，这位师哥也就是我的仇人。街口上，人们都管他叫作黑子，我也就还这么叫他吧；不便道出他的真名实姓来，虽然他是我的仇人。“黑子”，由于他的脸不白；不但不白，而且黑得特别，所以才有这个外号。他的脸真像个早年间人们揉的铁球，黑，可是非常的亮；黑，可是光润；黑，可是油光水滑的可爱。当他喝下两盅酒，或发热的时候，脸上红起来，就好像落太阳时的一些黑云，黑里透出一些红光。至于他的五官，简直没有什么好看的地方，我比他漂亮多了。他的身量很高，可也不见得怎么魁梧，高大而懈懈松松的。他所以不至教人讨厌他，总而言之，都仗着那一张发亮的黑脸。

我跟他是很好的朋友。他既是我的师哥，又那么傻大黑粗的，即使我不喜爱他，我也不能无缘无故地怀疑他。我的那点聪明不是给我预备着去猜疑人的；反之，我知道我的眼睛里不容砂子，所以我因信任自己而信任别人。我以为我的朋友都不至于偷偷地对我掏坏招数。一旦我认定谁是个可交的人，我便真拿他当个朋友看待。对于我这个师哥，即使他有可猜疑的地方，我也得敬重他，招待他，因为无论怎样，他到底是我的师哥呀。同是一门儿学出来的手艺，又同在一个街口上混饭吃，有活没活，一天至少也得见几面；对这么熟的人，我怎能不拿他当作个好朋友呢？有活，我们一同去做活；没活，他总是到我家来吃饭喝茶，有时候也摸几把索儿胡玩——那时候“麻将”还不十分时兴。我和蔼，他也不客气；遇到什么就吃什么，遇到什么就喝什么，我一向不特别为他预备什么，他也永远不挑剔。他吃的很多，可是不懂得挑食。看他端着大碗，跟着我们吃热汤儿面什么的，真是个痛快的事。他吃得四脖子汗流，嘴里西啦胡噜地响，脸上越来越红，慢慢地成了个半红的大煤球似的；谁能说这样的人能存着什么坏心眼儿呢！

一来二去，我由大家的眼神看出来天下并不很太平。可是，我并没有怎么往心里搁这回事。假若我是个糊涂人，只有一个心眼，大概对这种事不会不听见风就是雨，马上闹个天昏地暗，也许立刻把事情弄个水落石出，也许是望风捕影而弄一鼻子灰。我的心眼多，决不肯这么糊涂瞎闹，我得平心静气地想一想。

先想我自己，想不出我有什么不对的地方来，即使我有许多毛病，反正至少我比师哥漂亮、聪明，更像个人儿。

再看师哥吧，他的长相、行为、财力，都不能教他为非作歹，他不是那种一见面就教女人动心的人。

最后，我详详细细地为我的年轻的妻子想一想：她跟了我已经四五年，我俩在一处不算不快乐。即使她的快乐是假装的，而愿意去跟个她真喜爱的人——这在早年间几乎是不能有的——大概黑子也绝不会是这个人吧？他跟我都是手艺人，他的身份一点不比我高。同样，他不比我阔，不比我漂亮，不比我年轻；那么，她贪图的是什么呢？想不出。就满打说她是受了他的引诱而迷了心，可是他用什么引诱她呢，是那张黑脸，那点本事，那身衣裳，腰里那几吊钱？笑话！哼，我要是有意的话吗，我倒满可以去引诱引诱女人；虽然钱不多，至少我有个样子。黑子有什么呢？再说，就是说她一时迷了心窍，分别不出好歹来，难道她就肯舍得那两个小孩吗？

我不能信大家的话，不能立时疏远了黑子，也不能傻子似的去盘问她。我全想过了，一点缝子没有，我只能慢慢地等着大家明白过来他们是多虑。即使他们不是凭空造谣，我也得慢慢地察看，不能无缘无故地把自己、把朋友、把妻子，都卷在黑土里边。有点聪明的人做事不能鲁莽。

可是，不久，黑子和我的妻子都不见了。直到如今，我没再见过他俩。为什么她肯这么办呢？我非见着她，由她自己吐出实话，我不会明白。我自己的思想永远不够对付这件事的。

我真盼望能再见她一面，专为明白明白这件事。到如今我还是在个葫芦里。

当时我怎样难过，用不着我自己细说。谁也能想到，一个年轻漂亮的人，守着两个没了妈的小孩，在家里是怎样的难过；一个聪明规矩的人，最亲爱的妻子跟师哥跑了，在街面上是怎么难堪。同情我的人，有话说不出，不认识我的人，听到这件事，总不会责备我的师哥，而一直地管我叫“王八”。在咱们这讲孝悌忠信的社会里，人们很喜欢有个王八，好教大家有放手指头的准头。我的口闭上，我的牙咬住，我心中只有他们俩的影儿和一片血。不用教我见着他们，见着就是一刀，别的无须乎再说了。

在当时，我只想拼上这条命，才觉得有点人味儿。现在，事情过去这么多年了。我可以细细地想这件事在我这一辈子里的作用了。

我的嘴并没闲着，到处我打听黑子的消息。没用，他俩真像石沉大海一般。打听不着确实的消息，慢慢地我的怒气消散了一些；说也奇怪，怒气一消，我反倒可怜我的妻子。黑子不过是个手艺人，而这种手艺只能在京津一带大城里找到饭吃，乡间是不需要讲究的烧活的。那么，假若他俩是逃到远处去，他拿什么养活她呢？哼，假若他肯偷好朋友的妻子，难道他就不会把她卖掉吗？这个恐惧时常在我心中绕来绕去。我真希望她忽然逃回来，告诉我她怎样上了当，受了苦处；假若她真跪在我的面前，我想我不会不收下她的，一个心爱的女人，永远是心爱的，不管她做了什么错事。她没有回来，没有消息，我恨她一会儿，又可怜她一会儿，胡思乱想，我有时候整夜地不能睡。

过了一年多，我的这种乱想又轻淡了许多。是的，我这一辈子也不能忘了她，可是我不再为她思索什么了。我承认了这是一段千真万确的事实，不必为它多费心思了。

我到底怎样了呢？这倒是我所要说的，因为这件我永远猜不透的事在我这一辈子里实在是件极大的事。这件事好像是在梦中丢失了我最亲爱的人，一睁眼，她真的跑得无影无踪了。这个梦没法儿明白，可是它的真确劲儿是谁也受不了的。做过这么个梦的人，就是没有成疯子，也得大大地改变；他是丢失了半个命呀！

【五】

最初，我连屋门也不肯出，我怕见那个又明又暖的太阳。

顶难堪的是头一次上街：抬着头大大方方地走吧，准有人说我天生来的不知羞耻。低着头走，便是自己招认了脊背发软。怎么着也不对。我可是问心无愧，没做过一点对不起人的事。

我破了戒，又吸烟喝酒了。什么背运不背运的，有什么再比丢了老婆更倒霉的呢？我不求人家可怜我，也犯不上成心对谁要刺儿，我独自吸烟喝酒，把委屈放在心里好了。再没有比不测的祸患更能扫除了迷信的；以前，我对什么神仙都不敢得罪；现在，我什么也不信，连活佛也不信了。迷信，我咂摸出来，是盼望得点意外的好处；赶到遇上意外的难处，你就什么也不盼望，自然也不迷信了。我把财神和灶王的龛——我亲手糊的——都烧了。亲友中很有些人说我成了二毛子的。什么二毛子三毛子的，我再不给谁磕头。人若是不可靠，神仙就更没准儿了。

我并没变成忧郁的人。这种事本来是可以把人愁死的，可是我没往死牛犄角里钻。我原是个活泼的人，好吧，我要打算活下去，就得别丢了我的活泼劲儿。不错，意外的大祸往往能忽然把一个人的习惯与脾气改变了；可是我决定要保持住我的活泼。我吸烟，喝酒，不再信神佛，不过都是些使我活泼的方法。不管我是真乐还是假乐，我乐！在我学艺的时候，我就会这一招，经过这次的变动，我更必须这样了。现在，我已快饿死了，我还是笑着，连我自己也说不清这是真的还是假的笑，反正我笑，多咱死了多咱我并上嘴。从那件事发生了以后，直到如今，我始终还是个有用的人，热心的人，可是我心中有了个空儿。这个空儿是那件不幸的事给我留下的，像墙上中了枪弹，老有个小窟窿似的。我有用，我热心，我爱给人家帮忙，但是不幸而事情没办到好处，或者想不到的扎手，我不着急，也不动气，因为我心中有个空儿。这个空儿会教我在极热心的时候冷静，极欢喜的时候有点悲哀，我的笑常常和泪碰在一处，而分不清哪个是哪个。

这些，都是我心里头的变动，我自己要是不说——自然连我自己也说不大完全——大概别人无从猜到。在我的生活上，也有了变动，这是人人能看到的。我改了行，不再当裱糊匠，我没脸再上街口去等生意，同行的人，认识我的，也必认识黑子；他们只需多看我几眼，我就没法再咽下饭去。在那报纸还不大时兴的年月，人们的眼睛是比新闻还要厉害的。现在，离婚都可以上衙门去明说明讲，早年间男女的事儿可不能这么随便。我把同行中的朋友全放下了，连我的师傅师母都懒得去看，我仿佛是要由这个世界一脚跳到另一个世界去。这样，我觉得我才能独自把那桩事关在心里头。年头的改变教裱糊匠们的活路越来越狭，但是要不是那回事，我也不会改行改得这么快，这么干脆。放弃了手艺，没什么可惜；可是这么放弃了手艺，我也不会感谢“那”回事儿！不管怎说吧，我改了行，这是个显然的变动。

决定扔下手艺可不就是我准知道应该干什么去。我得去乱碰，像一只空船浮在水面上，浪头是它的指南针。在前面我已经说过，我认识字，还能抄抄写写，很够当个小差事的。再说呢，当差是个体面的事，我这丢了老婆的人若能当上差，不用说那必能把我的名誉恢复了一些。现在想起来，这个想法真有点可笑；在当时我可是诚心地相信这是最高明的办法。“八”字还没有一撇儿，我觉得很高兴，仿佛我已经很有把握，既得到差事，又能恢复了名誉。我的头又抬得很高了。

哼！手艺是三年可以学成的；差事，也许要三十年才能得上吧！一个钉子跟着一个钉子，都预备着给我碰呢！我说我识字，哼！敢情有好些个能整本背书的人还挨饿呢。我说我会写字，敢情会写字的绝不算出奇呢。我把自己看得太高了。可是，我又亲眼看见，那做着很大的官儿的，一天到晚山珍海味的吃着，连自己的姓都不大认得。那么，是不是我的学问又太大了，而超过了做官所需要的呢？我这个聪明人也没法儿不显着糊涂了。

慢慢地，我明白过来。原来差事不是给本事预备着的，想做官第一得有人。这简直没了我的事，不管我有多么大的本事。我自己是个手艺人，所认识的也是手艺人；我爸爸呢，又是个白丁，虽然是很有本事与品行的白丁。我上哪里去找差事当呢？

事情要是逼着一个人走上哪条道儿，他就非去不可，就像火车一样，轨道已摆好，照着走就是了，一出花样准得翻车！我也是如此。决定扔下了手艺，而得不到个差事，我又不能老这么闲着。好啦，我的面前已摆好了铁轨，只准上前，不许退后。

我当了巡警。

巡警和洋车是大城里头给苦人们安好的两条火车道。大字不识而什么手艺也没有的，只好去拉车。拉车不用什么本钱，肯出汗就能吃窝窝头。识几个字而好体面的，有手艺而挣不上饭的，只好去当巡警；别的先不提，挑巡警用不着多大的人情，而且一挑上先有身制服穿着，六块钱拿着；好歹是个差事。除了这条道，我简直无路可走。我既没混到必须拉车去的地步，又没有做高官的舅舅或姐丈，巡警正好不高不低，只要我肯，就能穿上一身铜纽子的制服。当兵比当巡警有起色，即使熬不上军官，至少能有抢劫些东西的机会。可是，我不能去当兵，我家中还有俩没娘的小孩呀。当兵要野，当巡警要文明；换句话说，当兵有发邪财的机会，当巡警是穷而文明一辈子；穷得要命，文明得稀松！

以后这五六十年的经验，我敢说这么一句：真会办事的人，到时候才说话，爱张罗办事的人——像我自己——没话也找话说。我的嘴老不肯闲着，对什么事我都有一片说辞，对什么人我都想很恰当地给起个外号。我受了报应：第一件事，我丢了老婆，把我的嘴封起来一二年！第二件是我当了巡警。在我还没当上这个差事的时候，我管巡警们叫作“马路行走”，“避风阁大学士”和“臭脚巡”。这些无非都是说巡警们的差事只是站马路，无事忙，跑臭脚。哼！我自己当上“臭脚巡”了！生命简直就是自己和自己开玩笑，一点不假！我自己打了自己的嘴巴，可并不因为我做了什么缺德的事；至多也不过爱多说几句玩笑话罢了。在这里，我认识了生命的严肃，连句玩笑话都说不得的！好在，我心中有个空儿；我怎么叫别人“臭脚巡”，也照样叫自己。这在早年间叫作“抹稀泥”，现在的新名词应叫着什么，我还没能打听出来。

我没法不去当巡警，可是真觉得有点委屈。是呀，我没有什么出众的本事，但是论街面上的事，我敢说我比谁知道的也不少。巡警不是管街面上的事情吗？那么，请看看那些警官儿吧：有的连本地的话都说不上来，二加二是四还是五都得想半天。哼！他是官，我可是“招募警”；他的一双皮鞋够开我半年的饷！他什么经验与本事也没有，可是他做官。这样的官儿多了去啦！上哪儿讲理去呢？记得有位教官，头一天教我们操法的时候，忘了叫“立正”，而叫了“闸住”。用不着打听，这位大爷一定是拉洋车出身。有人情就行，今天你拉车，明天你姑父做了什么官儿，你就可以弄个教官当当；叫“闸住”也没关系，谁敢笑教官一声呢！这样的自然是不多，可是有这么一位教官，也就可以教人想到巡警的操法是怎么稀松二五眼了。内堂的功课自然绝不是这样教官所能担任的，因为至少得认识些个字才能“虎”得下来。我们的内堂的教官大概可以分为两种：一种是老人儿们，多数都有口鸦片烟瘾；他们要是能讲明白一样东西，就凭他们那点人情，大概早就做上大官儿了；唯其什么也讲不明白，所以才来做教官。另一种是年轻的小伙子们，讲的都是洋事，什么东洋巡警怎么样，什么法国违警律如何，仿佛我们都是洋鬼子。这种讲法有个好处，就是他们信口开河瞎扯，我们一边打盹一边听着，谁也不准知道东洋和法国是什么样儿，可不就随他的便说吧。我满可以编一套美国的事讲给大家听，可惜我不是教官罢了。这群年轻的小人们真懂外国事儿不懂，无从知道；反正我准知道他们一点中国事儿也不晓得。这两种教官的年纪上学问上都不同，可是他们有个相同的地方，就是他们都高不成低不就，所以对对付付地只能做教官。他们的人情真不小，可是本事太差，所以来教一群为六块洋钱而一声不敢出的巡警就最合适。

教官如此，别的警官也差不多是这样。想想：谁要是能去做一任知县或税局局长，谁肯来做警官呢？前面我已交代过了，当巡警是高不成低不就，不得已而为之。警官也是这样。这群人由上至下全是“狗熊耍扁担，混碗儿饭吃”。不过呢，巡警一天到晚在街面上，不论怎样抹稀泥，多少得能说会道，见机而作，把大事化小，小事化无；既不多给官面上惹麻烦，又让大家都过得去；真的吧假的吧，这总得算点本事。而做警官的呢，就连这点本事似乎也不必有。阎王好做，小鬼难当，诚然！

【六】

我再多说几句，或者就没人再说我太狂傲无知了。我说我觉得委屈，真是实话；请看吧：一月挣六块钱，这跟当仆人的一样，而没有仆人们那些“外找儿”；死挣六块钱，就凭这么个大人——腰板挺直，样子漂亮，年轻力壮，能说会道，还得识文断字！这一大堆资格，一共值六块钱！

六块钱饷粮，扣去三块半钱的伙食，还得扣去什么人情公议儿，净剩也就是两块上下钱吧。衣服自然是可以穿官发的，可是到休息的时候，谁肯还穿着制服回家呢；那么，不做不做也得有件大褂什么的。要是把钱做了大褂，一个月就算白混。再说，谁没有家呢？父母——呕，先别提父母吧！就说一夫一妻吧：至少得赁一间房，得有老婆的吃，喝，穿。就凭那两块大洋！谁也不许生病，不许生小孩，不许吸烟，不许吃点零碎东西；连这么着，月月还不够嚼谷！

我就不明白为什么肯有人把姑娘嫁给当巡警的，虽然我常给同事的做媒。当我一到女家提说的时候，人家总对我一撇嘴，虽不明说，但是意思很明显，“哼！当巡警的！”可是我不怕这一撇嘴，因为十回倒有九回是撇完嘴而点了头。难道是世界上的姑娘太多了吗？我不知道。

由哪面儿看，巡警都活该是鼓着腮梆子充胖子而教人哭不得笑不得的。穿起制服来，干净利落，又体面又威风，车马行人，打架吵嘴，都由他管着。他这是差事；可是他一月除了吃饭，净剩两块来钱。他自己也知道中气不足，可是不能不硬挺着腰板，到时候他得娶妻生子，还是仗着那两块来钱。提婚的时候，头一句是说：“小人呀当差！”当差的底下还有什么呢？没人愿意细问，一问就糟到底。

是的，巡警们都知道自己怎样的委屈，可是风里雨里他得去巡街下夜，一点懒儿不敢偷；一偷懒就有被开除的危险；他委屈，可不敢抱怨，他劳苦，可不敢偷闲，他知道自己在这里混不出来什么，而不敢冒险搁下差事。这点差事扔了可惜，做着又没劲；这些人也就人儿似的先混过一天是一天，在没劲中要露出劲儿来，像打太极拳似的。

世上为什么应当有这种差事，和为什么有这样多肯做这种差事的人？我想不出来。假若下辈子我再托生为人，而且忘了喝迷魂汤，还记得这一辈子的事，我必定要扯着脖子去喊：这玩意儿整个的是丢人，是欺骗，是杀人不流血！现在，我老了，快饿死了，连喊这么几句也顾不及了，我还得先为下顿的窝窝头着忙呀！

自然在我初当差的时候，我并没有一下子就把这些都看清楚了，谁也没有那么聪明。反之，一上手当差我倒觉出点高兴来：穿上整齐的制服、靴帽，的确我是漂亮精神，而且心里说：好吧歹吧，这是个差事；凭我的聪明与本事，不久我必有个升腾。我很留神看巡长巡官们制服上的铜星与金道，而想象着我将来也能那样。我一点也没想到那铜星与金道并不按着聪明与本事颁给人们呀。

新鲜劲儿刚一过去，我已经讨厌那身制服了。它不教任何人尊敬，而只能告诉人："臭脚巡"来了！拿制服的本身说，它也很讨厌：夏天它就像牛皮似的，把人闷得满身臭汗；冬天呢，它一点也不像牛皮了，而倒像是纸糊的；它不许谁在里边多穿一点衣服，只好任着狂风由胸口钻进来，由脊背钻出去，整打个穿堂！再看那双皮鞋，冬冷夏热，永远不教脚舒服一会儿；穿单袜的时候，它好像是两大篓子似的，脚指脚踵都在里边乱抓弄，而始终找不到鞋在哪里；到穿棉袜的时候，它们忽然变得很紧，不许棉袜与脚一齐伸进去。有多少人因包办制服皮鞋而发了财，我不知道，我只知道我的脚永远烂着，夏天闹湿气，冬天闹冻疮。自然，烂脚也得照常地去巡街站岗，要不然就别挣那六块洋钱！多么热，或多么冷，别人都可以找地方去躲一躲，连洋车夫都可以自由的歇半天，巡警得去巡街，得去站岗，热死冻死都活该，那六块现大洋买着你的命呢！

记得在哪儿看见过这么一句：食不饱，力不足。不管这句在原地方讲的是什么吧，反正拿来形容巡警是没有多大错儿的。最可怜，又可笑的是我们既吃不饱，还得挺着劲儿，站在街上得像个样子！要饭的花子有时不饿也弯着腰，假充饿了三天三夜；反之，巡警却不饱也得鼓起肚皮，假装刚吃完三大碗鸡丝面似的。花子装饿倒有点道理，我可就是想不出巡警假装酒足饭饱有什么理由来，我只觉得这真可笑。

人们都不满意巡警的对付事，抹稀泥。哼！抹稀泥自有它的理由。不过，在细说这个道理之前，我愿先说件极可怕的事。有了这件可怕的事，我再返回头来细说那些理由，仿佛就更顺当、更生动。好！就这样办啦。

【七】

应当有月亮，可是教黑云给遮住了，处处都很黑。我正在个僻静的地方巡夜。我的鞋上钉着铁掌，那时候每个巡警又须带着一把东洋刀，四下里鸦雀无声，听着我自己的铁掌与佩刀的声响，我感到寂寞无聊，而且几乎有点害怕。眼前忽然跑过一只猫，或忽然听见一声鸟叫，都教我觉得不是味儿，勉强着挺起胸来，可是心中总空空虚虚的，仿佛将有些什么不幸的事情在前面等着我。不完全是害怕，又不完全气粗胆壮，就那么怪不得劲的，手心上出了点凉汗。平日，我很有点胆量，什么看守死尸，什么独自看管一所脏房，都算不了一回事。不知为什么这一晚上我这样胆虚，心里越要耻笑自己，便越觉得不定哪里藏着点危险。我不便放快了脚步，可是心中急切地希望快回去，回到那有灯光与朋友的地方去。

忽然，我听见一排枪！我立定了，胆子反倒壮起来一点；真正的危险似乎倒可以治好了胆虚，惊疑不定才是恐惧的根源。我听着，像夜行的马竖起耳朵那样。又一排枪，又一排枪！没声了，我等着，听着，静寂得难堪。像看见闪电而等着雷声那样，我的心跳得很快。啪，啪，啪，啪，四面八方都响起来了！

我的胆气又渐渐地往下低落了。一排枪，我壮起气来；枪声太多了，真遇到危险了；我是个人，人怕死；我忽然地跑起来，跑了几步，猛地又立住，听一听，枪声越来越密，看不见什么，四下漆黑，只有枪声，不知为什么，不知在哪里，黑暗里只有我一个人，听着远处的枪响。往哪里跑？到底是什么事？应当想一想，又顾不得想；胆大也没用，没有主意就不会有胆量。还是跑吧，糊涂地乱动，总比呆立哆嗦着强。我跑，狂跑，手紧紧地握住佩刀。像受了惊的猫狗，不必想也知道往家里跑。我已忘了我是巡警，我得先回家看看我那没娘的孩子去，要是死就死在一处！

要跑到家，我得穿过好几条大街。刚到了头一条大街，我就晓得不容易再跑了。街上黑黑乎乎的人影，跑得很快，随跑随着放枪。兵！我知道那是些辫子兵。而我才刚剪了发不多日子。我很后悔我没像别人那样把头发盘起来，而是连根儿烂真正剪去了辫子。假若我能马上放下辫子来，虽然这些兵们平素很讨厌巡警，可是因为我有辫子或者不至于把枪口冲着我来。在他们眼中，没有辫子便是二毛子，该杀。我没有了这么条宝贝！我不敢再动，只能藏在黑影里，看事行事。兵们在路上跑，一队跟着一队，枪声不停。我不晓得他们是干什么呢？待了一会儿，兵们好像是都过去了，我往外探了探头，见外面没有什么动静，我就像一只夜鸟儿似的飞过了马路，到了街的另一边。在这极快地穿过马路的一会儿里，我的眼梢瞭着一点红光。十字街头起了火。我还藏在黑影里，不久，火光远远地照亮了一片；再探头往外看，我已可以影影绰绰地看到十字街口，所有四面把角的铺户已全烧起来，火影中那些兵们来回地奔跑，放着枪。我明白了，这是兵变。不久，火光更多了，一处接着一处，由光亮的距离我可以断定：凡是附近的十字口与丁字街全烧了起来。

说句该挨嘴巴的话，火是真好看！远处，漆黑的天上，忽然一白，紧跟着又黑了。忽然又一白，猛地冒起一个红团，有一块天像烧红的铁板，红得可怕。在红光里看见了多少股黑烟，和火舌们高低不齐地往上冒，一会儿烟遮住了火苗；一会儿火苗冲破了黑烟。黑烟滚着，转着，千变万化地往上升，凝成一片，罩住下面的火光，像浓雾掩住了夕阳。待一会儿，火光明亮了一些，烟也改成灰白色儿，纯净，旺炽，火苗不多，而光亮结成一片，照明了半个天。那近处的，烟与火中带着种种的响声，烟往高处起，火往四下里奔；烟像些丑恶的黑龙，火像些乱长乱钻的红铁笋。烟裹着火，火裹着烟，卷起多高，忽然离散，黑烟里落下无数的火花，或者三五个极大的火团。火花火团落下，烟像痛快轻松了一些，翻滚着向上冒。火团下降，在半空中遇到下面的火柱，又狂喜地往上跳跃，炸出无数火花。火团远落，遇到可以燃烧的东西，整个地再点起一把新火，新烟掩住旧火，一时变为黑暗；新火冲出了黑烟，与旧火联成一气，处处是火舌，火柱，飞舞，吐动，摇摆，癫狂。忽然哗啦一声，一架房倒下去，火星，焦炭，尘土，白烟，一齐飞扬，火苗压在下面，一齐在底下往横里吐射，像千百条探头吐舌的火蛇。静寂，静寂，火蛇慢慢地，忍耐地，往上翻。绕到上边来，与高处的火接到一处，通明，纯亮，呼呼地响着，要把人的心全照亮了似的。

我看着，不，不但看着，我还闻着呢！在种种不同的味道里，我咂摸着：这是那个金匾黑字的绸缎庄，那是那个山西人开的油酒店。由这些味道，我认识了那些不同的火团，轻而高飞的一定是茶叶铺的，迟笨黑暗的一定是布店的。这些买卖都不是我的，可是我都认得，闻着它们火葬的气味，看着它们火团的起落，我说不上来心中怎样难过。

我看着，闻着，难过，我忘了自己的危险，我仿佛是个不懂事的小孩，只顾了看热闹，而忘了别的一切。我的牙打得很响，不是为自己害怕，而是对这奇惨的美丽动了心。

回家是没希望了。我不知道街上一共有多少兵，可是由各处的火光猜度起来，大概是热闹的街口都有他们。他们的目的是抢劫，可是顺着手儿已经烧了这么多铺户，焉知不就棍打腿地杀些人玩玩呢？我这剪了发的巡警在他们眼中还不和个臭虫一样，只需一搂枪机就完了，并不费多少事。

想到这个，我打算回到“区”里去，“区”离我不算远，只需再过一条街就行了。可是，连这个也太晚了。当枪声初起的时候，连贫带富，家家关了门；街上除了那些横行的兵们，简直成了个死城。及至火一起来，铺户里的人们开始在火影里奔走，胆大一些的立在街旁，看着自己的或别人的店铺燃烧，没人敢去救火，可也舍不得走开，只那么一声不出地看着火苗乱窜。胆小一些的呢，争着往胡同里藏躲，三五成群地藏在巷内，不时向街上探探头，没人出声，大家都哆嗦着。火越烧越旺了，枪声慢慢地稀少下来，胡同里的住户仿佛已猜到是怎么一回事，最先是有人开门向外望望，然后有人试着步往街上走。街上，只有火光人影，没有巡警，被兵们抢过的当铺与首饰店全大敞着门！……这样的街市教人们害怕，同时也教人们胆大起来；一条没有巡警的街正像是没有老师的学房，多么老实的孩子也要闹哄闹哄。一家开门，家家开门，街上人多起来；铺户已有被抢过的了，跟着抢吧！平日，谁能想到那些良善守法的人民会去抢劫呢？哼！机会一到，人们立刻显露了原形。说声抢，壮实的小伙子们首先进了当铺、金店、钟表行。男人们回去一趟，第二趟出来已掺夹上女人和孩子们。被兵们抢过的铺子自然不必费事，进去随便拿就是了；可是紧跟着那些尚未被抢过的铺户的门也拦不住谁了。粮食店，茶叶铺，百货店，什么东西也是好的，门板一律砸开。

我一辈子只看见了这么一回大热闹：男女老幼喊着叫着，狂跑着，拥挤着，争吵着，砸门的砸门，喊叫的喊叫，咔嚓！门板倒下去，一窝蜂似的跑进去，乱挤乱抓，压倒在地的狂号，身体利落的往柜台上蹿，全红着眼，全拼着命，全奋勇前进，挤成一团，倒成一片，散走全街。背着，抱着，扛着，曳着，像一片战胜的蚂蚁，昂首疾走，去而复归，呼妻唤子，前呼后应。

苦人当然出来了，哼！那中等人家也不甘落后呀！

贵重的东西先搬完了，煤米柴炭是第二拨。有的整坛地搬着香油，有的独自扛着两口袋面，瓶子罐子碎了一街，米面撒满了便道，抢啊！抢啊！抢啊！谁都恨自己只长了一双手，谁都嫌自己的腿脚太慢；有的人会推着一坛子白糖，连人带坛在地上滚，像屎壳郎推着个大粪球。

强中自有强中手，人是到处会用脑子的！有人拿出切菜刀来了，立在巷口等着："放下！"刀晃了晃。口袋或衣服，放下了；安然地，不费力地，拿回家去。"放下！"不灵验，刀下去了，把面口袋砍破，下了一阵小雪，二人滚在一团。过路的疾走，捎带着说了句："打什么，有的是东西！"两位明白过来，立起来向街头跑去。抢啊，抢啊！有的是东西！

我挤在了一群买卖人的中间，藏在黑影里。我并没说什么，他们似乎很明白我的困难，大家一声不出，而紧紧地把我包围住。不要说我还是个巡警，连他们买卖人也不敢抬起头来。他们无法去保护他们的财产与货物，谁敢出头抵抗谁就是不要命，兵们有枪，人民也有切菜刀呀！是的，他们低着头，好像倒怪羞惭似的。他们唯恐和抢劫的人们——也就是他们平日的照顾主儿——对了脸，恼羞成怒，在这没有王法的时候，杀几个买卖人总不算一回事呢！所以，他们也保护着我。想想看吧，这一带的居民大概不会不认识我吧！我三天两头地到这里来巡逻。平日，他们在墙根撒尿，我都要讨他们的厌，上前干涉；他们怎能不恨恶我呢！现在大家正在兴高采烈地白拿东西，要是遇见我，他们一人给我一砖头，我也就活不成了。即使他们不认识我，反正我是穿着制服，佩着东洋刀呀！在这个局面下，冒而咕咚地出来个巡警，够多么不合适呢！我满可以上前去道歉，说我不该这么冒失，他们能白白地饶了我吗？

街上忽然清静了一些，便道上的人纷纷往胡同里跑，马路当中走着七零八散的兵，都走得很慢；我摘下帽子，从一个学徒的肩上往外看了一眼，看见一位兵士，手里提着一串东西，像一串儿螃蟹似的。我能想到那是一串金银的镯子。他身上还有多少东西，不晓得，不过一定有许多硬货，因为他走得很慢。多么自然，多么可羡慕呢！自自然然的，提着一串镯子，在马路中心缓缓地走，有烧亮的铺户作着巨大的火把，给他们照亮了全城！

兵过去了，人们又由胡同里钻出来。东西已抢得差不多了，大家开始搬铺户的门板，有的去摘门上的匾额。我在报纸上常看见“彻底”这两个字，咱们的良民们打抢的时候才真正彻底呢！

这时候，铺户的人们才有出头喊叫的：“救火呀！救火呀！别等着烧净了呀！”喊得教人一听见就要落泪！我身旁的人们开始活动。我怎么办呢？他们要是都去救火，剩下我这一个巡警，往哪儿跑呢？我拉住了一个屠户！他脱给了我那件满是猪油的大衫。把帽子夹在夹肢窝底下。一手握着佩刀，一手揪着大襟，我擦着墙根，逃回“区”里去。

【八】

我没去抢，人家所抢的又不是我的东西，这回事简直可以说和我不相干。可是，我看见了，也就明白了。明白了什么？我不会干脆地，恰当地，用一半句话说出来；我明白了点什么意思，这点意思教我几乎改变了点脾气。丢老婆是一件永远忘不了的事，现在它有了伴儿，我也永远忘不了这次的兵变。丢老婆是我自己的事，只需记在我的心里，用不着把家事国事天下事全拉扯上。这次的变乱是多少万人的事，只要我想一想，我便想到大家，想到全城，简直地我可以用这回事去断定许多的大事，就好像报纸上那样谈论这个问题那个问题似的。对了，我找到了一句漂亮的了。这件事教我看出一点意思，由这点意思我咂摸着许多问题。不管别人听得懂这句与否，我可真觉得它不坏。

我说过了：自从我的妻潜逃之后，我心中有了个空儿。经过这回兵变，那个空儿更大了一些，松松通通地能容下许多玩意儿。还接着说兵变的事吧！把它说完全了，你也就可以明白我心中的空儿为什么大起来了。

当我回到宿舍的时候，大家还全没睡呢。不睡是当然的，可是，大家一点也不显着着急或恐慌，吸烟的吸烟，喝茶的喝茶，就好像有红白事熬夜那样。我的狼狈的样子，不但没引起大家的同情，倒招得他们直笑。我本排着一肚子话要向大家说，一看这个样子也就不必再言语了。我想去睡，可是被排长给拦住了："别睡！待一会儿，天一亮，咱们全得出去弹压地面！"这该轮到我发笑了；街上烧抢到那个样子，并不见一个巡警，等到天亮再去弹压地面，岂不是天大的笑话！命令是命令，我只好等到天亮吧！

还没到天亮，我已经打听出来：原来高级警官们都预先知道兵变的事儿，可是不便于告诉下级警官和巡警们。这就是说，兵变是警察们管不了的事，要变就变吧；下级警官和巡警们呢，夜间糊糊涂涂地照常去巡逻站岗，是生是死随他们去！这个主意够多么活动而毒辣呢！再看巡警们呢，全和我自己一样，听见枪声就往回跑，谁也不傻。这样巡警正好对得起这样警官，自上而下全是瞎打混地当“差事”，一点不假！

虽然很要困，我可是急于想到街上去看看，夜间那一些情景还都在我的心里，我愿白天再去看一眼，好比较比较，教我心中这张画儿有头有尾。天亮得似乎很慢，也许是我心中太急。天到底慢慢地亮起来，我们排上队。我又要笑，有的人居然把盘起来的辫子梳好了放下来，巡长们也作为没看见。有的人在快要排队的时候，还细细刷了刷制服，用布擦亮了皮鞋！街上有那么大的损失，还有人顾得擦亮了鞋呢。我怎能不笑呢！

到了街上，我无论如何也笑不出了！从前，我没真明白过什么叫作“惨”，这回才真晓得了。天上还有几颗懒得下去的大星，云色在灰白中稍微带出些蓝，清凉，暗淡。到处是焦糊的气味，空中游动着一些白烟。铺户全敞着门，没有一个整窗子，大人和小徒弟都在门口，或坐或立，谁也不出声，也不动手收拾什么，像一群没有主儿的傻羊。火已经停止住延烧，可是已被烧残的地方还静静地冒着白烟，吐着细小而明亮的火苗。微风一吹，那烧焦的房柱忽然又亮起来，顺着风摆开一些小火旗。最初起火的几家已成了几个巨大的焦土堆，山墙没有倒，空空地围抱着几座冒烟的坟头。最后燃烧的地方还都立着，墙与前脸全没塌倒，可是门窗一律烧掉，成了些黑洞。有一只猫还在这样的一家门口坐着，被烟熏得连连打嚏，可是还不肯离开那里。

平日最热闹体面的街口变成了一片焦木头破瓦，成群的焦柱静静地立着，东西南北都是这样，懒懒地，无聊地，欲罢不能地冒着些烟。地狱什么样？我不知道。大概这就差不多吧！我一低头，便想起往日街头上的景象，那些体面的铺户是多么华丽可爱。一抬头，眼前只剩了焦糊的那么一片。心中记得的景象与眼前看见的忽然碰到一处，碰出一些泪来。这就叫作“惨”吧？火场外有许多买卖人与学徒们呆呆地立着，手揣在袖里，对着残火发愣。遇见我们，他们只淡淡地看那么一眼，没有任何别的表示，仿佛他们已绝了望，用不着再动什么感情。

过了这一带火场，铺户全敞着门窗，没有一点动静，便道上马路上全是破碎的东西，比那火场更加凄惨。火场的样子教人一看便知道那是遭了火灾，这一片破碎静寂的铺户与东西使人莫名其妙，不晓得为什么繁华的街市会忽然变成绝大的垃圾堆。我就被派在这里站岗。我的责任是什么呢？不知道。我规规矩矩地立在那里，连动也不敢动，这破烂的街市仿佛有一股凉气，把我吸住。一些妇女和小孩子还在铺子外边拾取一些破东西，铺子的人不做声，我也不便去管；我觉得站在那里简直是多此一举。

太阳出来，街上显着更破了，像阳光下的叫化子那么丑陋。地上的每一个小物件都露出颜色与形状来，花哨得奇怪，杂乱得使人憋气。没有一个卖菜的，赶早市的，卖早点心的，没有一辆洋车，一匹马，整个的街上就是那么破破烂烂，冷冷清清，连刚出来的太阳都仿佛垂头丧气不大起劲，空空洞洞地悬在天上。一个邮差从我身旁走过去，低着头，身后扯着一条长影。我哆嗦了一下。

待了一会儿，段上的巡官下来了。他身后跟着一名巡警，两人都非常精神地在马路当中当当地走，好像得了什么喜事似的。巡官告诉我：注意街上的秩序，大令已经下来了！我行了礼，莫名其妙他说的是什么？那名巡警似乎看出来我的傻气，低声找补了一句：赶开那些拾东西的，大令下来了！我没心思去执行，可是不敢公然违抗命令，我走到铺户外边，向那些妇人孩子们摆了摆手，我说不出话来！

一边这样维持秩序，我一边往猪肉铺走，为是说一声，那件大褂等我给洗好了再送来。屠户在小肉铺门口坐着呢，我没想到这样的小铺也会遭抢，可是竟自成个空铺子了。我说了句什么，屠户连头也没抬。我往铺子里望了望：大小肉墩子，肉钩子，钱筒子，油盘，凡是能拿走的吧，都被人家拿走了，只剩下了柜台和架肉案子的土台！

我又回到岗位，我的头痛得要裂。要是老教我看着这条街，我知道不久就会疯了。

大令真到了。十二名兵，一个长官，捧着就地正法的令牌，枪全上着刺刀。呕！原来还是辫子兵啊！他们抢完烧完，再出来就地正法别人；什么玩意呢？我还得给令牌行礼呀！

行完礼，我急快往四下里看，看看还有没有捡拾零碎东西的人，好警告他们一声。连屠户的木墩都搬了走的人民，本来值不得同情；可是被辫子兵们杀掉，似乎又太冤枉。

说时迟，那时快，一个十四五岁的男孩子没有走脱。枪刺围住了他，他手中还攥住一块木板与一只旧鞋。拉倒了，大刀

亮出来，孩子喊了声“妈！”血溅出去多远，身子还抽动，头已悬在电线杆子上

我连吐口唾沫的力量都没有了，天地都在我眼前翻转。杀人，看见过，我不怕。我是不平！我是不平！请记住这句，这就是前面所说过的，“我看出一点意思”的那点意思。想想看，把整串的金银镯子提回营去，而后出来杀个拾了双破鞋的孩子，还说就地正“法”呢！天下要有这个“法”，我×“法”的亲娘祖奶奶！请原谅我的嘴这么野，但是这种事恐怕也不大文明吧？

事后，我听人家说，这次的兵变是有什么政治作用，所以打抢的兵在事后还出来弹压地面。连头带尾，一切都是预先想好了的。什么政治作用？咱不懂！咱只想再骂街。可是，就凭咱这么个“臭脚巡”，骂街又有什么用呢！

【九】

简直我不愿再提这回事了，不过为圆上场面，我总得把问题提出来；提出来放在这里，比我聪明的人有的是，让他们自己去细咂摸吧！

怎么会“政治作用”里有兵变？

若是有意教兵来抢，当初干吗要巡警？

巡警到底是干吗的？是只管在街上小便的，而不管抢铺子的吗？

安善良民要是会打抢，巡警干吗去专拿小偷？

人们到底愿意要巡警不愿意？不愿意吧！为什么刚要打架就喊巡警，而且月月往外拿“警捐”？愿意吧！为什么又喜欢巡警不管事：要抢的好去抢，被抢的也一声不言语？

好吧，我只提出这么几个“样子”来吧！问题还多得很呢！我既不能去解决，也就不便再瞎叨叨了。这几个“样子”就真够数我糊涂的了，怎想怎不对，怎摸不清哪里是哪里，一会儿它有头有尾，一会儿又没头没尾，我这点聪明不够想这么大的事的。

我只能说这么一句老话，这个人民，连官儿、兵丁、巡警，带安善的良民，都“不够本”！所以，我心中的空儿就更大了呀！在这群“不够本”的人们里活着，就是个对付劲儿，别讲究什么“真”事儿，我算是看明白了。

还有个好字眼儿，别忘下：“汤儿事”。谁要是跟我一样，想不出什么好办法来，顶好用这个话，又现成，又恰当，而且可以不至把自己绕糊涂了。“汤儿事”，完了；如若还嫌稍微秃一点呢，再补上“真他妈的”，就挺合适。

【十】

不须再发什么议论，大概谁也能看清楚咱们国的人是怎回事了。由这个再谈到警察，稀松二五眼正是理之当然，一点也不出奇。就拿抓赌来说吧：早年间的赌局都是由顶有字号的人物做后台老板；不但官面上不能够抄拿，就是出了人命也没有什么了不得的；赌局里打死人是常有的事。赶到有了巡警之后，赌局还照旧开着，敢去抄吗？这谁也能明白，不必我说。可是，不抄吧，又太不像话；怎么办呢？有主意，捡着那老实的办几案，拿几个老头儿老太太，抄去几打儿纸牌，罚上十头八块的。巡警呢，算交上了差事；社会上呢，大小也有个风声，行了。拿这一件事比方十件事，警察自从一开头就是抹稀泥。它养着一群混饭吃的人，做些个混饭吃的事。社会上既不需要真正的巡警，巡警也犯不上为六块钱卖命。这很清楚。

这次兵变过后，我们的困难增多了老些。年轻的小伙子们，抢着了不少的东西，总算发了邪财。有的穿着两件马褂，有的十个手指头戴着十个戒指，都扬扬得意地在街上扭，斜眼看着巡警，鼻子里哽哽地哼白气。我只好低下头去，本来吗，那么大的阵式，我们巡警都一声没出，事后还能怨人家小看我们吗？赌局到处都是，白抢来的钱，输光了也不折本儿呀！我们不敢去抄，想抄也抄不过来，太多了。我们在墙儿外听见人家里面喊“人九”，“对子”，只作为没听见，轻轻地走过去。反正人们在院儿里头耍，不到街上来就行。哼！人们连这点面子也不给咱们留呀！那穿两件马褂的小伙子们偏要显出一点也不怕巡警——他们的祖父、爸爸，就没怕过巡警，也没见过巡警，他们为什么这辈子应当受巡警的气呢？——单要来到街上赌一场。有骰子就能开宝，蹲在地上就玩起活来。有一对石球就能踢，两人也行，五个人也行，“一毛钱一脚，踢不踢？好啦！‘倒回来！’”啪，球碰了球，一毛。耍儿真不小呢，一点钟里也过手好几块。这都在我们鼻子底下，我们管不管呢？管吧！一个人，只佩着连豆腐也切不齐的刀，而赌家老是一帮年轻的小伙子。明人不吃眼前亏，巡警得绕着道儿走过去，不管的为是。可是，不幸，遇见了稽察，“你难道瞎了眼，看不见他们聚赌？”回去，至轻是记一过。这份儿委屈哪儿诉去呢？

这样的事还多得很呢！以我自己说，我要不是佩着那么把破刀，而是拿着把手枪，跟谁我也敢碰碰，六块钱的饷银自然合不着卖命，可是泥人也有个土性，架不住碰在气头儿上。可是，我摸不着手枪，枪在土匪和大兵手里呢。

明明看见了大兵坐了车不给钱，而且用皮带抽洋车夫，我不敢不笑着把他劝了走。他有枪，他敢放，打死个巡警算得了什么呢！有一年，在三等窑子里，大兵们打死了我们三位弟兄，我们连凶首也没要出来。三位弟兄白白地死了，没有一个抵偿的，连一个挨几十军棍的也没有！他们的枪随便放，我们赤手空拳，我们这是文明事儿呀！

总而言之吧，在这么个以蛮横不讲理为荣，以破坏秩序为增光耀祖的社会里，巡警简直是多余。明白了这个，再加上我们前面所说过的食不饱力不足那一套，大概谁也能明白个八九成了。我们不抹稀泥，怎么办呢？我——我是个巡警——并不求谁原谅，我只是愿意这么说出来，心明眼亮，好教大家心里有个谱儿。

爽性我把最泄气的也说了吧：

当过了一二年差事，我在弟兄们中间已经是个了不得的人物。遇见官事，长官们总教我去挡头一阵。弟兄们并不因此而忌妒我，因为对大家的私事我也不走在后边。这样，每逢出个排长的缺，大家总对我咕唧：“这回一定是你补缺了！”仿佛他们非常希望要我这么个排长似的。虽然排长并没落在我身上，可是我的才干是大家知道的。

我的办事诀窍，就是从前面那一大堆话中抽出来的。比方说吧，有人来报被窃，巡长和我就去察看。糙糙地把门窗户院看一过儿，顺口搭音就把我们在哪儿有岗位，夜里有几趟巡逻，都说得详详细细，有滋有昧，仿佛我们比谁都精细，都卖力气。然后，找门窗不甚严密的地方，话软而意思硬地开始反攻："这扇门可不大保险，得安把洋锁吧？告诉你，安锁要往下安，门槛那溜儿就很好，不容易教贼摸到。屋里养着条小狗也是办法，狗圈在屋里，不管是多么小，有动静就会汪汪，比院里放着三条大狗还有用。先生你看，我们多留点神，你自己也得注点意，两下一凑合，准保丢不了东西了。好吧，我们回去，多派几名下夜的就是了；先生歇着吧！"这一套，把我们的责任卸了，他就赶紧得安锁养小狗；遇见和气的主儿呢，还许给我们泡壶茶喝。这就是我的本事。怎么不负责任，而且不教人看出抹稀泥来，我就怎办。话要说得好听，甜嘴蜜舌地把责任全推到一边去，准保不招灾不惹祸。弟兄们都会这一套，可是他们的嘴与神气差着点劲儿。一句话有多少种说法，把神气弄对了地方，话就能说出去又拉回来，像有弹簧似的。这点，我比他们强，而且他们还是学不了去，这是天生来的才分！

赶到我独自下夜，遇见贼，你猜我怎么办？我呀！把佩刀攥在手里，省得有响声；他爬他的墙，我走我的路，各不相扰。好嘛，真要教他记恨上我，藏在黑影儿里给我一砖，我受得了吗？那谁，傻王九，不是瞎了一只眼吗？他还不是为拿贼呢！有一天，他和董志和在街口上强迫给人们剪发，一人手里一把剪刀，见着带小辫的，拉过来就是一剪子。哼！教人家记上了。等傻王九走单了的时候，人家照准了他的眼就是一把石灰："让你剪我的发，×你妈妈的！"他的眼就那么瞎了一只。你说，这差事要不像我那么去当，还活着不活着呢？凡是巡警们以为该干涉的，人们都以为是"狗拿耗子多管闲事"，有什么法子呢？

我不能像傻王九似的，平白无故地丢去一只眼睛，我还留着眼睛看这个世界呢！轻手蹑脚地躲开贼，我的心里并没闲着，我想我那俩没娘的孩子，我算计这一个月的嚼谷。也许有人一五一十地算计，而用洋钱做单位吧？我呀，得一个铜子一个铜子地算。多几个铜子，我心里就宽绰；少几个，我就得发愁。还拿贼，谁不穷呢？穷到无路可走，谁也会去偷，肚子才不管什么叫作体面呢！

【十一】

这次兵变过后，又有一次大的变动：大清国改为中华民国了。改朝换代是不容易遇上的，我可是并没觉得这有什么意思。说真的，这百年不遇的事情，还不如兵变热闹呢。据说，一改民国，凡事就由人民主管了；可是我没看见。我还是巡警，饷银没有增加，天天出来进去还是那一套。原先我受别人的气，现在我还是受气；原先大官儿们的车夫仆人欺负我们，现在新官儿手底下的人也并不和气。"汤儿事"还是"汤儿事”，倒不因为改朝换代有什么改变。可也别说，街上剪发的人比从前多了一些，总得算作一点进步吧。牌九押宝慢慢地也少起来，贫富人家都玩“麻将”了，我们还是照样地不敢去抄赌，可是赌具不能不算改了良，文明了一些。

民国的民倒不怎样，民国的官和兵可了不得！像雨后的蘑菇似的，不知道哪儿来的这么些官和兵。官和兵本不当放在一块儿说，可是他们的确有些相像的地方。昨天还一脚黄土泥，今天做了官或当了兵，立刻就瞪眼；越糊涂，眼越瞪得大，好像是糊涂灯，糊涂得透亮儿。这群糊涂玩意儿听不懂哪叫好话，哪叫歹话，无论你说什么；他们总是横着来。他们糊涂得教人替他们难过，可是他们很得意。有时候他们教我都这么想了：我这辈大概做不了文官或是武官啦！因为我糊涂得不够程度！

几乎是个官儿就可以要几名巡警来给看门护院，我们成了一种保镖的，挣着公家的钱，可为私人做事。我便被派到宅门里去。从道理上说，为官员看守私宅简直不能算作差事；从实利上讲，巡警们可都愿意这么被派出来。我一被派出来，就拔升为“三等警”；“招募警”还没有被派出来的资格呢！我到这时候才算入了“等”。再说呢，宅门的事情清闲，除了站门、守夜，没有别的事可做；至少一年可以省出一双皮鞋来。事情少，而且外带着没有危险；宅里的老爷与太太若打起架来，用不着我们去劝，自然也就不会把我们打在底下而受点误伤。巡夜呢，不过是绕着宅子走两圈，准保遇不上贼；墙高狗厉害，小贼不能来，大贼不便于来——大贼找退职的官儿去偷，既有油水，又不至于引起官面严拿；他们不惹有势力的现任官。在这里，不但用不着去抄赌，我们反倒保护着老爷太太们打麻将。遇到宅里请客玩牌，我们就更清闲自在：宅门外放着一片车马，宅里到处亮如白昼，仆人来往如梭，两三桌麻将，四五盏烟灯，彻夜地闹哄，绝不会闹贼，我们就睡大觉，等天亮散局的时候，我们再出来站门行礼，给老爷们助威。要赶上宅里有红白事，我们就更合适：喜事唱戏，我们跟着白听戏，准保都是有名的角色，在戏园子里绝听不到这么齐全。丧事呢，虽然没戏可听，可是死人不能一半天就抬出去，至少也得停三四十天，念好几棚经；好了，我们就跟着吃吧；他们死人，咱们就吃犒劳。怕就怕死小孩，既不能开吊，又得听着大家呕呕地真哭。其次是怕小姐偷偷跑了，或姨太太有了什么大错而被休出去，我们捞不着吃喝看戏，还得替老爷太太们怪不得劲儿的！

教我特别高兴的，是当这路差事，出入也随便了许多，我可以常常回家看看孩子们。在“区”里或“段”上，请会儿浮假都好不容易，因为无论是在“内勤”或“外勤”，工作是刻板儿排好了的，不易调换更动。在宅门里，我站完门便没了我的事，只需对弟兄们说一声就可以走半天。这点好处常常教我害怕，怕再调回“区”里去；我的孩子们没有娘，还不多教他们看看父亲吗？

就是我不出去，也还有好处。我的身上既永远不疲乏，心里又没多少事儿，闲着干什么呢？我呀，宅上有的是报纸，闲着就打头到底地念。大报小报，新闻社论，明白吧不明白吧，我全念，老念。这个，帮助我不少，我多知道了许多的事，多识了许多的字。有许多字到如今我还念不出来，可是看惯了，我会猜出它们的意思来，就好像街面上常见着的人，虽然叫不上姓名来，可是彼此怪面善。除了报纸，我还满世界去借闲书看。不过，比较起来，还是念报纸的益处大，事情多，字眼儿杂，看着开心。唯其事多字多，所以才费劲；念到我不能明白的地方，我只好再拿起闲书来了。闲书老是那一套，看了上回，猜也会猜到下回是什么事；正因为它这样，所以才不必费力，看着玩玩就算了。报纸开心，闲书散心，这是我的一点经验。

在门儿里可也有坏处：吃饭就第一成了问题。在“区”里或“段”上，我们的伙食钱是由饷银里坐地儿扣，好歹不拘，天天到时候就有饭吃。派到宅门里来呢，一共三五个人，绝不能找厨子包办伙食，没有厨子肯包这么小的买卖的。宅里的厨房呢，又不许我们用；人家老爷们要巡警，因为知道可以白使唤几个穿制服的人，并不大管这群人有肚子没有。我们怎办呢？自己起灶，做不到，买一堆盆碗锅勺，知道哪时就又被调了走呢？再说，人家门头上要巡警原为体面好看，好，我们若是给人家弄得盆朝天碗朝地，刀勺乱响，成何体统呢？没法子，只好买着吃。

这可够别扭的。手里若是有钱，不用说，买着吃是顶自由了，爱吃什么就叫什么，弄两盅酒儿伍的，叫俩可口的菜，岂不是个乐子？请别忘了，我可是一月才共总进六块钱！吃的苦还不算什么，一顿一顿想主意可真教人难过，想着想着我就要落泪。我要省钱，还得变个样儿，不能老啃干馍馍辣饼子，像填鸭子似的。省钱与可口简直永远不能碰到一块，想想钱，我认命吧，还是弄几个干烧饼，和一块老腌萝卜，对付一下吧；

想到身子，似乎又不该如此。想，越想越难过，越不能决定；一直饿到太阳平西还没吃上午饭呢！

我家里还有孩子呢！我少吃一口，他们就可以多吃一口，谁不心疼孩子呢？吃着包饭，我无法少交钱；现在我可以自由地吃饭了，为什么不多给孩子们省出一点来呢？好吧，我有八个烧饼才够，就硬吃六个，多喝两碗开水，来个“水饱”！我怎能不落泪呢！

看看人家宅门里吧，老爷挣钱没数儿！是呀，只要一打听就能打听出来他拿多少薪俸，可是人家绝不指着那点固定的进项，就这么说吧，一月挣八百块的，若是干挣八百块，他怎能那么阔气呢？这里必定有文章。这个文章是这样的，你要是一月挣六块钱，你就死挣那个数儿，你兜儿里忽然多出一块钱来，都会有人斜眼看你，给你造些谣言。你要是能挣五百块，就绝不会死挣这个数儿，而且你的钱越多，人们越佩服你。这个文章似乎一点也不合理，可是它就是这么做出来的，你爱信不信！

报纸与宣讲所里常常提倡自由；事情要是等着提倡，当然是原来没有。我原没有自由；人家提倡了会子，自由还没来到我身上，可是我在宅门里看见它了。民国到底是有好处的，自己有自由没有吧，反正看见了也就得算开了眼。

你瞧，在大清国的时候，凡事都有个准谱儿；该穿蓝布大褂的就得穿蓝布大褂，有钱也不行。这个，大概就应叫作专制吧！一到民国来，宅门里可有了自由，只要有钱，你爱穿什么，吃什么，戴什么，都可以，没人敢管你。所以，为争自由，得拼命地去搂钱；搂钱也自由，因为民国没有御史。你要是没在大宅门待过，大概你还不信我的话呢，你去看看好了。现在的一个小官都比老年间的头品大员多享着点福：讲吃的，现在交通方便，山珍海味随便地吃，只要有钱，吃腻了这些还可以拿西餐洋酒换换口味；哪一朝的皇上大概也没吃过洋饭吧？讲穿的，讲戴的，讲看的听的，使的用的，都是如此；坐在屋里你可以享受全世界最好的东西。如今享福的人才真叫作享福，自然如今搂钱也比从前自由得多。别的我不敢说，我准知道宅门里的姨太太擦五十块钱一小盒的香粉，是由什么巴黎来的；巴黎在哪儿？我不知道，反正那里来的粉是很贵。我的邻居李四，把个胖小子卖了，才得到四十块钱，足见这香粉贵到什么地步了，一定是又细又香呀，一定！

好了，我不再说这个了；尽自贫嘴恶舌，倒好像我不赞成自由似的，那我哪敢呢！

我再从另一方面说几句，虽然还是话里套话，可是多少有点变化，好教人听着不俗气厌烦。刚才我说人家宅门里怎样自由，怎样阔气，谁可也别误会了人家做老爷的就整天地大把往外扔洋钱，老爷们才不这么傻呢！是呀，姨太太擦比一个小孩还贵的香粉，但是姨太太是姨太太，姨太太有姨太太的造化与本事。人家做老爷的给姨太太买那么贵的粉，正因为人家有地方可以抠出来。你就这么说吧，好比你做了老爷，我就能按着宅门的规矩告诉你许多诀窍：你的电灯，自来水，煤，电话，手纸，车马，天棚，家具，信封信纸，花草，都不用花钱；最后，你还可以白使唤几名巡警。这是规矩，你要不明白这个，你简直不配做老爷。告诉你一句到底的话吧，做老爷的要空着手儿来，满膛满馅地去，就好像刚惊蛰后的臭虫，来的时候是两张皮，一会儿就变成肚大腰圆，满兜儿血。这个比喻稍粗一点，意思可是不错。自由地搂钱，专制地省钱，两下里一合，你的姨太太就可以擦巴黎的香粉了。这句话也许说得太深奥了一些，随便吧！你爱懂不懂。

这可就该说到我自己了。按说，宅门里白使唤了咱们一年半载，到节了年了的，总该有个人心，给咱们哪怕是顿稿劳饭呢，也大小是个意思。哼！休想！人家做老爷的钱都留着给姨太太花呢，巡警算哪道货？等咱被调走的时候，求老爷给“区”里替我说句好话，咱都得感激不尽。

你看，命令下来，我被调到别处。我把铺盖卷打好，然后恭而敬之地去见宅上的老爷。看吧，人家那股子劲儿大了去啦！待理不理的，倒仿佛我偷了他点东西似的。我托咐了几句：求老爷顺便和“区”里说一声，我的差事当得不错。人家微微地一抬眼皮，连个屁都懒得放。我只好退出来了，人家连个拉铺盖的车钱也不给；我得自己把它扛了走。这就是他妈的差事，这就是他妈的人情！

【十二】

机关和宅门里的要人越来越多了。我们另成立了警卫队，一共有五百人，专做那义务保镖的事。为是显出我们真能保卫老爷们，我们每人有一杆洋枪和几排子弹。对于洋枪——这些洋枪——我一点也不感觉兴趣：它又沉，又老，又破，我摸不清这是由哪里找来的一些专为压人肩膀，而一点别的用处没有的玩意儿。我的子弹老在腰间围着，永远不准往枪里搁；到了什么大难临头，老爷们都逃走了的时候，我们才安上刺刀。

这可并非是说，我可以完全不管那支破家伙；它虽然是那么破，我可得给它支使着。枪身里外，连刺刀，都得天天擦；即使永远擦不亮，我的手可不能闲着。心到神知！再说，有了枪，身上也就多了些玩意儿，皮带，刺刀鞘，子弹袋子，全得弄得利落抹腻，不能像猪八戒挎腰刀那么懈懈松松的，还得打裹腿呢！

多出这么些事来，肩膀上添了七八斤的分量，我多挣了一块钱；现在我是一个月挣七块大洋了，感谢天地！

七块钱，扛枪，打裹腿，站门，我干了三年多。由这个宅门串到那个宅门，由这个衙门调到那个衙门；老爷们出来，我行礼；老爷进去，我行礼。这就是我的差事。这种差事才毁人呢：你说没事做吧，又有事；说有事做吧，又没事。还不如上街站岗去呢。在街上，至少得管点事，用用心思。在宅门或衙门，简直永远不用费什么一点脑子。赶到在闲散的衙门或汤儿事的宅子里，连站门的时候都满可以随便，拄着枪立着也行，抱着抢打盹也行。这样的差事教人不起一点儿劲，它生生地把人耗疲了。一个当仆人的可以有个盼望，哪儿的事情甜就想往哪儿去，我们当这份儿差事，明知一点好来头没有，可是就那么一天天地穷耗，耗得连自己都看不起了自己。按说，这么空闲无事，就应当吃得白白胖胖，也总算个体面呀。哼！我们并蹲不出膘儿来。我们一天老绕着那七块钱打算盘，穷得揪心。心要是揪上，还怎么会发胖呢？

以我自己说吧，我的孩子已到上学的年岁了，我能不教他去吗？上学就得花钱，古今一理，不算出奇，可是我上哪里找这份钱去呢？做官的可以白占许多许多便宜，当巡警的连孩子白念书的地方也没有。上私塾吧，学费节礼、书籍笔墨，都是钱。上学校吧，制服、手工材料、种种本子，比上私塾还费得多。再说，孩子们在家里，饿了可以掰一块窝窝头吃；一上学，就得给点心钱，即使咱们肯教他揣着块窝窝头去，他自己肯吗？小孩的脸是更容易红起来的。

我简直没办法。这么大个活人，就会干瞪着眼睛看自己的儿女在家里荒荒着！我这辈无望了，难道我的儿女应当更不济吗？看着人家宅门的小姐少爷去上学，喝！车接车送，到门口还有老妈子丫鬟来接书包，抱进去，手里拿着橘子苹果和新鲜的玩具。人家的孩子这样，咱的孩子那样；孩子不都是将来的国民吗？我真想辞差不干了。我愣当仆人去，弄俩零钱，好教我的孩子上学。

可是人就是别入了辙，入到哪条辙上便一辈子拔不出腿来。当了几年的差事——虽然是这样的差事——我事事入了辙，这里有朋友，有说有笑，有经验，它不教我起劲，可是我也仿佛不大能狠心地离开它。再说，一个人的虚荣心每每比金钱还有力量，当惯了差，总以为去当仆人是往下走一步，虽然可以多挣些钱。这可笑，很可笑，可是人就是这么个玩意儿。我一跟朋友们说这个，大家都摇头。有的说，大家混得都很好的，干吗去改行？有的说，这山望着那山高，咱们这些苦人干什么也发不了财，先忍着吧！有的说，人家中学毕业生还有当“招募警”的呢，咱们有这个差事当，就算不错；何必呢？连巡官都对我说了：好歹混着吧，这是差事；凭你的本事，日后总有升腾！大家这么一说，我的心更活了，仿佛我要是固执起来，倒不大对得住朋友似的。好吧，还往下混吧。小孩念书的事呢？没有下文！

不久，我可有了个好机会。有位冯大人哪，官职大得很，一要就要十二名警卫；四名看门，四名送信跑道，四名做跟随。这四名跟随得会骑马。那时候，汽车还没出世，大官们都讲究坐大马车。在前清的时候，大官坐轿或坐车，不是前有顶马，后有跟班吗？这位冯大人愿意恢复这点官威，马车后得有四名带枪的警卫。敢情会骑马的人不好找，找遍了全警卫队，才找到了三个；三条腿不大像话，连巡官都急得直抓脑袋。我看出便宜来了：骑马，自然得有粮钱哪！为我的小孩念书起见，我得冒下子险，假如从马粮钱里能弄出块儿八毛的来，孩子至少也可以去私塾了。按说，这个心眼不甚好，可是我这是卖着命，我并不会骑马呀！我告诉了巡官，我愿意去。他问我会骑马不会？我没说我会，也没说我不会；他呢，反正找不到别人，也就没究根儿。

有胆子，天下便没难事。当我头一次和马见面的时候，我就合计好了：摔死呢，孩子们入孤儿院，不见得比在家里坏；摔不死呢，好，孩子们可以念书去了。这么一来，我就先不怕马了。我不怕它，它就得怕我，天下的事不都是如此吗？再说呢，我的腿脚利落，心里又灵，跟那三位会骑马的瞎扯巴了一会儿，我已经把骑马的招数知道了不少。找了匹老实的，我试了试，我手心里攥着把汗，可是硬说我有了把握。头几天，我的罪过真不小，浑身像散了一般，屁股上见了血。我咬了牙。等到伤好了，我的胆子更大起来，而且觉出来骑马的快乐。跑，跑，车多快，我多快，我算是制服了一种动物！

我把马制服了，可是没把粮草钱拿过来，我白冒了险。冯大人家中有十几匹马呢，另有看马的专人，没有我什么事。我几乎气病了。可是，不久我又高兴了：冯大人的官职是这么大，这么多，他简直没有回家吃饭的工夫。我们跟着他出去，一跑就是一天。他当然喽，到处都有饭吃，我们呢？我们四个人商议了一下，决定跟他交涉，他在哪里吃饭，也得有我们的。冯大人这个人心眼还不错，他很爱马，爱面子，爱手下的人。我们一对他说，他马上答应了。这个，可是个便宜。不用往多里说。我们要是一个月准能在外边白吃半个月的饭，我们不就省下半个月的饭钱吗？我高了兴！

冯大人，我说，很爱面子。当我们去见他交涉饭食的时候，他细细看了看我们。看了半天，他摇了摇头，自言自语地说：“这可不行！”我以为他是说我们四个人不行呢，敢情不是。他登时要笔墨，写了个条子：“拿这个见总队长去，教他三天内都办好！”把条子拿下来，我们看了看，原来是教队长给我们换制服：我们平常的制服是斜纹布的，冯大人现在教换呢子的；袖口、裤缝和帽箍，一律要安金绦子。靴子也换，要过膝的马靴。枪要换上马枪，还另外给一人一把手枪。看完这个条子，连我们自己都觉得不合适：长官们才能穿呢衣，镶金绦，我们四个是巡警，怎能平白无故地穿上这一套呢？自然，我们不能去教冯大人收回条子去，可是我们也怪不好意思去见总队长。总队长要是不敢违抗冯大人，他满可以对我们四个人发发脾气呀！

你猜怎么着？总队长看了条子，连大气没出，照话而行，都给办了。你就说冯大人有多么大的势力吧！喝！我们四个人可抖起来了，真正细黑呢制服，镶着黄澄澄的金绦，过膝的黑皮长靴，靴后带着白亮亮的马刺，马枪背在背后，手枪挎在身旁，抢匣外耷拉着长杏黄穗子。简直可以这么说吧，全城的巡警的威风都教我们四个人给夺过来了。我们在街上走，站岗的巡警全都给我们行礼，以为我们是大官儿呢！

当我做裱糊匠的时候，稍微讲究一点的烧活，总得糊上匹菊花青的大马。现在我穿上这么抖的制服，我到马棚去挑了匹菊花青的马，这匹马非常的闹手，见了人是连啃带踢；我挑了它，因为我原先糊过这样的马，现在我得骑上匹活的；菊花青，多么好看呢！这匹马闹手，可是跑起来真作脸，头一低，嘴角吐着点白沫，长鬃像风吹着一垄春麦，小耳朵立着像俩小瓢儿；我只需一认镫，它就要飞起来。这一辈子，我没有过什么真正得意的事；骑上这匹菊花青大马，我必得说，我觉到了骄傲与得意！

按说，这回的差事总算过得去了，凭那一身衣裳与那匹马还不值得高高兴兴地混吗？哼！新制服还没穿过三个月，冯大人吹了台，警卫队也被解散；我又回去当三等警了。

【十三】

警卫队解散了。为什么？我不知道。我被调到总局里去当差，并且得了一面铜片的奖章，仿佛是说我在宅门里立下了什么功劳似的。在总局里，我有时候管户口册子，有时候管辅捐的账簿，有时候值班守大门，有时候看管军装库。这么二三年的工夫，我又把局子里的事情全明白了个人概，加上我以前在街面上、衙门口和宅门里的那些经验，我可以算作个百事通了，里里外外的事，没有我不晓得的。要提起警务，我是地道内行。可是一直到这个时候，当了十年的差，我才升到头等警，每月挣大洋九元。

大家伙或者以为巡警都是站街的，年轻轻的好管闲事。其实，我们还有一大群人在区里局里藏着呢。假若有一天举行总检阅，你就可以看见些稀奇古怪的巡警：罗锅腰的，近视眼的，掉了牙的，瘸着腿的，无奇不有。这些怪物才真是巡警中的盐，他们都有资格有经验，识文断字，一切公文案件，一切办事的诀窍，都在他们手里呢。要是没有他们，街上的巡警就非乱了营不可。这些人，可是永远不会升腾起来；老给大家办事，一点起色也没有，平生连出头露面地体面一次都没有过。他们任劳任怨地办事，一直到他们老得动不了窝，老是头等警，挣九块大洋。多咱你在街上看见：穿着洗得很干净的灰布大褂，脚底下可还穿着巡警的皮鞋，用脚后跟慢慢地走，仿佛支使不动那双鞋似的，那就准是这路巡警。他们有时候也到大“酒缸”上，喝一个“碗酒”，就着十几个花生豆儿，挺有规矩，一边往下咽那点辣水，一边叹着气。头发已经有些白的了，嘴巴儿可还刮得很光，猛看很像个太监。他们很规则，和蔼，会做事，他们连休息的时候还得穿着那双不得人心的鞋！

跟这群人在一处办事，我长了不少的知识。可是，我也有点害怕：莫非我也就这样下去了吗？他们够多么可爱，又多么可怜呢！看着他们，我心中时常忽然凉那么一下，教我半天说不上话来。不错，我比他们都年岁小，也不见得比他们不精明，可是我有希望没有呢？年岁小？我也三十六了！

这几年在局子里可也有一样好处，我没受什么惊险。这几年，正是年年春秋准打仗的时期，旁人受的罪我先不说，单说巡警们就真够瞧的。一打仗，兵们就成了阎王爷，而巡警头朝了下！要粮，要车，要马，要人，要钱，全交派给巡警，慢一点送上去都不行。一说要烙饼一万斤，得，巡警就得挨着家去到切面铺和烙烧饼的地方给要大饼；饼烙得，还得押着清道夫给送到营里去；说不定还挨几个嘴巴回来！

要单是这么伺候着兵老爷们，也还好；不，兵老爷们还横反呢。凡是有巡警的地方，他们非捣乱不可，巡警们管吧不好，不管吧也不好，活受气。世上有糊涂人，我晓得；但是兵们的糊涂令我不解。他们只为逞一时的字号，完全不讲情理；不讲情理也罢，反正得自己别吃亏呀；不，他们连自己吃亏不吃亏都看不出来，你说天下哪里再找这么糊涂的人呢。就说我的表弟吧，他已当过十多年的兵，后来几年还老是排长，按说总该明白点事儿了。哼！那年打仗，他押着十几名俘虏往营里送。喝！他得意非常地在前面领着，仿佛是个皇上似的。他手下的弟兄都看出来，为什么不先解除了俘虏的武装呢？他可就是不这么办，拍着胸膛说一点错儿没有。走到半路上，后面响了枪，他登时就死在了街上。他是我的表弟，我还能盼着他死吗？可是这股子糊涂劲儿，教我也没法抱怨开枪打他的人。有这样一个例子，你也就能明白一点兵们是怎样地难对付了。你要是告诉他，汽车别往墙上开，好啦，他就非去碰碰不可，把他自己碰死倒可以，他就是不能听你的话。

在总局里几年，没别的好处，我算是躲开了战时的危险与受气。自然啰！一打仗，煤米柴炭都涨价儿，巡警们也随着大家一同受罪，不过我可以安坐在公事房里，不必出去对付大兵们，我就得知足。

可是，在局里我又怕一辈子就窝在那里，永没有出头之日，有人情，可以升腾起来；没人情而能在外边拿贼办案，也是个路子，我既没人情，又不到街面上去，打哪儿升高一步呢？我越想越发愁。

【十四】

到我四十岁那年，大运亨通，我补了巡长！我顾不得想已经当了多少年的差，卖了多少力气，和巡长才挣多少钱；都顾不得想了。我只觉得我的运气来了！

小孩子拾个破东西，就能高兴地玩耍半天，所以小孩子能够快乐。大人们也得这样，或者才能对付着活下去。细细一想，事情就全糟。我升了巡长，说真的，巡长比巡警才多挣几块钱呢？挣钱不多，责任可有多么大呢！往上说，对上司们事事得说出个谱儿来；往下说，对弟兄们得又精明又热诚；对内说，差事得交得过去；对外说，得能不软不硬地办了事。这，比做知县难多了。县长就是一个地方的皇上，巡长没那个身份，他得认真办事，又得敷衍事，真真假假，虚虚实实，哪一点没想到就出蘑菇。出了蘑菇还是真糟，往上升腾不易呀，往下降可不难呢。当过了巡长再降下来，派到哪里去也不吃香：弟兄们要吃、喝！你这做过巡长的……这个那个的扯一堆。长官呢，看你是刺儿头，故意地给你小鞋穿，你怎么忍也忍不下去。怎办呢？哼！由巡长而降为巡警，顶好干脆卷铺盖家去，这碗饭不必再吃了。可是，以我说吧，四十岁才升上巡长，真要是卷了铺盖，我干吗去呢？

真要是这么一想，我登时就得白了头发。幸而我当时没这么想，只顾了高兴，把坏事儿全放在了一旁。我当时倒这么想：四十做上巡长，五十——哪怕是五十呢！——再做上巡官，也就算不白当了差。咱们非学校出身，又没有大人情，能做到巡官还算小吗？这么一想，我简直地拼了命，精神百倍地看着我的事，好像看着颗夜明珠似的！

做了二年的巡长，我的头上真见了白头发。我并没细想过一切，可是天天揪着心，唯恐哪件事办错了，担了处分。白天，我老喜笑颜开地打着精神办公；夜间，我睡不实在，忽然想起一件事，我就受了一惊似的，翻来覆去地思索；未必能想出办法来，我的困意可也就不再回来了。

公事而外，我为我的儿女发愁：儿子已经二十了，姑娘十八。福海——我的儿子——上过几天私塾，几天贫儿学校，几天公立小学。字吗，凑在一块儿他大概能念下来第二册国文；坏招儿，他可学会了不少，私塾的，贫儿学校的，公立小学的，他都学来了，到处准能考一百分，假若学校里考坏招数的话。本来吗，自幼失了娘，我又终年在外边瞎混，他可不是爱怎么反就怎么反啵。我不恨铁不成钢去责备他，也不抱怨任何人，我只恨我的时运低，发不了财，不能好好地教育他。我不算对不起他们，我一辈子没给他们弄个后娘，给他们气受。至于我的时运不济，只能当巡警，那并非是我的错儿，人还能大过天去吗？

福海的个子可不小，所以很能吃呀！一顿胡搂三大碗芝麻酱拌面，有时候还说不很饱呢！就凭他这个吃法，他再有我这么两份儿爸爸也不中用！我供给不起他上中学，他那点“秀气”也没法考上。我得给他找事做。哼！他会做什么呢？

从老早，我心里就这么嘀咕：我的儿子愣可去拉洋车，也不去当巡警；我这辈子当够了巡警，不必世袭这份差事了！在福海十二三岁的时候，我教他去学手艺，他哭着喊着的一百个不去。不去就不去吧，等他长两岁再说；对个没娘的孩子不就得格外心疼吗？到了十五岁，我给他找好了地方去学徒，他不说不去，可是我一转脸，他就会跑回家来。几次我送他走，几次他偷跑回来。于是只好等他再大一点吧，等他心眼转变过来也许就行了。哼！从十五到二十，他就愣荒荒过来，能吃能喝，就是不爱干活儿。赶到教我给逼急了：“你到底愿意干什么呢？你说！”他低着脑袋，说他愿意挑巡警！他觉得穿上制服，在街上走，既能挣钱，又能就手儿散心，不像学徒那样永远圈在屋里。我没说什么，心里可刺着痛。我给打了个招呼，他挑上了巡警。我心里痛不痛的，反正他有事做，总比死吃我一口强啊。父是英雄儿好汉，爸爸巡警儿子还是巡警，而且他这个巡警还必定跟不上我。我到四十岁才熬上巡长，他到四十岁，哼！不教人家开革出来就是好事！没盼望！我没续娶过，因为我咬得住牙。他呢，赶明儿个难道不给他成家吗？拿什么养着呢？

是的，儿子当了差，我心中反倒堵上个大疙瘩！

再看女儿呀，也十八九了，尽自搁在家里算怎回事呢？当然，早早撮出去的为是，越早越好。给谁呢？巡警，巡警，还得是巡警？一个人当巡警，子孙万代全得当巡警，仿佛掉在了巡警阵里似的。可是，不给巡警还真不行呢：论模样，她没什么模样；论教育，她自幼没娘，只认识几个大字；论陪送，我至多能给她做两件洋布大衫；论本事，她只能受苦，没别的好处。巡警的女儿天生来的得嫁给巡警，八字造定，谁也改不了！

唉！给了就给了啵！撮出她去，我无论怎说也可以心净一会儿。并非是我心狠哪；想想看，把她搭到二十多岁，还许就剩在家里呢。我对谁都想对得起，可是谁又对得起我来着！我并不想唠里唠叨地发牢骚，不过我愿把事情都摺平了，谁是谁非，让大家看。

当她出嫁的那一天，我真想坐在那里痛哭一场。我可是没有哭；这也不是一半天的事了，我的眼泪只会在眼里转两转，简直地不会往下流！

【十五】

儿子有了事做，姑娘出了阁，我心里说：这我可能远走高飞了！假若外边有个机会，我愣把巡长搁下，也出去见识见识。什么发财不发财的，我不能就窝囊这么一辈子。

机会还真来了。记得那位冯大人呀，他放了外任官。我不是爱看报吗？得到这个消息，就找他去了，求他带我出去。他还记得我，而且愿意这么办。他教我去再约上三个好手，一共四个人随他上任。我留了个心眼，请他自己向局里要四名，作为是拨遣。我是这么想：假若日后事情不见佳呢，既省得朋友们抱怨我，而且还可以回来交差，有个退身步。他看我的办法不错，就指名向局里调了四个人。

这一喜可非同小喜。就凭我这点经验知识，管保说，到哪儿我也可以做个很好的警察局局长，一点不是瞎吹！一条狗还有得意的那一天呢，何况是个人？我也该抖两天了，四十多岁还没露过一回脸呢！

果然，命令下来，我是卫队长；我乐得要跳起来。

哼！也不知是咱的命不好，还是冯大人的运不济；还没到任呢，又撤了差。猫咬尿泡，瞎欢喜一场！幸而我们四个人是调用，不是辞差；冯大人又把我们送回局里去了。我的心里既为这件事难过，又为回局里能否还当巡长发愁，我脸上瘦了一圈。

幸而还好，我被派到防疫处做守卫，一共有六位弟兄，由我带领。这是个不错的差事，事情不多，而由防疫处开我们的饭钱。我不确实地知道，大概这是冯大人给我说了句好话。

在这里，饭钱既不必由自己出，我开始攒钱，为是给福海娶亲——只剩了这么一档子该办的事了，爽性早些办了吧！

在我四十五岁上，我娶了儿媳妇——她的娘家父亲与哥哥都是巡警。可倒好，我这一家子，老少里外，全是巡警，凑吧凑吧，就可以成立个警察分所！

人的行动有时候莫名其妙。娶了儿媳妇以后，也不知怎么我以为应当留下胡子，才够做公公的样子。我没细想自己是干什么的，直入公堂地就留下胡子了。小黑胡子在我嘴上，我捻上一袋关东烟，觉得挺够味儿。本来吗，姑娘聘出去了，儿子成了家，我自己的事又挺顺当，怎能觉得不是味儿呢？

哼！我的胡子惹下了祸。总局局长忽然换了人，新局长到任就检阅全城的巡警。这位老爷是军人出身，只懂得立正看齐，不懂得别的。在前面我已经说过，局里区里都有许多老人们，长相不体面，可是办事多年，最有经验。我就是和局里这群老手儿排在一处的，因为防疫处的守卫不属于任何警区，所以检阅的时候便随着局里的人立在一块儿。

当我们站好了队，等着检阅的时候，我和那群老人们还有说有笑，自自然然的。我们心里都觉得，重要的事情都归我们办，提哪一项事情我们都知道，我们没升腾起来已经算很委屈了，谁还能把我们踢出去吗？上了几岁年纪，诚然，可是我们并没少做事儿呀！即使说老朽不中用了，反正我们都至少当过十五六年的差，我们年轻力壮的时候是把精神血汗耗费在公家的差事上，冲着这点，难道还不留个情面吗？谁能够看狗老了就一脚踢出去呢？我们心中都这么想，所以满没把这回事放在心里，以为新局长从远处隙我们一眼也就算了。

局长到了，大个子胸前挂满了徽章，又是喊，又是蹦，活像个机器人。我心里打开了鼓。他不按着次序看，一眼看到我们这一排，他猛虎扑食似的就跑过来了。叉开脚，手握在背后，他向我们点了点头。然后忽然他一个箭步跳到我们跟前，抓起一个老书记生的腰带，像摔跤似的往前一拉，几乎把老书记生拉倒；抓着腰带，他前后摇晃了老书记生几把，然后猛一撒手，老书记生摔了个屁股墩。局长对准了他就是两口唾沫："你也当巡警！连腰带都系不紧？来！拉出去毙了！"

我们都知道，凭他是谁，也不能枪毙人。可是我们的脸都白了，不是怕，是气的。那个老书记生坐在地上，哆嗦成了一团。

局长又看了看我们，然后用手指划了条长线："你们全滚出去，别再教我看见你们！你们这群东西也配当巡警！"说完这个，仿佛还不解气，又跑到前面，扯着脖子喊："是有胡子的全脱了制服，马上走！"

有胡子的不止我一个，还都是巡长巡官，要不然我也不敢留下这几根惹祸的毛。

二十年来的服务，我就是这么被刷下来了。其实呢，我虽四十多岁，我可是一点也不显着老苍，谁教我留下了胡子呢！这就是说，当你年轻力壮的时候，你把命卖上，一月就是那六七块钱。你的儿子，因为你当巡警，不能读书受教育；你的女儿，因为你当巡警，也嫁个穷汉去吃窝窝头。你自己呢，一长胡子，就算完事，一个铜子的恤金养老金也没有，服务二十年后，你教人家一脚踢出来，像踢开一块碍事的砖头似的。五十以前，你没挣下什么，有三顿饭吃就算不错；五十以后，你该想主意了，是投河呢，还是上吊呢？这就是当巡警的下场头。

二十年来的差事，没做过什么错事，但我就这样卷了铺盖。

弟兄们有含着泪把我送出来的，我还是笑着；世界上不平的事可多了，我还留着我的泪呢！

【十六】

穷人的命——并不像那些施舍稀粥的慈善家所想的——不是几碗粥所能救活了的；有粥吃，不过多受几天罪罢了，早晚还是死。我的履历就跟这样的粥差不多，它只能帮助我找上个小事，教我多受几天罪；我还得去当巡警。除了说我当巡警，我还真没法介绍自己呢！它就像颗不体面的痣或瘤子，永远跟着我。我懒得说当过巡警，懒得再去当巡警，可是不说不当，还真连碗饭也吃不上，多么可恶呢！

歇了没有好久，我由冯大人的介绍，到一座煤矿上去做卫生处主任，后来又升为矿村的警察分所所长；这总算运气不坏。在这里我很施展了些我的才干与学问：对村里的工人，我以二十年服务的经验，管理得真叫不错。他们聚赌、斗殴、罢工、闹事、醉酒，就凭我的一张嘴，就事论事，干脆了当，我能把他们说得心服口服。对弟兄们呢，我得亲自去训练。他们之中有的是由别处调来的，有的是由我约来帮忙的，都当过巡警；这可就不容易训练，因为他们懂得一些警察的事儿，而想看我一手儿。我不怕，我当过各样的巡警，里里外外我全晓得；凭着这点经验，我算是没被他们给撅了。对内对外，我全有办法，这一点也不瞎吹。

假若我能在这里混上几年，我敢保说至少我可以积攒下个棺材本儿，因为我的饷银差不多等于一个巡官的，而到年底还可以拿一笔奖金。可是，我刚做到半年，把一切都布置得有个大概了，哼！我被人家顶下来了。我的罪过是年老与过于认真办事。弟兄们满可以拿些私钱，假若我肯睁着一只闭着一只眼的话。我的两眼都睁着，种下了毒。对外也是如此，我明白警察的一切，所以我要本着良心把此地的警务办得完完全全，真像个样儿。还是那句话，人民要不是真正的人民，办警察是多此一举，越办得好越招人怨恨。自然，容我办上几年，大家也许能看出它的好处来。可是，人家不等办好，已经把我踢开了。

在这个社会中办事，现在才明白过来，就得像发给巡警们皮鞋似的。大点，活该！小点，挤脚？活该！什么事都能办通了，你打算合大家的适，他们要不把鞋打在你脸上才怪。这次的失败，因为我忘了那三个宝贝字——“汤儿事”，因此我又卷了铺盖。

这回，一闲就是半年多。从我学徒时候起，我无事也忙，永不懂得偷闲。现在，虽然是奔五十的人了，我的精神气力并不比哪个年轻小伙子差多少。生让我闲着，我怎么受呢？由早晨起来到日落，我没有正经事做，没有希望，跟太阳一样，就那么由东而西的转过去；不过，太阳能照亮了世界，我呢，心中老是黑乎乎的。闲得起急，闲得要躁，闲得讨厌自己，可就是摸不着点儿事做。想起过去的劳力与经验，并不能自慰，因为劳力与经验没给我积攒下养老的钱，而我眼看着就是挨饿。我不愿人家养着我，我有自己的精神与本事，愿意自食其力地去挣饭吃。我的耳目好像做贼的那么尖，只要有个消息，便赶上前去，可是老空着手回来，把头低得无可再低，真想一跤摔死，倒也爽快！还没到死的时候，社会像要把我活埋了！晴天大日头的，我觉得身子慢慢往土里陷；什么缺德的事也没做过，可是受这么大的罪。一天到晚我叼着那根烟袋，里边并没有烟，只是那么叼着，算个“意思”而已。我活着也不过是那么个“意思”，好像专为给大家当笑话看呢！

好容易，我弄到个事：到河南去当盐务缉私队的队兵。队兵就队兵吧，有饭吃就行呀！借了钱，打点行李，我把胡子剃得光光的上了“任”

半年的工夫，我把债还清，而且升为排长。别人花俩，我花一个，好还债。别人走一步，我走两步，所以升了排长。委屈并挡不住我的努力，我怕失业。一次失业，就多老上三年，不饿死，也憋闷死了。至于努力挡得住失业挡不住，那就难说了。

我想——哼！我又想了！——我既能当上排长，就能当上队长，不又是个希望吗？这回我留了神，看人家怎做，我也怎做。人家要私钱，我也要，我别再为良心而坏了事；良心在这年月并不值钱。假若我在队上混个队长，连公带私，有几年的工夫，我不是又可以剩下个棺材本儿吗？我简直地没了大志向，只求腿脚能动便去劳动；多咱动不了窝，好，能有个棺材把我装上，不至于教野狗们把我嚼了。我一眼看着天，一眼看着地。我对得起天，再求我能静静地躺在地下。并非我倚老卖老，我才五十来岁；不过，过去的努力既是那么白干一场，我怎能不把眼睛放低一些，只看着我将来的坟头呢！我心里是这么想，我的志愿既这么小，难道老天爷还不睁开点眼吗？

来家信，说我得了孙子。我要说我不喜欢，那简直不近人情。可是，我也必得说出来：喜欢完了，我心里凉了那么一下，不由得自言自语地嘀咕："哼！又来个小巡警吧！"一个做祖父的，按说，哪有给孙子说丧气话的，可是谁要是看过我前边所说的一大片，大概谁也会原谅我吧？有钱人家的儿女是希望，没钱人家的儿女是累赘；自己的肚中空虚，还能顾得子孙万代，和什么"忠厚传家久，诗书继世长"吗？

我的小烟袋锅儿里又有了烟叶，叼着烟袋，我咂摸着将来的事儿。有了孙子，我的责任还不止于剩个棺材本儿了；儿子还是三等警，怎能养家呢？我不管他们夫妇，还不管孙子吗？这教我心中忽然非常的乱，自己一年比一年地老，而家中的嘴越来越多，哪个嘴不得用窝窝头填上呢！我深深地打了几个嗝儿，胸中仿佛横着一口气。算了吧，我还是少思索吧，没头儿，说不尽！个人的寿数是有限的，困难可是世袭的呢！子子孙孙，万年永实用，窝窝头！

风雨要是都按着天气预测那么来，就无所谓狂风暴雨了。困难若是都按着咱们心中所思虑的一步一步慢慢地来，也就没有把人急疯了这一说了。我正盘算着孙子的事儿，我的儿子死了！

他还并没死在家里呀！我还得去运灵。

福海，自从成家以后，很知道要强。虽然他的本事有限，可是他懂得了怎样尽自己的力量去做事。我到盐务缉私队上来的时候，他很愿意和我一同来，相信在外边可以多一些发展的机会。我拦住了他，因为怕事情不稳，一下子再教父子同时失业，如何得了。可是，我前脚离开了家，他紧随着也上了威海卫。他在那里多挣两块钱。独自在外，多挣两块就和不多挣一样，可是穷人想要强，就往往只看见了钱，而不多合计合计。到那里，他就病了；舍不得吃药。及至他躺下了，药可也就没了用。

把灵运回来，我手中连一个钱也没有了。儿媳妇成了年轻的寡妇，带着个吃奶的小孩，我怎么办呢？我没法再出外去做事，在家乡我又连个三等巡警也当不上，我才五十岁，已走到了绝路。我羡慕福海，早早地死了，一闭眼三不知；假若他活到我这个岁数，至好也不过和我一样，多一半还许不如我呢！儿媳妇哭，哭得死去活来，我没有泪，哭不出来，我只能满屋里打转，偶尔地冷笑一声。

以前的力气都白卖了。现在我还得拿出全套的本事，去给小孩子找点粥吃。我去看守空房；我去帮着人家卖菜；我去做泥水匠的小工子活；我去给人家搬家……除了拉洋车，我什么都做过了。无论做什么，我还都卖着最大的力气，留着十分的小心。五十多了，我出的是二十岁的小伙子的力气，肚子里可是只有点稀粥与窝窝头，身上到冬天没有一件厚实的棉袄，我不求人白给点什么，还想仗着力气与本事挣饭吃，豪横了一辈子，到死我还不能输这口气。时常我挨一天的饿，时常我没有煤上火，时常我找不到一撮儿烟叶，可是我决不说什么；我给公家卖过力气了，我对得住一切的人，我心里没毛病，还说什么呢？我等着饿死，死后必定没有棺材，儿媳妇和孙子也得跟着饿死，那只好就这样吧！谁教我是巡警呢！我的眼前时常发黑，我仿佛已摸到了死，哼！我还笑，笑我这一辈子的聪明本事，笑这出奇不公平的世界，希望等我笑到末一声，这世界就换个样儿吧！

月牙儿

【一】

是的，我又看见月牙儿了，带着点寒气的一钩儿浅金。多少次了，我看见跟现在这个月牙儿一样的月牙儿；多少次了。它带着种种不同的感情，种种不同的景物，当我坐定了看它，它一次一次地在我记忆中的碧云上斜挂着。它唤醒了我的记忆，像一阵晚风吹破一朵欲睡的花。

【二】

那第一次，带着寒气的月牙儿确是带着寒气。它第一次在我的云中是酸苦，它那一点点微弱的浅金光儿照着我的泪。那时候我也不过是七岁吧，一个穿着短红棉袄的小姑娘。戴着妈妈给我缝的一顶小帽儿，蓝布的，上面印着小小的花，我记得。我倚着那间小屋的门垛，看着月牙儿。屋里是药味，烟味，妈妈的眼泪，爸爸的病；我独自在台阶上看着月牙，没人招呼我，没人顾得给我做晚饭。我晓得屋里的惨凄，因为大家说爸爸的病……可是我更感觉自己的悲惨，我冷，饿，没人理我。一直地我立到月牙儿落下去。什么也没有了，我不能不哭。可是我的哭声被妈妈的压下去；爸，不出声了，面上蒙了块白布。我要掀开白布，再看看爸，可是我不敢。屋里只是那么点点地方，都被爸占了去。妈妈穿上白衣，我的红袄上也罩了个没缝襟边的白袍，我记得，因为不断地撕扯襟边上的白丝儿。大家都很忙，嚷嚷的声儿很高，哭得很恸，可是事情并不多，也似乎值不得嚷：爸爸就装入那么一个四块薄板的棺材里，到处都是缝子。然后，五六个人把他抬了走。妈和我在后边哭。我记得爸，记得爸的木匣。那个木匣结束了爸的一切：每逢我想起爸来，我就想到非打开那个木匣不能见着他。但是，那木匣是深深地埋在地里，我明知在城外哪个地方埋着它，可又像落在地上的一个雨点，似乎永难找到。

【三】

妈和我还穿着白袍，我又看见了月牙儿。那是个冷天，妈妈带我出城去看爸的坟。妈拿着很薄很薄的一摞儿纸。妈那天对我特别的好，我走不动便背我一程，到城门上还给我买了一些炒栗子。什么都是凉的，只有这些栗子是热的；我舍不得吃，用它们热我的手。走了多远，我记不清了，总该是很远很远吧。在爸出殡的那天，我似乎没觉得这么远，或者是因为那天人多；这次只是我们娘儿俩，妈不说话，我也懒得出声，什么都是静寂的；那些黄土路静寂得没有头儿。天是短的，我记得那个坟：小小的一堆儿土，远处有一些高土岗儿，太阳在黄土岗儿上头斜着。妈妈似乎顾不得我了，把我放在一旁，抱着坟头儿去哭。我坐在坟头的旁边，弄着手里那几个栗子。妈哭了一阵，把那点纸焚化了，一些纸灰在我眼前卷成一两个旋儿，而后懒懒地落在地上；风很小，可是很够冷的。妈妈又哭起来。我也想爸，可是我不想哭他；我倒是为妈妈哭得可怜而也落了泪。过去拉住妈妈的手："妈不哭！不哭！"妈妈哭得更恸了。她把我搂在怀里。眼看太阳就落下去，四外没有一个人，只有我们娘儿俩。妈似乎也有点怕了，含着泪，扯起我就走，走出老远，她回头看了看，我也转过身去：爸的坟已经辨不清了；土岗的这边都是坟头，一小堆一小堆，一直摆到土岗底下。妈妈叹了口气。我们紧走慢走，还没有走到城门，我看见了月牙儿。四外漆黑，没有声音，只有月牙儿放出一道儿冷光。我乏了，妈妈抱起我来。怎样进的城，我就不知道了，只记得迷迷糊糊的天上有个月牙儿。

【四】

刚八岁，我已经学会了去当东西。我知道，若是当不来钱，我们娘儿俩就不要吃晚饭；因为妈妈但分有点主意，也不肯叫我去。我准知道她每逢交给我个小包，锅里必是连一点粥底儿也看不见了。我们的锅有时干净得像个体面的寡妇。这一天，我拿的是一面镜子。只有这件东西似乎是不必要的，虽然妈妈天天得用它。这是个春天，我们的棉衣都刚脱下来就入了当铺。我拿着这面镜子，我知道怎样小心，小心而且要走得快，当铺是老早就上门的。我怕当铺的那个大红门，那个大高长柜台。一看见那个门，我就心跳。可是我必须进去，似乎是爬进去，那个高门槛儿是那么高。我得用尽了力量，递上我的东西，还得喊：“当当！”得了钱和当票，我知道怎样小心地拿着，快快回家，晓得妈妈不放心。可是这一次，当铺不要这面镜子，告诉我再添一号来。我懂得什么叫“一号”。把镜子搂在胸前，我拼命地往家跑。妈妈哭了；她找不到第二件东西。我在那间小屋住惯了，总以为东西不少；及至帮着妈妈一找可当的衣物，我的小心里才明白过来，我们的东西很少，很少。妈妈不叫我去了。可是“妈妈咱们吃什么呢？”妈妈哭着递给我她头上的银簪——只有这一件东西是银的。我知道，她拔下过来几回，都没肯交给我去当。这是妈妈出门子时，姥姥家给的一件首饰。现在，她把这么一件银器给了我，叫我把镜子放下。我尽了我的力量赶回当铺，那可怕的大门已经严严地关好了。我坐在那门墩上，握着那根银簪。不敢高声地哭，我看着天，啊，又是月牙儿照着我的眼泪！哭了好久，妈妈在黑影中来了，她拉住了我的手，呕，多么热的手，我忘了一切的苦处，连饿也忘了，只要有妈妈这只热手拉着我就好。我抽抽搭搭地说："妈！咱们回家睡觉吧。明儿早上再来！"妈一声没出。又走了一会儿："妈！你看这个月牙；爸死的那天，它就是这么歪歪着。为什么她老这么斜着呢？"妈还是一声没出，她的手有点颤。

【五】

妈妈整天地给人家洗衣裳。我老想帮助妈妈，可是插不上手。我只好等着妈妈，非到她完了事，我不去睡。有时月牙儿已经上来，她还哼哧哼哧地洗。那些臭袜子，硬牛皮似的，都是铺子里的伙计们送来的。妈妈洗完这些"牛皮"就吃不下饭去。我坐在她旁边，看着月牙，蝙蝠专会在那条光儿底下穿过来穿过去，像银线上穿着个大菱角，极快地又掉到暗处去。我越可怜妈妈，便越爱这个月牙，因为看着它，使我心中痛快一点。它在夏天更可爱，它老有那么点凉气，像一条冰似的。我爱它给地上的那点小影子，一会儿就没了；迷迷糊糊的不甚清楚，及至影子没了，地上就特别的黑，星也特别的亮，花也特别的香——我们的邻居有许多花木，那棵高高的洋槐总把花儿落到我们这边来，像一层雪似的。

【六】

妈妈的手起了层鳞，叫她给搓搓背顶解痒痒了。可是我不敢常劳动她，她的手是洗粗了的。她瘦，被臭袜子熏得常不吃饭。我知道妈妈要想主意了，我知道。她常把衣裳推到一边，愣着。她和自己说话。她想什么主意呢？我可是猜不着。

【七】

妈妈嘱咐我不叫我别扭，要乖乖地叫“爸”：她又给我找到一个爸。这是另一个爸，我知道，因为坟里已经埋好一个爸了。妈嘱咐我的时候，眼睛看着别处。她含着泪说：“不能叫你饿死！”呕，是因为不饿死我，妈才另给我找了个爸！我不明白多少事，我有点怕，又有点希望——果然不再挨饿的话。多么凑巧呢，离开我们那间小屋的时候，天上又挂着月牙。这次的月牙比哪一回都清楚，都可怕；我是要离开这住惯了的小屋了。妈坐了一乘红轿，前面还有几个鼓手，吹打得一点也不好听。轿在前边走，我和一个男人在后边跟着，他拉着我的手。那可怕的月牙放着一点光，仿佛在凉风里颤动。街上没有什么人，只有些野狗追着鼓手们咬；轿子走得很快。上哪去呢？是不是把妈抬到城外去，抬到坟地去？那个男人扯着我走，我喘不过气来，要哭都哭不出来。那男人的手心出了汗，凉得像个鱼似的，我要喊“妈”，可是不敢。一会儿，月牙像个要闭上的一道大眼缝，轿子进了个小巷。

【八】

我在三四年里似乎没再看见月牙。新爸对我们很好，他有两间屋子，他和妈住在里间，我在外间睡铺板。我起初还想跟妈妈睡，可是几天之后，我反倒爱“我的”小屋了。屋里有白白的墙，还有条长桌，一把椅子。这似乎都是我的。我的被子也比从前的厚实暖和了。妈妈也渐渐胖了点，脸上有了红色，手上的那层鳞也慢慢掉净。我好久没去当当了。新爸叫我去上学。有时候他还跟我玩一会儿。我不知道为什么不爱叫他“爸”，虽然我知道他很可爱。他似乎也知道这个，他常常对我那么一笑；笑的时候他有很好看的眼睛。可是妈妈偷告诉我叫爸，我也不愿十分的别扭。我心中明白，妈和我现在是有吃有喝的，都因为有这个爸，我明白。是的，在这三四年里我想不起曾经看见过月牙儿；也许是看见过而不大记得了。爸死时那个月牙，妈轿子前面那个月牙，我永远忘不了。那一点点光，那一点寒气，老在我心中，比什么都亮，都清凉，像块玉似的，有时候想起来仿佛能用手摸到似的。

【九】

我很爱上学。我老觉得学校里有不少的花，其实并没有；

只是一想起学校就想到花罢了，正像一想起爸的坟就想起城外的月牙儿——在野外的小风里歪歪着。妈妈是很爱花的，虽然买不起，可是有人送给她一朵，她就顶喜欢地戴在头上。我有机会便给她折一两朵来；戴上朵鲜花，妈的后影还很年轻似的。妈喜欢，我也喜欢。在学校里我也很喜欢。也许因为这个，我想起学校便想起花来？

【十】

当我要在小学毕业那年，妈又叫我去当当了。我不知道为什么新爸忽然走了。他上了哪儿，妈似乎也不晓得。妈妈还叫我上学，她想爸不久就会回来的。他许多日子没回来，连封信也没有。我想妈又该洗臭袜子了，这使我极难受。可是妈妈并没这么打算。她还打扮着，还爱戴花；奇怪！她不落泪，反倒好笑；为什么呢？我不明白！好几次，我下学来，看她在门口儿立着。又隔了不久，我在路上走，有人“嗨”我了：“嗨！给你妈捎个信儿去！”“嗨！你卖不卖呀？小嫩的！”我的脸红得冒出火来，把头低得无可再低。我明白，只是没办法。我不能问妈妈，不能。她对我很好，而且有时候极郑重地说我：“念书！念书！”妈是不识字的，为什么这样催我念书呢？我疑心；又常由疑心而想到妈是为我才做那样的事。妈是没有更好的办法。疑心的时候，我恨不能骂妈妈一顿。再一想，我要抱住她，央告她不要再做那个事。我恨自己不能帮助妈妈。所以我也想到：我在小学毕业后又有什么用呢？我和同学们打听过了，有的告诉我，去年毕业的有好几个做姨太太的。有的告诉我，谁当了暗门子。我不大懂这些事，可是由她们的说法，我猜到这不是好事。她们似乎什么都知道，也爱偷偷地谈论她们明知是不正当的事——这些事叫她们的脸红红的而显出得意。我更疑心妈妈了，是不是等我毕业好去做……这么一想，有时候我不敢回家，我怕见妈妈。妈妈有时候给我点心钱，我不肯花，饿着肚子去上体操，常常要晕过去。看着别人吃点心，多么香甜呢！可是我得省着钱，万一妈妈叫我去……我可以跑，假如我手中有钱。我最阔的时候，手中有一毛多钱！在这些时候，即使在白天，我也有时望一望天上，找我的月牙儿呢。我心中的苦处假若可以用个形状比喻起来，必是个月牙儿形的。它无依无靠地在灰蓝的天上挂着，光儿微弱，不大会儿便被黑暗包住。

【十一】

叫我最难过的是我慢慢地学会了恨妈妈。可是每当我恨她的时候，我不知不觉地便想起她背着我上坟的光景。想到了这个，我不能恨她了。我又非恨她不可。我的心像——还是像那个月牙儿，只能亮那么一会儿，而黑暗是无限的。妈妈的屋里常有男人来了，她不再躲避着我。他们的眼像狗似地看着我，舌头吐着，垂着涎。我在他们的眼中是更解馋的，我看出来。在很短的期间，我忽然明白了许多的事。我知道我得保护自己，我觉出我身上好像有什么可贵的地方，我闻得出我已有一种什么味道，使我自己害羞，多感。我身上有了些力量，可以保护自己，也可以毁了自己。我有时很硬气，有时候很软。我不知怎样好。我愿爱妈妈，这时候我有好些必要问妈妈的事，需要妈妈的安慰；可是正在这个时候，我得躲着她，我得恨她；要不然我自己便不存在了。当我睡不着的时节，我很冷静地思索，妈妈是可原谅的。她得顾我们俩的嘴。可是这个又使我要拒绝再吃她给我的饭菜。我的心就这么忽冷忽热，像冬天的风，休息一会儿，刮得更要猛；我静候着我的怒气冲来，没法儿止住。

【十二】

事情不容我想好方法就变得更坏了。妈妈问我，“怎样？”假若我真爱她呢，妈妈说，我应该帮助她。不然呢，她不能再管我了。这不像妈妈能说得出的话，但是她确是这么说了。她说得很清楚：“我已经快老了，再过二年，想白叫人要也没人要了！”这是对的，妈妈近来擦许多的粉，脸上还露出摺子来。她要再走一步，去专伺候一个男人。她的精神来不及伺候许多男人了。为她自己想，这时候能有人要她——是个馒头铺掌柜的愿要她——她该马上就走。可是我已经是个大姑娘了，不像小时候那样容易跟在妈妈轿后走过去了。我得打主意安置自己。假若我愿意“帮助”妈妈呢，她可以不再走这一步，而由我代替她挣钱。代她挣钱，我真愿意；可是那个挣钱方法叫我哆嗦。我知道什么呢，叫我像个半老的妇人那样去挣钱？！妈妈的心是狠的，可是钱更狠。妈妈不逼着我走哪条路，她叫我自己挑选——帮助她，或是我们娘儿俩各走各的。妈妈的眼没有泪，早就干了。我怎么办呢？

【十三】

我对校长说了。校长是个四十多岁的妇人，胖胖的，不很精明，可是心热。我是真没了主意，要不然我怎会开口述说妈妈的……我并没和校长亲近过。当我对她说的时候，每个字都像烧红了的煤球烫着我的喉，我哑了，半天才能吐出一个字。校长愿意帮助我。她不能给我钱，只能供给我两顿饭和住处——就住在学校和个老女仆做伴儿。她叫我帮助文书写写字，可是不必马上就这么办，因为我的字还需要练习。两顿饭，一个住处，解决了天大的问题。我可以不连累妈妈了。妈妈这回连轿也没坐，只坐了辆洋车，摸着黑走了。我的铺盖，她给了我。临走的时候，妈妈挣扎着不哭，可是心底下的泪到底翻上来了。她知道我不能再找她去，她的亲女儿。我呢，我连哭都忘了怎么哭了，我只咧着嘴抽搭，泪蒙住了我的脸。我是她的女儿、朋友、安慰。但是我帮助不了她，除非我得做那种我决不肯做的事。在事后一想，我们娘儿俩就像两个没人管的狗，为我们的嘴，我们得受着一切的苦处，好像我们身上没有别的，只有一张嘴。为这张嘴，我们得把其余一切的东西都卖了。我不恨妈妈了，我明白了。不是妈妈的毛病，也不是不该长那张嘴，是粮食的毛病，凭什么没有我们的吃食呢？这个别离，把过去一切的苦楚都压过去了。那最明白我的眼泪怎流的月牙这回没出来，这回只有黑暗，连点萤火的光也没有。妈妈就在暗中像个活鬼似的走了，连个影子也没有。即使她马上死了，恐怕也不会和爸埋在一处了，我连她将来的坟在哪里都不会知道。我只有这么个妈妈，朋友。我的世界里剩下我自己。

【十四】

妈妈永不能相见了，爱死在我心里，像被霜打了的春花。我用心地练字，为是能帮助校长抄抄写写些不要紧的东西。我必须有用，我是吃着别人的饭。我不像那些女同学，她们一天到晚注意别人，别人吃了什么，穿了什么，说了什么；我老注意我自己，我的影子是我的朋友。“我”老在我的心上，因为没人爱我。我爱我自己，可怜我自己，鼓励我自己，责备我自己；我知道我自己，仿佛我是另一个人似的。我身上有一点变化都使我害怕，使我欢喜，使我莫名其妙。我在我自己手中拿着，像捧着一朵娇嫩的花。我只能顾目前，没有将来，也不敢深想。嚼着人家的饭，我知道那是晌午或晚上了，要不然我简直想不起时间来；没有希望，就没有时间。我好像钉在个没有日月的地方。想起妈妈，我晓得我曾经活了十几年。对将来，我不像同学们那样盼望放假，过节，过年；假期，节，年，跟我有什么关系呢？可是我的身体是往大了长呢，我觉得出。觉出我又长大了一些，我更渺茫，我不放心我自己。我越往大了长，我越觉得自己好看，这是一点安慰；美使我抬高了自己的身份。可是我根本没身份，安慰是先甜后苦的，苦到末了又使我自傲。穷，可是好看呢！这又使我怕：妈妈也是不难看的。

【十五】

我又老没看月牙了，不敢去看，虽然想看。我已毕了业，还在学校里住着。晚上，学校里只有两个老仆人，一男一女。他们不知怎样对待我好，我既不是学生，也不是先生，又不是仆人，可有点像仆人。晚上，我一个人在院中走，常被月牙给赶进屋来，我没有胆子去看它。可是在屋里，我会想象它是什么样，特别是在有点小风的时候。微风仿佛会给那点微光吹到我的心上来，使我想起过去，更加重了眼前的悲哀。我的心就好像在月光下的蝙蝠，虽然是在光的下面，可是自己是黑的；黑的东西，即使会飞，也还是黑的，我没有希望。我可是不哭，我只常皱着眉。

【十六】

我有了点进款：给学生织些东西，她们给我点工钱。校长允许我这么办。可是进不了许多，因为她们也会织。不过她们自己急于要用，而赶不来，或是给家中人打双手套或袜子，才来照顾我。虽然是这样，我的心似乎活了一点，我甚至想到：假若妈妈不走那一步，我是可以养活她的。一数我那点钱，我就知道这是梦想，可是这么想使我舒服一点。我很想看看妈妈。假若她看见我，她必能跟我来，我们能有方法活着，我想——可是不十分相信。我想妈妈，她常到我的梦中来。有一天，我跟着学生们去到城外旅行，回来的时候已经是下午四点多了。为是快点回来，我们抄了个小道。我看见了妈妈！在个小胡同里有一家卖馒头的，门口放着个元宝筐，筐上插着个顶大的白木头馒头。顺着墙坐着妈妈，身儿一仰一弯地拉风箱呢。从老远我就看见了那个大木馒头与妈妈，我认识她的后影。我要过去抱住她。可是我不敢，我怕学生们笑话我，她们不许我有这样的妈妈。越走越近了，我的头低下去，从泪中看了她一眼，她没看见我。我们一群人擦着她的身子走过去，她好像是什么也没看见，专心地拉她的风箱。走出老远，我回头看了看，她还在那儿拉呢。我看不清她的脸，只看到她的头发在额上披散着点。我记住这个小胡同的名儿。

【十七】

像有个小虫在心中咬我似的，我想去看妈妈，非看见她我心中不能安静。正在这个时候，学校换了校长。胖校长告诉我得打主意，她在这儿一天便有我一天的饭食与住处，可是她不能保险新校长也这么办。我数了数我的钱，一共是两块七毛零几个铜子。这几个钱不会叫我在最近的几天中挨饿，可是我上哪儿呢？我不敢坐在那儿呆呆地发愁，我得想主意。找妈妈去是第一个念头。可是她能收留我吗？假若她不能收留我，而我找了她去，即使不能引起她与那个卖馒头的吵闹，她也必定很难过。我得为她想，她是我的妈妈，又不是我的妈妈，我们母女之间隔着一层用穷做成的障碍。想来想去，我不肯找她去了。我应当自己担着自己的苦处。可是怎么担着自己的苦处呢？我想不起。我觉得世界很小，没有安置我与我的小铺盖卷的地方。我还不如一条狗，狗有个地方便可以躺下睡；街上不准我躺着。是的，我是人，人可以不如狗。假若我扯着脸不走，焉知新校长不往外撵我呢？我不能等着人家往外推。这是个春天。我只看见花儿开了，叶儿绿了，而觉不到一点暖气。红的花只是红的花，绿的叶只是绿的叶，我看见些不同的颜色，只是一点颜色；这些颜色没有任何意义，春在我的心中是个凉的死的东西。我不肯哭，可是泪自己往下流。

【十八】

我出去找事了。不找妈妈，不依赖任何人，我要自己挣饭吃。走了整整两天，抱着希望出去，带着尘土与眼泪回来。没有事情给我做。我这才真明白了妈妈，真原谅了妈妈。妈妈还洗过臭袜子，我连这个都做不上。妈妈所走的路是唯一的。学校里教给我的本事与道德都是笑话，都是吃饱了没事时的玩意。同学们不准我有那样的妈妈，她们笑话暗门子；是的，她们得这样看，她们有饭吃。我差不多要决定了：只要有人给我饭吃，什么我也肯干；妈妈是可佩服的。我才不去死，虽然想到过；不，我要活着。我年轻，我好看，我要活着。羞耻不是我造出来的。

【十九】

这么一想，我好像已经找到了事似的。我敢在院中走了，一个春天的月牙在天上挂着。我看出它的美来。天是暗蓝的，没有一点云。那个月牙清亮而温柔，把一些软光儿轻轻送到柳枝上。院中有点小风，带着南边的花香，把柳条的影子吹到墙角有光的地方来，又吹到无光的地方去；光不强，影儿不重，风微微地吹，都是温柔，什么都有点睡意，可又要轻软地活动着。月牙下边，柳梢上面，有一对星儿好像微笑的仙女的眼，逗着那歪歪的月牙和那轻摆的柳枝。墙那边有棵什么树，开满了白花，月的微光把这团雪照成一半儿白亮，一半儿略带点灰影，显出难以想到的纯净。这个月牙是希望的开始，我心里说。

【二十】

我又找了胖校长去，她没在家。一个青年把我让进去。他很体面，也很和气。我平素很怕男人，但是这个青年不叫我怕他。他叫我说什么，我便不好意思不说；他那么一笑，我心里就软了。我把找校长的意思对他说了，他很热心，答应帮助我。当天晚上，他给我送了两块钱来，我不肯收，他说这是他婶母——胖校长——给我的。他并且说他的婶母已经给我找好了地方住，第二天就可以搬过去。我要怀疑，可是不敢。他的笑脸好像笑到我的心里去。我觉得我要疑心便对不起人，他是那么温和可爱。

【二十一】

他的笑唇在我的脸上，从他的头发上我看着那也在微笑的月牙。春风像醉了，吹破了春云，露出月牙与一两对儿春星。河岸上的柳枝轻摆，春蛙唱着恋歌，嫩蒲的香味散在春晚的暖气里。我听着水流，像给嫩蒲一些生力，我想象着蒲梗轻快地往高里长。小蒲公英在潮暖的地上生长。什么都在溶化着春的力量，然后放出一些香味来。我忘了自己，我没了自己，像化在了那点春风与月的微光中。月儿忽然被云掩住，我想起来自己。我失去那个月牙儿，也失去了自己，我和妈妈一样了！

【二十二】

我后悔，我自慰，我要哭，我喜欢，我不知道怎样好。我要跑开，永不再见他；我又想他，我寂寞。两间小屋，只有我一个人，他每天晚上来。他永远俊美，老那么温和。他供给我吃喝，还给我做了几件新衣。穿上新衣，我自己看出我的美。可是我也恨这些衣服，又舍不得脱去。我不敢思想，也懒得思想，我迷迷糊糊的，腮上老有那么两块红。我懒得打扮，又不能不打扮，太闲在了，总得找点事做。打扮的时候，我怜爱自己；打扮完了，我恨自己。我的泪很容易下来，可是我设法不哭，眼终日老那么湿润润的，可爱。我有时候疯了似的吻他，然后把他推开，甚至于破口骂他；他老笑。

【二十三】

我早知道，我没希望；一点云便能把月牙遮住，我的将来是黑暗。果然，没有多久，春便变成了夏，我的春梦做到了头儿。有一天，也就是刚晌午吧，来了一个少妇。她很美，可是美得不玲珑，像个瓷人儿似的。她进到屋中就哭了。不用问，我已明白了。看她那个样儿，她不想跟我吵闹，我更没预备着跟她冲突。她是个老实人。她哭，可是拉住我的手："他骗了咱们俩！"她说。我以为她也只是个"爱人"。不，她是他的妻。她不跟我闹，只口口声声地说："你放了他吧！"我不知怎么才好，我可怜这个少妇。我答应了她。她笑了。看她这个样儿，我以为她是缺个心眼，她似乎什么也不懂，只知道要她的丈夫。

【二十四】

我在街上走了半天。很容易答应那个少妇呀，可是我怎么办呢？他给我的那些东西，我不愿意要；既然要离开他，便一刀两断。可是，放下那点东西，我还有什么呢？我上哪儿呢？

我怎么能当天就有饭吃呢？好吧，我得要那些东西，无法。我偷偷地搬了走。我不后悔，只觉得空虚，像一片云那样地无依无靠。搬到一间小屋里，我睡了一天。

【二十五】

我知道怎样俭省，自幼就晓得钱是好的。凑合着手里还有那点钱，我想马上去找个事。这样，我虽然不希望什么，或者也不会有危险了。事情可是并不因我长了一两岁而容易找到。我很坚决，这并无济于事，只觉得应当如此罢了。妇女挣钱怎这么不容易呢！妈妈是对的，妇人只有一条路走，就是妈妈所走的路。我不肯马上就往那么走，可是知道它在不很远的地方等着我呢。我越挣扎，心中越害怕。我的希望是初月的光，一会儿就要消失。一两个星期过去了，希望越来越小。最后，我去和一排年轻的姑娘们在小饭馆受选阅。很小的一个饭馆，很大的一个老板；我们这群都不难看，都是高小毕业的少女们，等皇赏似的，等着那个破塔似的老板挑选。他选了我。我不感谢他，可是当时确有点痛快。那群女孩子们似乎很羡慕我，有的竟自含着泪走去，有的骂声“妈的！”女人够多么不值钱呢！

【二十六】

我成了小饭馆的第二号女招待。摆菜、端菜、算账、报菜名，我都不在行。我有点害怕。可是“第一号”告诉我不用着急，她也都不会。她说，小顺管一切的事；我们当招待的只要给客人倒茶，递手巾把，和拿账条；别的不用管。奇怪！“第一号”的袖口卷起来很高，袖口的白里子上连一个污点也没有。腕上放着一块白丝手绢，绣着“妹妹我爱你”。她一天到晚往脸上拍粉，嘴唇抹得血瓢似的。给客人点烟的时候，她的膝往人家腿上倚；还给客人斟酒，有时候她自己也喝了一口。对于客人，有的她伺候得非常的周到；有的她连理也不理，她会把眼皮一耷拉，假装没看见。她不招待的，我只好去。我怕男人。我那点经验叫我明白了些，什么爱不爱的，反正男人可怕。特别是在饭馆吃饭的男人们，他们假装义气，打架似的让座让账；他们拼命地猜拳，喝酒；他们野兽似的吞吃，他们不必要而故意地挑剔毛病，骂人。我低头递茶递手巾，我的脸发烧。客人们故意地和我说东说西，招我笑；我没心思说笑。晚上九点多钟完了事，我非常地疲乏了。到了我的小屋，连衣裳没脱，我一直地睡到天亮。醒来，我心中高兴了一些，我现在是自食其力，用我的劳力自己挣饭吃。我很早地就去上工。

【二十七】

“第一号”九点多才来，我已经去了两点多钟。她看不起我，可也并非完全恶意地教训我：“不用那么早来，谁八点来吃饭？告诉你，丧气鬼，把脸别耷拉得那么长；你是女跑堂的，没让你在这儿送殡玩。低着头，没人多给酒钱；你干什么来了？不为挣子儿吗？你的领子太矮，咱这行全得弄高领子，绸子手绢，人家认这个！”我知道她是好意，我也知道设若我不肯笑，她也得吃亏，少分酒钱；小账是大家平分的。我也并非看不起她，从一方面看，我实在佩服她，她是为挣钱。妇女挣钱就得这么着，没第二条路。但是，我不肯学她。我仿佛看得很清楚：有朝一日，我得比她还开通，才能挣上饭吃。可是那得到了山穷水尽的时候；“万不得已”老在那儿等我们女人，我只能叫它多等几天。这叫我咬牙切齿，叫我心中冒火，可是妇女的命运不在自己手里。又干了三天，那个大掌柜的下了警告：再试我两天，我要是愿意往长了干呢，得照“第一号”那么办。“第一号”一半嘲弄，一半劝告地说：“已经有人打听你，干吗藏着乖的卖傻的呢？咱们谁不知道谁是怎着？女招待嫁银行经理的，有的是；你当是咱们低贱呢？闯开脸儿干呀，咱们也他妈的坐几天汽车！”这个，逼上我的气来，我问她：“你什么时候坐汽车？”她把红嘴唇撇得要掉下去：“不用你耍嘴皮子，干什么说什么；天生下来的香屁股，还不会干这个呢！”我干不了，拿了一块零五分钱，我回了家。

【二十八】

最后的黑影又向我迈了一步。为躲它，就更走近了它。我不后悔丢了那个事，可我也真怕那个黑影。把自己卖给一个人，我会。自从那回事儿，我很明白了些男女之间的关系。女人把自己放松一些，男人闻着味儿就来了。他所要的是肉，他发散了兽力，你便暂时有吃有穿；然后他也许打你骂你，或者停止了你的供给。女人就这么卖了自己，有时候还很得意，我曾经觉到得意。在得意的时候说的净是一些天上的话；过了会儿，你觉得身上的疼痛与丧气。不过，卖给一个男人，还可以说些天上的话；卖给大家，连这些也没法说了，妈妈就没说过这样的话。怕的程度不同，我没法接受“第一号”的劝告；“一个”男人到底使我少怕一点。可是，我并不想卖我自己。我并不需要男人，我还不到二十岁。我当初以为跟男人在一块儿必定有趣，谁知道到了一块他就要求那个我所害怕的事。是的，那时候我像把自己交给了春风，任凭人家摆布；过后一想，他是利用我的无知，畅快他自己。他的甜言蜜语使我走入梦里；醒过来，不过是一个梦，一些空虚；我得到的是两顿饭，几件衣服。我不想再这样挣饭吃，饭是实在的，实在地去挣好了。可是，若真挣不上饭吃，女人得承认自己是女人，得卖肉！一个多月，我找不到事做。

【二十九】

我遇见几个同学，有的升入了中学，有的在家里做姑娘。我不愿理她们，可是一说起话儿来，我觉得我比她们精明。原先，在学校的时候，我比她们傻；现在，“她们”显着呆傻了。她们似乎还都做梦呢。她们都打扮得很好，像铺子里的货物。她们的眼溜着年轻的男人，心里好像作着爱情的诗。我笑她们。是的，我必定得原谅她们，她们有饭吃，吃饱了当然只好想爱情，男女彼此织成了网，互相捕捉；有钱的，网大一些，捉住几个，然后从容地选择一个。我没有钱，我连个结网的屋角都找不到。我得直接地捉人，或是被捉，我比她们明白一些，实际一些。

【三十】

有一天，我碰见那个小媳妇，像瓷人似的那个。她拉住了我，倒好像我是她的亲人似的。她有点颠三倒四的样儿。“你是好人！你是好人！我后悔了，”她很诚恳地说，“我后悔了！我叫你放了他，哼，还不如在你手里呢！他又弄了别人，更好了，一去不回头了！”由探问中，我知道她和他也是由恋爱而结的婚，她似乎还很爱他。他又跑了。我可怜这个小妇人，她也是还做着梦，还相信恋爱神圣。我问她现在的情形，她说她得找到他，她得从一而终。要是找不到他呢？我问。她咬上了嘴唇，她有公婆，娘家还有父母，她没有自由，她甚至于羡慕我，我没有人管着。还有人羡慕我，我真要笑了！我有自由，笑话！她有饭吃，我有自由；她没自由，我没饭吃，我俩都是女人。

【三十一】

自从遇上那个小瓷人，我不想把自己专卖给一个男人了，我决定玩玩了；换句话说，我要“浪漫”地挣饭吃了。我不再为谁负着什么道德责任，我饿。浪漫足以治饿，正如同吃饱了才浪漫，这是个圆圈，从哪儿走都可以。那些女同学与小瓷人都跟我差不多，她们比我多着一点梦想，我比她们更直爽，肚子饿是最大的真理。是的，我开始卖了。把我所有的一点东西都折卖了，做了一身新行头，我的确不难看。我上了市。

【三十二】

我想我要玩玩，浪漫。啊，我错了。我还是不大明白世故。男人并不像我想的那么容易勾引。我要勾引文明一些的人，要至多只赔上一两个吻。哈哈，人家不上那个当，人家要初次见面便得到便宜。还有呢，人家只请我看电影，或逛逛大街，吃杯冰激凌；我还是饿着肚子回家。所谓文明人，懂得问我在哪儿毕业，家里做什么事。那个态度使我看明白，他若是要你，你得给他相当的好处；你若是没有好处可贡献呢，人家只用一角钱的冰激凌换你一个吻。要卖，得痛痛快快地。我明白了这个。小瓷人们不明白这个。我和妈妈明白，我很想妈了。

【三十三】

据说有些女人是可以浪漫地挣饭吃，我缺乏资本，也就不必再这样想了。我有了买卖。可是我的房东不许我再住下去，他是讲体面的人。我连瞧他也没瞧，就搬了家，又搬回我妈妈和新爸爸曾经住过的那两间房。这里的人不讲体面，可也更真诚可爱。搬了家以后，我的买卖很不错。连文明人也来了。文明人知道了我是卖，他们是买，就肯来了；这样，他们不吃亏，也不丢身份。初干的时候，我很害怕，因为我还不到二十岁。及至做过了几天，我也就不怕了。多咱他们像了一摊泥，他们才觉得上了算，他们满意，还替我做义务的宣传。干过了几个月，我明白的事情更多了，差不多每一见面，我就能断定他是怎样的人。有的很有钱，这样的人一开口总是问我的身价，表示他买得起我。他也很嫉妒，总想包了我；逛暗娼他也想独占，因为他有钱。对这样的人，我不大招待。他闹脾气，我不怕，我告诉他，我可以找上他的门去，报告给他的太太。在小学里念了几年书，到底是没白念，他唬不住我。“教育”是有用的，我相信了。有的人呢，来的时候，手里就攥着一块钱，唯恐上了当。对这种人，我跟他细讲条件，他就乖乖地回家去拿钱，很有意思。最可恨的是那些油子，不但不肯花钱，反倒要占点便宜走，什么半盒烟卷呀，什么一小瓶雪花膏呀，他们随手拿去。这种人还是得罪不得，他们在地面上很熟，得罪了他们，他们会叫巡警跟我捣乱。我不得罪他们，我喂着他们；乃至我认识了警官，才一个个地收拾他们。世界就是狼吞虎咽的世界，谁坏谁就占便宜。顶可怜的是那像学生样儿的，袋里装着一块钱和几十铜子，叮当地直响，鼻子上出着汗。我可怜他们，可是也照常卖给他们。我有什么办法呢！还有老头子呢，都是些规矩人，或者家中已然儿孙成群。对他们，我不知道怎样好；但是我知道他们有钱，想在死前买些快乐，我只好供给他们所需要的。这些经验叫我认识了“钱”与“人”。钱比人更厉害一些，人若是兽，钱就是兽的胆子。

【三十四】

我发现了我身上有了病。这叫我非常地苦痛，我觉得已经不必活下去了。我休息了，我到街上去走；无目的，乱走。我想去看看妈，她必能给我一些安慰，我想象着自己已是快死的人了。我绕到那个小巷，希望见着妈妈；我想起她在门外拉风箱的样子。馒头铺已经关了门。打听，没人知道搬到哪里去。这使我更坚决了，我非找到妈妈不可。在街上丧胆游魂地走了几天，没有一点用。我疑心她是死了，或是和馒头铺的掌柜的搬到别处去，也许在千里以外。这么一想，我哭起来。我穿好了衣裳，擦上了脂粉，在床上躺着，等死。我相信我会不久就死去的。可是我没死。门外又敲门了，找我的。好吧，我伺候他，我把病尽力地传给他。我不觉得这对不起人，这根本不是我的过错。我又痛快了些，我吸烟，我喝酒，我好像已是三四十岁的人了。我的眼圈发青，手心发热，我不再管；有钱才能活着，先吃饱再说别的吧。我吃得并不错，谁肯吃坏的呢！我必须给自己一点好吃食，一些好衣裳，这样才稍微对得起自己一点。

【三十五】

一天早晨，大概有十点来钟吧，我正披着件长袍在屋中坐着，我听见院中有点脚步声。我十点来钟起来，有时候到十二点才想穿好衣裳，我近来非常地懒，能披着件衣服呆坐一两个钟头。我想不起什么，也不愿想什么，就那么独自呆坐。那点脚步声，向我的门外来了，很轻很慢。不久，我看见一对眼睛，从门上那块小玻璃向里面看呢。看了一会儿，躲开了；我懒得动，还在那儿坐着。待了一会儿，那对眼睛又来了。我再也坐不住，我轻轻地开了门。“妈！”

【三十六】

我们母女怎么进了屋，我说不上来。哭了多久，也不大记得。妈妈已老得不像样儿了。她的掌柜的回了老家，没告诉她，偷偷地走了，没给她留下一个钱。她把那点东西变卖了，辞退了房，搬到一个大杂院里去。她已找了我半个多月。最后，她想到上这儿来，并没希望找到我，只是碰碰看，可是竟自找到了我。她不敢认我了，要不是我叫她，她也许就又走了。哭完了，我发狂似的笑起来：她找到了女儿，女儿已是个暗娼！她养着我的时候，她得那样；现在轮到我养着她了，我得那样！女人的职业是世袭的，是专门的！

【三十七】

我希望妈妈给我点安慰。我知道安慰不过是点空话，可是我还希望来自妈妈的口中。妈妈都往往会骗人，我们把妈妈的诓骗叫作安慰。我的妈妈连这个都忘了。她是饿怕了，我不怪她。她开始检点我的东西，问我的进项与花费，似乎一点也不以这种生意为奇怪。我告诉她，我有了病，希望她劝我休息几天。没有。她只说出去给我买药。“我们老干这个吗？”我问她。她没言语。可是从另一方面看，她确是想保护我，心疼我。她给我做饭，问我身上怎样，还常常偷看我，像妈妈看睡着了的小孩那样。只是有一层她不肯说，就是叫我不用再干这行了。我心中很明白——虽然有一点不满意她——除了干这个，还想不到第二个事情做。我们母女得吃得穿——这个决定了一切。什么母女不母女，什么体面不体面，钱是无情的。

【三十八】

妈妈想照应我，可是她得听着看着人家蹂躏我。我想好好对待她，可是我觉得她有时候讨厌。她什么都要管管，特别是对于钱。她的眼已失去年轻时的光泽，不过看见了钱还能发点光。对于客人，她就自居为仆人，可是当客人给少了钱的时候，她张嘴就骂。这有时候使我很为难。不错，既干这个还不是为钱吗？可是干这个的也似乎不必骂人。我有时候也会慢待人，可是我有我的办法，使客人急不得恼不得。妈妈的方法太笨了，很容易得罪人。看在钱的面上，我们不应当得罪人。我的方法或者出于我还年轻，还幼稚；妈妈便不顾一切地单单站在钱上了，她应当如此，她比我大着好些岁。恐怕再过几年我也就这样了，人老心也跟着老，渐渐老得和钱一样的硬。是的，妈妈不客气。她有时候劈手就抢客人的皮夹，有时候留下人家的帽子或值钱一点的手套与手杖。我很怕闹出事来，可是妈妈说得好："能多弄一个是一个，咱们是拿十年当作一年活着的，等七老八十还有人要咱们吗？"有时候，客人喝醉了，她便把他架出去，找个僻静地方叫他坐下，连他的鞋都拿回来。说也奇怪，这种人倒没有来找账的，想是已人事不知，说不定也许病一大场。或者事过之后，想过滋味，也就不便再来闹了，我们不怕丢人，他们怕。

【三十九】

妈妈是说对了：我们是拿十年当一年活着。干了二三年，我觉出自己是变了。我的皮肤粗糙了，我的嘴唇老是焦的，我的眼睛里老灰渌渌地带着血丝。我起来得很晚，还觉得精神不够。我觉出这个来，客人们更不是瞎子，熟客渐渐少起来。对于生客，我更努力地伺候，可是也更厌恶他们，有时候我管不住自己的脾气。我暴躁，我胡说，我已经不是我自己了。我的嘴不由得老胡说，似乎是惯了。这样，那些文明人已不多照顾我，因为我丢了那点"小鸟依人"——他们唯一的诗句——的身段与气味。我得和野鸡学了。我打扮得简直不像个人，这才招得动那不文明的人。我的嘴擦得像个红血瓢，我用力咬他们，他们觉得痛快。有时候我似乎已看见我的死，接进一块钱，我仿佛死了一点。钱是延长生命的，我的挣法适得其反。我看着自己死，等着自己死。这么一想，便把别的思想全止住了。不必想了，一天一天地活下去就是了，我的妈妈是我的影子，我至好不过将来变成她那样，卖了一辈子肉，剩下的只是一些白头发与抽皱的黑皮。这就是生命。

【四十】

我勉强地笑，勉强地疯狂，我的痛苦不是落几个泪所能减除的。我这样的生命是没什么可惜的，可是它到底是个生命，我不愿撒手。况且我所做的并不是我自己的过错。死假如可怕，那只因为活着是可爱的。我绝不是怕死的痛苦，我的痛苦久已胜过了死。我爱活着，而不应当这样活着。我想象着一种理想的生活，像做着梦似的；这个梦一会儿就过去了，实际的生活使我更觉得难过。这个世界不是个梦，是真的地狱。妈妈看出我的难过来，她劝我嫁人。嫁人，我有了饭吃，她可以弄一笔养老金。我是她的希望。我嫁谁呢?

【四十一】

因为接触的男子很多了，我根本已忘了什么是爱。我爱的是我自己，及至我已爱不了自己，我爱别人干什么呢？但是打算出嫁，我得假装说我爱，说我愿意跟他一辈子。我对好几个人都这样说了，还起了誓；没人接受。在钱的管领下，人都很精明。嫖不如偷，对，偷省钱。我要是不要钱，管保人人说爱我。

【四十二】

正在这个期间，巡警把我抓了去。我们城里的新官儿非常地讲道德，要扫清了暗门子。正式的妓女倒还照旧做生意，因为她们纳捐；纳捐的便是名正言顺的，道德的。抓了去，他们把我放在了感化院，有人教给我做工。洗、做、烹调、编织，我都会；要是这些本事能挣饭吃，我早就不干那个苦事了。我跟他们这样讲，他们不信，他们说我没出息，没道德。他们教给我工作，还告诉我必须爱我的工作。假如我爱工作，将来必定能自食其力，或是嫁个人。他们很乐观。我可没这个信心。他们最好的成绩，是已经有十几个女的，经过他们感化而嫁了人。到这儿来领女人的，只需花两块钱的手续费和找一个妥实的铺保就够了。这是个便宜，从男人方面看；据我想，这是个笑话。我干脆就不受这个感化。当一个大官儿来检阅我们的时候，我唾了他一脸唾沫。他们还不肯放了我，我是带危险性的东西。可是他们也不肯再感化我。我换了地方，到了狱中。

【四十三】

狱里是个好地方，它使人坚信人类的没有起色；在我做梦的时候都见不到这样丑恶的玩意。自从我一进来，我就不再想出去，在我的经验中，世界比这儿并强不了许多。我不愿死，假若从这儿出去而能有个较好的地方；事实上既不这样，死在哪儿不一样呢。在这里，在这里，我又看见了我的好朋友，月牙儿！多久没见着它了！妈妈干什么呢？我想起来一切。

老字号

钱掌柜走后，辛德治——三合祥的大徒弟，现在很拿点事——好几天没正经吃饭。钱掌柜是绸缎行公认的老手，正如三合祥是公认的老字号。辛德治是钱掌柜手下教练出来的人。可是他并不专因私人的感情而这样难过，也不是自己有什么野心。他说不上来为什么这样怕，好像钱掌柜带走了一些永难恢复的东西。

周掌柜到任。辛德治明白了，他的恐怖不是虚的；“难过”几乎要改成咒骂了。周掌柜是个“野鸡”，三合祥——多少年的老字号！——要满街拉客了！辛德治的嘴撇得像个煮破了的饺子。老手，老字号，老规矩——都随着钱掌柜的走了，或者永远不再回来。钱掌柜，那样正直，那样规矩，把买卖做赔了。东家不管别的，只求年底下多分红。

多少年了，三合祥是永远那么官样大气：金匾黑字，绿装修，黑柜蓝布围子，大杌凳[①]包着蓝呢子套，茶几上永远放着鲜花。多少年了，三合祥除了在灯节才挂上四只宫灯，垂着大红穗子，没有任何不合规矩的胡闹八光。多少年了，三合祥没打过价钱，抹过零儿，或是贴张广告，或者减价半月；三合祥卖的是字号。多少年了，柜上没有吸烟卷的，没有大声说话的；有点响声只是老掌柜的咕噜水烟与咳嗽。

这些，还有许许多多可宝贵的老气度，老规矩，由周掌柜一进门，辛德治看出来，全要完！周掌柜的眼睛就不规矩，他不低着眼皮，而是满世界扫，好像找贼呢。人家钱掌柜，老坐在大杌凳上合着眼，可是哪个伙计出错了口气，他也晓得。

果然，周掌柜——来了还没有两天——要把三合祥改成蹦蹦戏[②]的棚子：门前扎起血丝胡拉的一座彩牌，“大减价”每个字有五尺见方，两盏煤气灯，把人们照得脸上发绿。这还不够，门口一档子洋鼓洋号，从天亮吹到三更；四个徒弟，都戴上红帽子，在门口，在马路上，见人就给传单。这还不够，他派定两个徒弟专管给客人送烟递茶，哪怕是买半尺白布，也往后柜让，也递香烟：大兵，清道夫，女招待，都烧着烟卷，把屋里烧得像个佛堂。这还不够，买一尺还饶上一尺，还赠送洋

① 大杌凳，大的方凳。

② 蹦蹦戏，北京以前对评戏的称呼。

娃娃，伙计们还要和客人随便说笑；客人要买的，假如柜上没有，不告诉人家没有，而拿出别种东西硬叫人家看；买过十元钱的东西，还打发徒弟送了去，柜上买了两辆一走三歪的自行车！

辛德治要找个地方哭一大场去！在柜上十五六年了，没想到过——更不用说见过了——三合祥会落到这步天地！怎么见人呢？合街上有谁不敬重三合祥的？伙计们晚上出来，提着三合祥的大灯笼，连巡警们都另眼看待。那年兵变，三合祥虽然也被抢一空，可是没像左右的铺户那样连门板和“言无二价”的牌子都被摘了走——三合祥的金匾有种尊严！他到城里已经二十来年了，其中的十五六年是在三合祥，三合祥是他第二家庭，他的说话、咳嗽与蓝布大衫的样式，全是三合祥给他的。他因三合祥、也为三合祥而骄傲。他给铺子去索债，都被人请进去喝碗茶；三合祥虽是个买卖，可是和照顾主儿们似乎是朋友。钱掌柜是常给照顾主儿行红白人情的。三合祥是“君子之风”的买卖：门凳上常坐着附近最体面的人；遇到街上有热闹的时候，照顾主儿的女眷们到这里向老掌柜借个座儿。这个光荣的历史，是长在辛德治的心里的。可是现在？

辛德治也并不是不晓得，年头是变了。拿三合祥的左右铺户说，多少家已经把老规矩舍弃，而那些新开的更是提不得的，因为根本就没有过规矩。他知道这个。可是因此他更爱三合祥，更替它骄傲。假如三合祥也下了桥，世界就没了！哼，现在三合祥和别人家一样了，假如不是更坏！

他最恨的是对门那家正香村：掌柜的趿拉着鞋，叼着烟卷，镶着金门牙。老板娘背着抱着，好像兜儿里还带着，几个男女小孩，成天出来进去，进去出来，叽叽喳喳，不知喊些什么。老板和老板娘吵架也在柜上，打孩子，给孩子吃奶，也在柜上。摸不清他们是做买卖呢，还是干什么玩呢，只有老板娘的胸口老在柜前陈列着是件无可疑的事儿。那群伙计，不知是从哪儿找来的，全穿着破鞋，可是衣服多半是绸缎的。有的贴着太阳膏，有的头发梳得像漆勺，有的戴着金丝眼镜。再说那份儿厌气：一年到头老是大减价，老悬着煤气灯，老转动着留声机。买过两元钱的东西，老板便亲自让客人吃块酥糖；不吃，他能往人家嘴里送！什么东西也没有一定的价钱，洋钱也没有一定的行市。辛德治永远不正眼看“正香村”那三个字，也永不到那边买点东西。他想不到世上会有这样的买卖，而且和三合祥正对门！

更奇怪的，正香村发财，而三合祥一天比一天衰微。他不明白这是什么道理。难道买卖必定得不按着规矩做才行吗？果然如此，何必学徒呢？是个人就可以做生意了！不能是这样，不能；三合祥到底是不会那样的！谁知道竟自来了个周掌柜，三合祥的与正香村的煤气灯把街道照青了一大截，它们是一对儿！三合祥与正香村成了一对？！这莫非是做梦么？不是梦，辛德治也得按着周掌柜的办法走。他得和客人瞎扯，他得让人吸烟，他得把人诓到后柜，他得拿着假货当真货卖，他得等客人争竞才多放二寸，他得用手术量布——手指一捻就抽回来一块！他不能受这个！

可是多数的伙计似乎愿意这么做。有个女客进来，他们恨不能把她围上，恨不能把全铺子的东西都搬来给她瞧，等她买完——哪怕是买了二尺搪布——他们恨不能把她送回家去。周掌柜喜爱这个，他愿意伙计们折跟头、打把式，更好是能在空中飞。

周掌柜和正香村的老板成了好朋友。有时候还凑上天成的人们打打“麻将”。天成也是本街上的绸缎店，开张也有四五年了，可是钱掌柜就始终没招呼过他们。天成故意和三合祥打对仗，并且吹出风来，非把三合祥顶趴下不可。钱掌柜一声也不出，只偶尔说一句：咱们做的是字号。天成一年倒有三百六十五天是纪念日，大减价。现在天成的人们也过来打牌了。辛德治不能搭理他们。他有点空闲，便坐在柜里发愣，面对着货架子——原先架上的布匹都用白布包着，现在用整幅的通天扯地地做装饰，看着都眼晕，那么花红柳绿的！三合祥已经完了，他心里说。

但是，过了一节，他不能不佩服周掌柜了。节下报账，虽然没赚什么，可是没赔。周掌柜笑着给大家解释：“你们得记住，这是我的头一节呀！我还有好些没施展出来的本事呢。还有一层，扎牌楼，赁煤气灯……哪个不花钱呢？所以呀！”他到说上劲来的时节总这么“所以呀”一下。“日后无须扎牌楼了，咱会用更新的、更省钱的办法，那可就有了赚头，所以呀！”辛德治看出来，钱掌柜是回不来了；世界的确是变了。周掌柜和天成、正香村的人们说得来，他们都是发财的。

过了节，检查日货嚷嚷动了。周掌柜疯了似的上东洋货。检查队已经出动，周掌柜把东洋货全摆在大面上，而且下了命令：“进来买主，先拿日本布；别处不敢卖，咱们正好做一批生意。看见乡下人，明说这是东洋布，他们认这个；对城里的人，说德国货。”

检查的学生到了。周掌柜脸上要笑出几个蝴蝶儿来，让吸烟，让喝茶。“三合祥，冲这三个字，不是卖东洋货的地方，所以呀！诸位看吧！门口那些有德国布，也有土布；内柜都是国货绸缎，小号在南方有联号，自办自运。”

学生们疑心那些花布。周掌柜笑了：“张福来，把后边剩下的那匹东洋布拿来。”

布拿来了。他扯住检查队的队长：“先生，不屈心，只剩下这么一匹东洋布，跟先生穿的这件大衫一样的材料，所以呀！”他回过头来，“福来，把这匹料子扔到街上去！”

队长看着自己的大衫，头也没抬，便走出去了。

这批随时可以变成德国货、国货、英国货的日本布赚了一大笔钱。有识货的人，当着周掌柜的面，把布扔在地上，周掌柜会笑着命令徒弟：“拿真正西洋货去，难道就看不出先生是懂眼的人吗？”然后对买主：“什么人要什么货，白给你这个，你也不要，所以呀！”于是又做了一号买卖。客人临走，好像怪舍不得周掌柜。辛德治看透了，做买卖打算要赚钱的话，得会变戏法、说相声。周掌柜是个人物。可是辛德治不想再在这儿干，他越佩服周掌柜，心里越难过。他的饭由脊梁骨下去。打算睡得安稳一些，他得离开这样的三合祥。

可是，没等到他在别处找好位置，周掌柜上天成领东去了。天成需要这样的人，而周掌柜也愿意去，因为三合祥的老规矩太深了，仿佛是长了根，他不能充分施展他的才能。

辛德治送出周掌柜去，好像是送走了一块心病。

对于东家们，辛德治以十五六年老伙计的资格，是可以说几句话的，虽然不一定发生什么效力。他知道哪些位东家是更老派一些，他知道怎样打动他们。他去给钱掌柜运动，也托出钱掌柜的老朋友们来帮忙。他不说钱掌柜的一切都好，而是说钱与周二位各有所长，应当折中一下，不能死守旧法，也别改变得太过火。老字号是值得保存的，新办法也得学着用。字号与利益两顾着——他知道这必能打动了东家们。

他心里，可是，另有个主意。钱掌柜回来，一切就都回来，三合祥必定是“老”三合祥，要不然便什么也不是。他想好了：减去煤气灯、洋鼓洋号、广告、传单、烟卷；至逼不得已的时候，还可以减人，大概可以省去一大笔开销。况且，不出声而贱卖，尺大而货物地道。难道人们就都是傻子吗？

钱掌柜果然回来了。街上只剩了正香村的煤气灯，三合祥恢复了昔日的肃静，虽然因为欢迎钱掌柜而悬挂上那四个宫灯，垂着大红穗子。

三合祥挂上宫灯那天，天成号门口放了两只骆驼，骆驼身上披满了各色的缎条，驼峰上安着一明一灭的五彩电灯。骆驼的左右辟了抓彩部，一人一毛钱，凑足了十个人就开彩，一毛钱有得一匹摩登绸的希望。天成门外成了庙会，挤不动的人。真有笑嘻嘻夹走一匹摩登绸的嘛！

三合祥的门凳上又罩上蓝呢套，钱掌柜眼皮也不抬，在那里坐着。伙计们安静地坐在柜里，有的轻轻拨弄算盘珠儿，有的徐缓地打着哈欠，辛德治口里不说什么，心中可是着急。半天儿能不进来一个买主。偶尔有人在外边打一眼，似乎是要进来，可是看看金匾，往天成那边走去。有时候已经进来，看了货，因不打价钱，又空手走了。只有几位老主顾，时常来买点东西；可也有时候只和钱掌柜说会儿话，慨叹着年月这样穷，喝两碗茶就走，什么也不买。辛德治喜欢听他们说话，这使他想起昔年的光景，可是他也晓得，昔年的光景，大概不会回来了；这条街只有天成"是"个买卖!

过了一节，三合祥非减人不可了。辛德治含着泪和钱掌柜说："我一人干五个人的活，咱们不怕！"老掌柜也说："咱们不怕！"辛德治那晚睡得非常香甜，准备次日干五个人的活。

可是过了一年，三合祥倒给天成了。

小铃儿

京城北郊王家镇小学校里，校长、教员、夫役，凑齐也有十来个人，没有一个不说小铃儿是聪明可爱的。每到学期开始，同级的学友多半是举他做级长的。

别的孩子入学后，先生总喊他的学名，惟独小铃儿的名字——德森——仿佛是虚设的。校长时常地说："小铃儿真像个小铜铃，一碰就响的！"

下了课后，先生总拉着小铃儿说长道短，直到别的孩子都走净，才放他走。那一天师生说闲话，先生顺便地问道："小铃儿你父亲得什么病死的？你还记得他的模样吗？”

“不记得！等我回家问我娘去！”小铃儿哭丧着脸，说话的时候，眼睛不住地往别处看。

“小铃儿看这张画片多么好，送给你吧！”先生看见小铃儿可怜的样子，赶快从书架上拿了一张画片给了他。

“先生！谢谢你——这个人是谁？”

“这不是咱们常说的那个李鸿章吗！”

“就是他呀！呸！跟日本讲和的！”小铃儿两只明汪汪的眼睛，看看画片，又看先生。

“拿去吧！昨天咱们讲的国耻历史忘了没有？长大成人打日本去，别跟李鸿章一样！”

“跟他一样？把脑袋打掉了，也不能讲和！”小铃儿停顿一会儿，又继续着说，“明天讲演会我就说这个题目，先生！我讲演的时候，怎么脸上总发烧呢？”

“慢慢练就不红脸啦！铃儿该回去啦！好！明天早早来！”先生顺口搭音地躺在床上。

“先生明天见吧！”小铃儿背起书包，唱着小山羊歌走出校来。

小铃儿每天下学，总是一直唱到家门，他母亲所见歌声，就出来开门；今天忽然变了：

“娘啊！开门来！”很急躁地用小拳头叩着门。

“今天怎么这样晚才回来？刚才你大舅来了！”小铃儿的母亲，把手里的针线，扦在头上，给他开门。

“在哪儿呢？大舅！大舅！你怎么老不来啦？”小铃儿紧紧地往屋里跑。

“你倒是听完了！你大舅等你半天，等得不耐烦，就走啦；一半天还来呢！”他母亲一边笑一边说。

“真是！今天怎么竟是这样的事！跟大舅说说李鸿章的事也好哇！”

“哟！你又跟人家拌嘴啦？谁？跟李鸿章？”

“娘啊！你要上学，可真不行，李鸿章早死啦！”从书包里拿出画片，给他母亲看，“这不是他；不是跟日本讲和的奸细吗！”

“你这孩子！一点规矩都不懂啦！等你舅舅来，还是求他带你学手艺去，我知道李鸿章干吗？”

“学手艺，我可不干！我现在当级长，慢慢地往上升，横是有做校长的那一天！多么好！”他摇晃着脑袋，向他母亲说。

“别美啦！给我买线去！青的白的两样一个铜子的！”

吃过晚饭小铃儿陪着母亲，坐在灯底下念书；他母亲替人家做些针黹。念乏了，就同他母亲说些闲话。

“娘啊！我父亲脸上有麻子没有？”

“这是打哪儿提起，他脸上甭提多么干净啦！”

“我父亲爱我不爱？给我买过吃食没有？”

“你都忘了！哪一天从外边回来不是先去抱你，你姑母常常地说他：‘这可真是你的金蛋，抱着吧！将来真许做大官增光耀祖呢！’你父亲就眯睎眯睎地傻笑，搬起你的小脚指头，放在嘴边香香地亲着，气得你姑母又是恼又是笑。——那时你真是又白又胖，着实地爱人。”

小铃儿不错眼珠地听他母亲说，仿佛听笑话似的，待了半天又问道：

“我姑母打过我没有？”

“没有！别看她待我厉害，待你可是真爱。那一年你长口疮，半夜里啼哭，她还起来背着你，满屋子走，一边走一边说：‘金蛋！金蛋！好孩子！别哭！你父亲一定还回来呢！回来给你带柿霜糖多么好吃！好孩子！别哭啦！’”

“我父亲那一年就死啦？怎么死的？”

“可不是后半年！你姑母也跟了他去，要不是为你，我还干什么活着？”小铃儿的母亲放下针线叹了一口气，那眼泪断了线的珠子般流下来！

“你父亲不是打南京阵亡了吗？哼！尸骨也不知道飞到哪里去呢！”

小铃儿听完，蹦下炕去，拿小拳头向南比画着，大声地说：“不用忙！我长大了给父亲报仇！先打日本后打南京！”

“你要怎样？快给我倒碗水吧！不用想那个，长大成人好好地养活我，那才算孝子。倒完水该睡了，明天好早起！”

他母亲依旧做她的活计，小铃儿躺在被窝里，把头钻出来钻进去，一直到二更多天才睡熟。

“快跑，快跑，开枪！打！”小铃儿一拳打在他母亲的腿上。

“哟，怎么啦！这孩子又吃多啦！瞧！被子踹在一边去了，铃儿！快醒醒！盖好了再睡！”

“娘啊！好痛快！他们败啦！”小铃儿睁了睁眼睛，又睡着了。

第二天小铃儿起来得很早，一直地跑到学校，不去给先生鞠躬，先找他的学伴。凑了几个身体强壮的，大家蹲在体操场的犄角上。

小铃儿说："我打算弄一个会，不要旁人，只要咱们几个。每天早来晚走，咱们大家练身体，互相地打，打疼了，也不准急，练这么几年，管保能打日本去；我还多一层，打完日本再打南京。"

"好！好！就这么办！就举你做头目。咱们都起个名儿，让别人听不懂，好不好？"一个十四五岁头上长着疙瘩，名叫张纯的说。

"我叫一只虎，"李进才说，"他们都叫我李大嘴，我的嘴真要跟老虎一样，非吃他们不可！"

"我，我叫花孔雀！"一个鸟贩子的儿子，名叫王凤起的说。

"我叫什么呢？我可不要什么狼和虎。"小铃儿说。

"越厉害越好啊！你说虎不好，我不跟你好啦！"李进才撇着嘴说。

"要不你叫卷毛狮子，先生不是说过：'狮子是百兽的王'吗！"王凤起说。

"不行！不行！我力气大，我叫狮子！德森叫金钱豹吧！"张纯把别人推开，拍着小铃儿的肩膀说。

正说得高兴，先生从那边嚷着说："你们不上教室温课去，蹲在那块干什么？"一眼看见小铃儿声音稍微缓和些，"小铃儿你怎么也蹲在那块？快上教室里去！"

大家慢腾腾地溜开，等先生进屋去，又凑在一块商议他们的事。

不到半个月，学校里竟自发生一件奇怪的事——永不招惹人的小铃儿会有人给他告诉："先生！小铃儿打我一拳！"

"胡说！小铃儿哪会打人？不要欺侮他老实！"先生很决断地说，"叫小铃儿来！"

小铃儿一边擦头上的汗一边说："先生！真是我打了他一下，我试着玩来着，我不敢再……"

"去吧！没什么要紧！以后不准这样，这么点事，值得告诉？真是！"先生说完，小铃儿同那委委屈屈的小孩子都走出来。

"先生！小铃儿看着我们值日，他竟说我们没力气，不配当，他又管我们叫小日本，拿着教鞭当枪，比着我们。"几个小女孩子，都用那炭条似的小手，抹着眼泪。

"这样子！可真是学坏了！叫他来，我问他！"先生很不高兴地说。

"先生！她们值日，老不痛痛快快的嘛，三个人搬一把椅子。——再说我也没拿枪比画她们。"小铃儿恶狠狠地瞪着她们。

"我看你这几天是跟张纯学坏了，顶好的孩子，怎么跟他学呢！"

"谁跟卷毛狮……张纯……"小铃儿背过脸去吐了吐舌头。

"你说什么？"

"谁跟张纯在一块来着！"

"我也不好意罚你，你帮着她们扫地去，扫完了，快画那张国耻地图。不然我可真要……”先生头也不抬，只顾改缀法的成绩。

“先生！我不用扫地了，先画地图吧！开展览会的时候，好让大家看哪！你不是说，咱们国的人，都不知道爱国吗？”

“也好！去画吧！你们也都别哭了！还不快扫地去，扫完了好回家！”

小铃儿同着她们一齐走出来，走不远，就看见那几个淘气的男孩子，在墙根站着，向小铃儿招手，低声地叫着：“豹！豹！快来呀！我们都等急啦！”

“先生还让我画地图哪！”

“什么地图，不来不行！”说话时一齐蜂拥上来，拉着小铃儿向体操场去，他嘴直嚷：

“不行！不行！先生要责备我呢！”

“练身体不是为挨打吗？你没听过先生说吗？什么来着？对了：‘斯巴达的小孩，把小猫藏在裤子里，还不怕呢！’挨打是明天的事，先走吧！走！”张纯一边比方着，一边说。

小铃儿皱着眉，同大家来到操场犄角说道：

“说吧！今天干什么？”

“今天可好啦！我探明白了！一个小鬼子，每天骑着小自行车，从咱们学校北墙外边过，咱们想法子打他好不好？”张纯说。

李进才抢着说：“我也知道，他是北街洋教堂的孩子。”

“别粗心咧！咱们都戴着学校的徽章，穿着制服，打他的时候，他还认不出来吗？”小铃儿说。

“好怯家伙！大丈夫敢做敢当，再说先生责罚咱们，不会问他，你不是说雪国耻得打洋人吗？”李进才指教员室那边说。

“对！——可是倘若把衣裳撕了，我母亲不打我吗？”小铃儿站起来，掸了掸身上的土。

“你简直地不用去啦！这么怯，将来还打日本哪？”王凤起指着小铃儿的脸说。

“干哪！听你们的！走……”小铃儿红了脸，同着大众顺着墙根溜出去，也没顾拿书包。

第二天早晨，校长显着极懊恼的神气，在礼堂外边挂了一块白牌，上面写着：

“德森张纯……不遵校规，纠众群殴……照章斥退……”

马褲先生

火车在北平东站还没开，同屋那位睡上铺的穿马裤，戴平光的眼镜，青缎子洋服上身，胸袋插着小楷羊毫，足蹬青绒快靴的先生发了问："你也是从北平上车？"很和气的。

我倒有点迷了头，火车还没动呢，不从北平上车，难道由——由哪儿呢？我只好反攻了："你从哪儿上车？"很和气的。我希望他说是由汉口或绥远上车，因为果然如此，那么中国火车一定已经是无轨的，可以随便走走，那多么自由！

他没言语。看了看铺位，用尽全身——假如不是全身——

的力气喊了声：“茶房！”

茶房正忙着给客人搬东西，找铺位。可是听见这么紧急的一声喊，就是有天大的事也得放下，茶房跑来了。

“拿毯子！”马裤先生喊。

“请少待一会儿，先生，”茶房很和气地说，“一开车，马上就给您铺好。”

马裤先生用食指挖了鼻孔一下，别无动作。

茶房刚走开两步。

“茶房！”这次连火车好似都震得直动。

茶房像旋风似的转过身来。

“拿枕头。”马裤先生大概是已经承认毯子可以迟一下，可是枕头总该先拿来。

“先生，请等一等，您等我忙过这会儿去，毯子和枕头就一齐全到。”茶房说的很快，可依然是很和气。

茶房看马裤客人没任何表示，刚转过身去要走，这次火车确是哗啦了半天，“茶房！”

茶房差点吓了个跟头，赶紧转回身来。

“拿茶！”

“先生请略微等一等，一开车茶水就来。”

马裤先生没任何的表示。茶房故意地笑了笑，表示歉意。然后搭讪着慢慢地转身，以免快转又吓个跟头。转好了身，腿刚预备好快走，背后打了个霹雳，“茶房！”

茶房不是假装没听见，便是耳朵已经震聋，竟自没回头，一直地快步走开。

“茶房！茶房！茶房！”马裤先生连喊，一声比一声高；

站台上送客的跑过一群来，以为车上失了火，要不然便是出了人命。茶房始终没回头。马裤先生又挖了鼻孔一下，坐在我的床上。刚坐下，“茶房！”茶房还是没来。看着自己的磕膝，脸往下沉，沉到最长的限度，手指一挖鼻孔，脸好似唰的一下又纵回去了。然后，“你坐二等？”这是问我呢。我又毛了，我确是买的二等，难道上错了车？

“你呢？”我问。

“二等。这是二等。二等有卧铺。快开车了吧？茶房！”

我拿起报纸来。

他站起来，数他自己的行李，一共八件，全堆在另一卧铺上——两个上铺都被他占了。数了两次，又说了话：“你的行李呢？”

我没言语。原来我误会了：他是善意，因为他跟着说：“可恶的茶房，怎么不给你搬行李？”

我非说话不可了：“我没有行李。”

“呕？！”他确是吓了一跳，好像坐车不带行李是大逆不道似的，“早知道，我那四只皮箱也可以不打行李票了！”

这回该轮着我了，“呕？！”我心里说，“幸而是如此，不然的话，把四只皮箱也搬进来，还有睡觉的地方啊？！”

我对面的铺位也来了客人，他也没有行李，除了手中提着个扁皮夹。

“呕？！”马裤先生又出了声，“早知道你们都没行李，那口棺材也可以不另起票了！”

我决定了。下次旅行一定带行李；真要陪着棺材睡一夜，谁受得了！

茶房从门前走过。

“茶房！拿毛巾把！”

“等等。”茶房似乎下了抵抗的决心。

马裤先生把领带解开，摘下领子来，分别挂在铁钩上：所有的钩子都被占了，他的帽子，大衣，已占了两个。

车开了，他顿时想起买报，“茶房！”

茶房没有来。我把我的报赠给他；我的耳鼓出的主意。

他爬上了上铺，在我的头上脱靴子，并且击打靴底上的土。枕着个手提箱，用我的报纸盖上脸，车还没到永定门，他睡着了。

我心中安坦了许多。

到了丰台，车还没站住，上面出了声：“茶房！”

没等茶房答应，他又睡着了；大概这次是梦话。

过了丰台，茶房拿来两壶热茶。我和对面的客人——一位四十来岁平平无奇的人，脸上的肉还可观——吃茶闲扯。大概还没到廊坊，上面又打了雷，“茶房！”

茶房来了，眉毛拧得好像要把谁吃了才痛快。

“干吗？先——生——”

“拿茶！”上面的雷声响亮。

“这不是两壶？”茶房指着小桌说。

“上边另要一壶！”

“好吧！”茶房退出去。

“茶房！”

茶房的眉毛拧得直往下落毛。

“不要茶，要一壶开水！”

“好啦！”

“茶房！”

我直怕茶房的眉毛脱净！

“拿毯子，拿枕头，打手巾把，拿——”似乎没想起拿什么好。

“先生，您等一等。天津还上客人呢；过了天津我们一总收拾，也耽误不了您睡觉！”

茶房一气说完，扭头就走，好像永远不再想回来。

待了会儿，开水到了，马裤先生又入了梦乡，呼声只比“茶房”小一点。可是匀调，继续不断，有时呼声稍低一点。用咬牙来补上。

“开水，先生！”

“茶房！”

“就在这儿；开水！”

“拿手纸！”

“厕所里有。”

“茶房！厕所在哪边？”

“哪边都有。”

“茶房！”

“回头见。”

“茶房！茶房！！茶房！！！”

没有应声。

“呼——呼呼——呼”又睡了。

有趣！

到了天津。又上来些旅客。马裤先生醒了，对着壶嘴喝了一气水。又在我头上击打靴底。穿上靴子，溜下来，食指挖了鼻孔一下，看了看外面。“茶房！”

恰巧茶房在门前经过。

“拿毯子！”

“毯子就来。”

马裤先生出去，呆呆地立在走廊中间，专为阻碍来往的旅客与脚夫。忽然用力挖了鼻孔一下，走了。下了车，看看梨，没买；看看报，没买；看看脚行的号衣，更没作用。又上来了，向我招呼了声：“天津，唉？”我没言语。他向自己说：“问问茶房，”紧跟着一个雷，“茶房！”我后悔了，赶紧地说：“是天津，没错儿。”

“总得问问茶房；茶房！”

我笑了，没法儿再忍住。

车好容易又从天津开走。

刚一开车，茶房给马裤先生拿来头一份毯子枕头、枕头和手巾把。马裤先生用手巾把耳鼻孔全钻得到家，这一把手巾擦了至少有一刻钟，最后用手巾擦了擦手提箱上的土。

我给他数着，从老站到总站的十来分钟之间，他又喊了四五十声茶房。茶房只来了一次，他的问题是火车向哪面走呢？茶房的回答是不知道；于是又引起他的建议，车上总该有人知道，茶房应当负责去问。茶房说，连驶车的也不晓得东西南北。于是他几乎变了颜色，万一车走迷了路？！茶房没再回答，可是又掉了几根眉毛。

他又睡了，这次是在头上摔了摔袜子，可是一口痰并没往下唾，而是照顾了车顶。

我睡不着是当然的，我早已看清，除非有一对“避呼耳套”当然不能睡着。可怜的是别屋的人，他们并没预备来熬夜，可是在这种带钩的呼声下，还只好是白瞪眼一夜。

我的目的地是德州，天将亮就到了。谢天谢地！

车在此处停半点钟，我雇好车，进了城，还清清楚楚地听见“茶房！”

一个多礼拜了，我还惦记着茶房的眉毛呢。

邻居们

明太太的心眼很多。她给明先生已生了儿养了女，她也烫着头发，虽然已经快四十岁；可是她究竟得一天到晚悬着心。她知道自己有个大缺点，不认识字。为补救这个缺欠，她得使碎了心；对于儿女，对于丈夫，她无微不至地看护着。对于儿女，她放纵着，不敢责罚管教他们。她知道自己的地位还不如儿女高，在她的丈夫眼前，他不敢对他们发威。她是他们的妈妈，只因为他们有那个爸爸。她不能不多留个心眼，她的丈夫是一切，她不能打骂丈夫的儿女。她晓得丈夫要是恼了，满可以用最难堪的手段待她；明先生可以随便再娶一个，她一点办法也没有。

她爱疑心，对于凡是有字的东西，她都不放心。字里藏着一些她猜不透的秘密。因此，她恨那些识字的太太们，小姐们。可是，回过头来一想，她的丈夫，她的儿女，并不比那些读书识字的太太们更坏，她又不能不承认自己的聪明，自己的造化，与自己的身份。她不许别人说她的儿女不好，或爱淘气。儿女不好便是间接地说妈妈不好，她不能受这个。她一切听从丈夫，其次就是听从儿女；此外，她比一切人都高明。对邻居，对仆人，她时时刻刻想表示出她的尊严。孩子们和别家的儿女打架，她是可以破出命地加入战争；叫别人知道她的厉害，她是明太太，她的霸道是反射出丈夫的威严，像月亮那样地使人想起太阳的光荣。

她恨仆人们，因为他们看不起她。他们并非不口口声声地叫她明太太，而是他们有时候露出那么点神气来，使她觉得他们心里是说："脱了你那件袍子，咱们都是一样；也许你更糊涂。"越是在明太太详密的计划好了事情的时候，他们越爱露这种神气。这使她恨不能吃了他们。她常辞退仆人，她只能这么吐一口恶气。

明先生对太太是专制的，可是对她放纵儿女，和邻居吵闹，辞退仆人这些事，他给她一些自由。他以为在这些方面，太太是为明家露脸。他是个勤恳而自傲的人。在心里，他真看不起太太，可是不许别人轻看她；她无论怎样，到底是他的夫人。他不能再娶，因为他是在个笃信宗教而很发财的外国人手下做事；离婚或再娶都足以打破他的饭碗。既得将就着这位夫人，他就不许有人轻看她。他可以打她，别人可不许斜看她一眼。他既不能真爱她，所以不能不溺爱他的儿女。他的什么都得高过别人，自己的儿女就更无须乎说了。

明先生的头抬得很高。他对得起夫人，疼爱儿女，有赚钱的职业，没一点嗜好，他看自己好像看一位圣人那样可钦仰。他求不着别人，所以用不着客气。白天他去工作，晚上回家和儿女们玩耍；他永远不看书，因为书籍不能供给他什么，他已经知道了一切。看见邻居要向他点头，他转过脸去。他没有国家，没有社会。可是他有个理想，就是他怎样多积蓄一些钱，使自己安稳独立像座小山似的。

可是，他究竟还有点不满意。他嘱告自己应当满意，但在生命里好像有些不受自己支配管辖的东西。这点东西不能被别的物件代替了。他清清楚楚地看见自己身里有个黑点，像水晶里包着的一个小物件。除了这个黑点，他自信，并且自傲，他是遍体透明，无可指摘的。可是他没法去掉它，它长在他的心里。

他知道太太晓得这个黑点。明太太所以爱多心，也正因为这个黑点。她设尽方法，想把它除掉，可是她知道它越长越大。她会从丈夫的笑容与眼神里看出这黑点的大小，她可不敢动手去摸，那是太阳的黑点，不定多么热呢。那些热力终久会叫别人承受，她怕，她得想方法。

明先生的小孩偷了邻居的葡萄。界墙很矮，孩子们不断地过去偷花草。邻居是对姓杨的小夫妇，向来也没说过什么，虽然他们很爱花草。明先生和明太太都不奖励孩子去偷东西，可是既然偷了来，也不便再说他们不对。况且花草又不同别的东西，摘下几朵并没什么了不得。在他们夫妇想，假如孩子们偷几朵花，而邻居找上门来不答应，那简直是不知好歹。杨氏夫妇没有找来，明太太更进一步地想，这必是杨家怕姓明的，所以不敢找来。明先生是早就知道杨家怕他。并非杨家小两口怎样明白地表示了惧意，而是明先生以为人人应当怕他，他是永远抬着头走路的人。还有呢，杨家夫妇都是教书的，明先生看不起这路人。他总以为教书的人是穷酸，没出息的。尤其叫他恨恶杨先生的是杨太太很好看。他看不起教书的，可是女教书的——设若长得够样儿——多少得另眼看待一点。杨穷酸居然有这够样的太太，比起他自己的要好上十几倍，他不能不恨。反过来一想，挺俊俏的女人而嫁个教书的，或者是缺个心眼，所以他本不打算恨杨太太，可是不能不恨。明太太也看出这么一点来——丈夫的眼睛时常往矮墙那边溜。因此，孩子们偷杨家老婆的花与葡萄是对的，是对杨老婆的一种惩罚。她早算计好了，只要那个老婆敢出一声，她预备着厉害的呢。

杨先生是最新式的中国人，处处要用礼貌表示出自己所受过的教育。对于明家孩子偷花草，他始终不愿说什么，他似乎想到明家夫妇要是受过教育的，自然会自动地过来道歉。强迫人家来道歉未免太使人难堪。可是明家始终没自动地过来道歉。杨先生还不敢动气，明家可以无礼，杨先生是要保持住自己的尊严的。及至孩子们偷去葡萄，杨先生却有点受不住了，倒不为那点东西，而是可惜自己花费的那些工夫；种了三年，这是第一次结果；只结了三四小团儿，都被孩子们摘了走。杨太太决定找明太太去报告。可是杨先生，虽然很愿意太太去，却拦住了她。他的讲礼貌与教师的身份胜过了怒气。杨太太不以为然，这是该当去的，而且是抱着客客气气的态度去，并且不想吵嘴打架。杨先生怕太太想他太软弱了，不便于坚决地拦阻。于是明太太与杨太太见了面。

杨太太很客气：“明太太吧？我姓杨。”

明太太准知道杨太太是干什么来的，而且从心里头厌恶她：“啊，我早知道。”

杨太太所受的教育使她红了脸，而想不出再说什么。可是她必须说点什么。“没什么，小孩们，没多大关系，拿了点葡萄。”

“是吗？”明太太的音调是音乐的，“小孩们都爱葡萄，好玩。我并不许他们吃，拿着玩。”

“我们的葡萄，”杨太太的脸渐渐白起来，“不容易，三年才结果！”

“我说的也是你们的葡萄呀，酸的；我只许他们拿着玩。你们的葡萄泄气，才结那么一点！”

“小孩呀，”杨太太想起教育的理论，“都淘气。不过，杨先生和我都爱花草。”

“明先生和我也爱花草。”

“假如你们的花草被别人家的孩子偷去呢？”

“谁敢呢？”

“你们的孩子偷了别人家的呢？”

“偷了你们的，是不是？你们顶好搬家呀，别在这儿住哇。我们的孩子就是爱拿葡萄玩。”

杨太太没法再说什么了，嘴唇哆嗦着回了家。见了丈夫，她几乎要哭。

杨先生劝了她半天。虽然他觉得明太太不对，可是他不想有什么动作，他觉得明太太野蛮；跟个野蛮人打吵子是有失身份的。但是杨太太不答应，他必得给她去报仇。他想了半天，想起来明先生是不能也这样野蛮的，跟明先生交涉好了。可是还不便于当面交涉，写封信吧，客客气气地写封信，并不提明太太与妻子那一场，也不提明家孩子的淘气，只求明先生嘱咐孩子们不要再来糟蹋花草。这像个受过教育的人，他觉得。他也想到什么，近邻之谊……无任感激……至为欣幸等等好听的词句。还想象到明先生见了信，受了感动，亲自来道歉……他很满意地写成了一封并不十分短的信，叫老妈子送过去。

明太太把邻居窝回去，非常地得意。她久想窝个像杨太太那样的女人，而杨太太给了她这机会。她想象着杨太太回家去应当怎样对丈夫讲说，而后杨氏夫妇怎样一齐地醒悟过来他们的错误——即使孩子偷葡萄是不对的，可是也得看谁家的孩子呀。明家孩子偷葡萄是不应当抱怨的。这样，杨家夫妇便完全怕了明家；明太太不能不高兴。

杨家的女仆送来了信。明太太的心眼是多的。不用说，这是杨老婆写给明先生的，把她“刷”了下来。她恨杨老婆，恨字，更恨会写字的杨老婆。她决定不收那封信。

杨家的女仆把信拿了走，明太太还不放心，万一等先生回来而他们再把这信送回来呢！虽然她明知道丈夫是爱孩子的，可是那封信是杨老婆写来的；丈夫也许看在杨老婆的面上而跟自己闹一场，甚至于挨顿揍也是可能的。丈夫设若揍她一顿给杨老婆听，那可不好消化！为别的事挨揍还可以，为杨老婆……她得预备好了，等丈夫回来，先垫下底儿——说杨家为点酸葡萄而来闹了一大阵，还说要给他写信要求道歉。丈夫听了这个，必定也可以不收杨老婆的信，而胜利完全是她自己的。

她等着明先生，编好了所要说的话语，设法把丈夫常爱用的字眼都加进去。明先生回来了。明太太的话很有力量地打动了他爱子女的热情。他是可以原谅杨太太的，假若她没说孩子们不好。她既然是看不起他的孩子，便没有可原谅的了，而且勾上他的厌恶来——她嫁给那么个穷教书的，一定不是什么好东西。赶到明太太报告杨家要来信要求道歉，他更从心里觉得讨厌了；他讨厌这种没事儿就动笔的穷酸们。在洋人手下做事，他晓得签字与用打字机打的契约是有用的；他想不到穷教书的人们写信有什么用。是的，杨家再把信送来，他决定不收。他心中那个黑点使他希望看看杨太太的字迹；字是讨厌的，可是看谁写的。明太太早防备到这里，她说那封信是杨先生写的。明先生没那么大工夫去看杨先生的臭信。他相信中国顶大的官儿写的信，也不如洋人签个字有用。

明太太派孩子到门口去等着，杨家送信来不收。她自己也没闲着，时时向杨家那边望一望。她得意自己的成功，没话找话，甚至于向丈夫建议，把杨家住的房买过来。明先生虽然知道手中没有买房的富余，可是答应着，因为这个建议听着有劲，过瘾，无论那所房是杨家的，还是杨家租住的，明家要买，它就得出卖，没有问题。明先生爱听孩子们说“赶明儿咱们买那个”。“买”是最大胜利。他想买房，买地，买汽车，买金物件……每一想到买，他便觉到自己的伟大。

杨先生不主张再把那封信送回去，虽然他以为明家不收他的信是故意污辱他。他甚至于想到和明先生在街上打一通儿架，可是只能这么想想，他的身份不允许他动野蛮的。他只能告诉太太，明家都是混蛋，不便和混蛋们开仗；这给他一些安慰。杨太太虽然不出气，可也想不起好方法；她开始觉得做个文明人是吃亏的事，而对丈夫发了许多悲观的议论，这些议论使他消了不少的气。

夫妇们正这样碎叨唠着出气，老妈子拿进一封信来。杨先生接过一看，门牌写对了，可是给明先生的。他忽然想到扣下这封信，可是马上觉得那不是好人应干的事。他告诉老妈子把信送到邻家去。

明太太早在那儿埋伏着呢。看见老妈子往这边来了，唯恐孩子们还不可靠，她自己出了马。“拿回去吧，我们不看这个！”

“给明先生的！”老妈子说。

“是呀，我们先生没那么大工夫看你们的信！”明太太非常的坚决。

“是送错了的，不是我们的！”老妈子把信递过去。

“送错了的？”明太太翻了翻眼，马上有了主意，“叫你们先生给收着吧。当是我看不出来呢，不用打算诈我！”“啪”的一声，门关上了。

老妈子把信拿回来，杨先生倒为了难：他不愿亲自再去送一趟，也不肯打开看看；同时，他觉得明先生也是个混蛋——他知道明先生已经回来了，而且与明太太站在一条战线上。怎么处置这封信呢？私藏别人的信件是不光明的。想来想去，他决定给外加一个信封，改上门牌号数，第二天早上扔在邮筒里；他还得赔上二分邮票，他倒笑了。

第二天早晨，夫妇忙着去上学，忘了那封信。已经到了学校，杨先生才想起来，可是不能再回家去取。好在呢，他想，那只是一封平信，大概没有什么重要的事，迟发一天也没多大关系。

下学回来，懒得出去，把那封信可是放在书籍一块，预备第二天早上必能发出去。这样安排好，刚要吃饭，他听见明家闹起来了。明先生是高傲的人，不愿意高声地打太太，可是被打的明太太并不这样讲体面，她一劲儿地哭喊，孩子们也没敢闲着。杨先生听着，听不出怎回事来，可是忽然想起那封信，也许那是封重要的信。因为没得到这封信，而明先生误了事，所以回家打太太。这么一想，他非常的不安。他想打开信看看，又没那个勇气。不看，又怪憋闷得慌，他连晚饭也没吃好。

饭后，杨家的老妈子遇见了明家的老妈子。主人们结仇并不碍于仆人们交往。明家的老妈子走漏了消息：明先生打太太是为一封信，要紧的信。杨家的老妈子回家来报告，杨先生连觉也睡不安了。所谓一封信者，他想必定就是他所存着的那一封信了。可是，既是要紧的信，为什么不挂号，而且马马虎虎写错了门牌呢？他想了半天，只能想到商人们对于文字的事是粗心的。这大概可以说明他为什么写错了门牌。又搭上明先生平日没有什么来往的信，所以邮差按着门牌送，而没注意姓名，甚至或者不记得有个明家。这样一想，使他觉出自己的优越，明先生只是个会抓几个钱的混蛋。明先生既是混蛋，杨先生很可以打开那封信看看了。私看别人的信是有罪的，可是明先生还会懂得这个？不过，万一明先生来索要呢？不妥。他把那封信拿起好几次，到底不敢拆开。同时，他也不想再寄给明先生了。既是要紧的信，在自己手中拿着是有用的。这不光明正大，但是谁叫明先生是混蛋呢，谁教他故意和杨家捣乱呢？混蛋应受惩罚。他想起那些葡萄来。他想着想着可就又变了主意，他第二天早晨还是把那封送错的信发出去。而且把自己寄的那封劝告明家管束孩子的信也发了；到底叫明混蛋看看读书的人是怎样的客气与和蔼；他不希望明先生悔过，只教他明白过来教书的人是君子就够了。

明先生命令着太太去索要那封信。他已经知道了信的内容，因为已经见着了写信的人。事情已经有了预备，可是那封信不应当存在杨小子手里。事情是这样：他和一个朋友借着外国人的光儿私运了一些货物，被那个笃信宗教而很发财的洋人晓得了；那封信是朋友的警告，叫他设法别招翻了洋人。明先生不怕杨家发表了那封信，他心中没有中国政府，也没看起中国的法律；私运货物即使被中国人知道了也没多大关系。他怕杨家把那封信寄给洋人，证明他私运货物。他想杨先生必是这种鬼鬼祟祟的人，必定偷看了他的信，而去弄坏他的事。他不能自己去讨要，假若和杨小子见着面，那必定得打起来，他从心里讨厌杨先生这种人。他老觉得姓杨的该挨顿揍。他派太太去要，因为太太不收那封信才惹起这一套，他得惩罚她。

明太太不肯去，这太难堪了。她愣愿意再挨丈夫一顿打也不肯到杨家去丢脸。她耗着，把丈夫耗走，又偷偷地看看杨家夫妇也上了学，她才打发老妈子向杨家的老妈子去说。

杨先生很得意地把两封信一齐发了。他想象着明先生看看那封客气的信必定悔悟过来，而佩服杨先生的人格与手笔。

明先生被洋人传了去，受了一顿审问。幸而他已经见着写错了门牌的那位朋友，心中有个底儿，没被洋人问秃露[1]了。可是他还不放心那封信。最难堪的是那封信偏偏落在杨穷酸手里！他得想法子惩治姓杨的。

回到了家，明先生第一句话是问太太把那封信要回来没有。明太太的心眼是多的，告诉丈夫杨家不给那封信，这样她把错儿都从自己的肩膀上推下去，明先生的气不打一处而来，就凭个穷酸教书的敢跟明先生斗气。哼！他发了命令，叫孩子们跳过墙去，先把杨家的花草都踩坏，然后再说别的。孩子们高了兴，把能踩坏的花草一点也没留下。

孩子们远征回来，邮差送到下午四点多钟那拨儿信。明先生看完了两封信，心中说不出是难受还是痛快。那封写错了门牌的信使他痛快，因为他看明白了，杨先生确是没有拆开看；杨先生那封信使他难过，使他更讨厌那个穷酸，他觉得只有穷酸才能那样客气，客气得讨厌。冲这份讨厌也该把他的花草都踏平了。

杨先生在路上，心中满痛快：既然把那封信送回了原主，而且客气地劝告了邻居，这必能感动了明先生。

一进家门，他愣了，院中的花草好似垃圾箱忽然疯了，一院子满是破烂儿。他知道这是谁做的。可是怎办呢？他想要冷静地找主意，受过教育的人是不能凭着冲动做事的。但是他不能冷静，他的那点野蛮的血沸腾起来，他不能思索了。扯下了衣服，他捡起两三块半大的砖头，隔着墙向明家的窗子扔了

---

[1] 秃露，露底。

去。哗啦哗啦的声音使他感到已经是惹下祸，可是心中痛快，他继续着扔；听着玻璃的碎裂。他心里痛快，他什么也不计较了，只觉得这么做痛快、舒服、光荣。他似乎忽然由文明人变成野蛮人，觉出自己的力量与胆气，像赤裸裸地洗澡时那样舒服，无拘无束地领略着一点新的生活味道。他觉得年轻，热烈，自由，勇敢。

把玻璃打得差不多了，他进屋去休息。他等着明先生来找他打架，他不怕，他狂吸着烟卷，仿佛打完一个胜仗的兵士似的。等了许久，明先生那边一点动静没有。

明先生不想过来，因为他觉得杨先生不那么讨厌了。看着破碎玻璃，他虽不高兴，可也不十分不舒服。他开始想到有嘱告孩子们不要再去偷花的必要，以前他无论怎样也想不到这理；那些碎玻璃使他想到了这个。想到了这个，他也想起杨太太来。想到她，他不能不恨杨先生；可是恨与讨厌，他现在觉出来，是不十分相同的。“恨”有那么一点佩服的气味在里头。

第二天是星期日，杨先生在院中收拾花草，明先生在屋里修补窗户。世界上仿佛很平安，人类似乎有了相互的了解。

断魂枪

“生命是闹着玩，事事显出如此；从前我这么想过，现在我懂得了。”

沙子龙的镖局已改成客栈。

东方的大梦没法子不醒了。炮声压下去马来与印度野林中的虎啸。半醒的人们，揉着眼，祷告着祖先与神灵；不大会儿，失去了国土、自由与主权。门外立着不同面色的人，枪口还热着。他们的长矛毒弩，花蛇斑彩的厚盾，都有什么用呢；连祖先与祖先所信的神明全不灵了啊！龙旗的中国也不再神秘，有了火车呀，穿坟过墓破坏着风水。枣红色多穗的镖旗，绿鲨皮鞘的钢刀，响着串铃的口马[1]，江湖上的智慧与黑话，义气与声名，连沙子龙，他的武艺、事业，都梦似的变成昨夜的。今天是火车、快枪，通商与恐怖。听说，有人还要杀下皇帝的头呢！

这是走镖已没有饭吃，而国术还没被革命党与教育家提倡起来的时候。

谁不晓得沙子龙是短瘦、利落、硬棒，两眼明得像霜夜的大星？可是，现在他身上放了肉。镖局改了客栈，他自己在后小院占着三间北房，大枪立在墙角，院子里有几只楼鸽。只是在夜间，他把小院的门关好，熟习熟习他的“五虎断魂枪”。这条枪与这套枪，二十年的工夫，在西北一带，给他创出来：“神枪沙子龙”五个字，没遇见过敌手。现在，这条枪与这套枪不会再替他增光显胜了；只是摸摸这凉、滑、硬而发颤的杆子，使他心中少难过一些而已。只有在夜间独自拿起枪来，才能相信自己还是“神枪沙”。在白天，他不大谈武艺与往事；他的世界已被狂风吹了走。

在他手下创练起来的少年们还时常来找他。他们大多数是没落子的，都有点武艺，可是没地方去用。有的在庙会上去卖艺：踢两趟腿，练套家伙，翻几个跟头，附带着卖点大力丸，混个三吊两吊的。有的实在闲不起了，去弄筐果子，或挑些毛豆角，赶早儿在街上论斤吆喝出去。那时候，米贱肉贱，肯卖

① 口马，指张家口外的马匹。

膀子力气本来可以混个肚儿圆；他们可是不成：肚量既大，而且得吃口管事儿的[①]；干饽饽辣饼子[②]咽不下去。况且他们还时常去走会：五虎棍，开路，太狮少狮……虽然算不了什么——比起走镖来——可是到底有个机会活动活动，露露脸。是的，走会捧场是买脸的事，他们打扮得像个样儿，至少得有条青洋绉裤子，新漂白细市布的小褂，和一双鱼鳞洒鞋——顶好是青缎子抓地虎靴子。他们是神枪沙子龙的徒弟——虽然沙子龙并不承认——得到处露脸，走会得赔上俩钱，说不定还得打场架。没钱，上沙老师那里去求。沙老师不含糊，多少不拘，不让他们空着手儿走。可是，为打架或献技去讨教一个招数，或是请给说个"对子"——什么空手夺刀，或虎头钩进枪——沙老师有时说句笑话，马虎过去："教什么？拿开水浇吧！"有时直接把他们赶出去。他们不大明白沙老师是怎么了，心中也有点不乐意。

可是，他们到处为沙老师吹腾，一来是愿意使人知道他们的武艺有真传授，受过高人的指教；二来是为激动沙老师：万一有人不服气而找上老师来，老师难道还不露一两手真的么？所以：沙老师一拳就砸倒了个牛！沙老师一脚把人踢到房上去，并没使多大的劲！他们谁也没见过这种事，但是说着说着，他们相信这是真的了，有年月，有地方，千真万确，敢起誓！

王三胜——沙子龙的大伙计——在土地庙拉开了场子，摆好了家伙。抹了一鼻子茶叶末色的鼻烟，他抡了几下竹节钢

① 管事儿的，有营养，吃了不至于不久又饿的。

② 辣饼子，剩下的隔夜干粮。

鞭，把场子打大一些。放下鞭，没向四围作揖，叉着腰念了两句："脚踢天下好汉，拳打五路英雄！"向四围扫了一眼："乡亲们，王三胜不是卖艺的；玩意儿会几套，西北路上走过镖，会过绿林中的朋友。现在闲着没事，拉个场子陪诸位玩玩。有爱练的尽管下来，王三胜以武会友，有赏脸的，我陪着。神枪沙子龙是我的师傅；玩意地道！诸位，有愿下来的没有？"他看着，准知道没人敢下来，他的话硬，可是那条钢鞭更硬，十八斤重。

王三胜，大个子，一脸横肉，努着对大黑眼珠，看着四围。大家不出声。他脱了小褂，紧了紧深月白色的"腰里硬"，把肚子杀进去。给手心一口唾沫，抄起大刀来：

"诸位，王三胜先练趟瞧瞧。不白练，练完了，带着的扔几个；没钱，给喊个好，助助威。这儿没生意口。好，上眼[1]！"

大刀靠了身，眼珠努出多高，脸上绷紧，胸脯子鼓出，像两块老桦木根子。一跺脚，刀横起，大红缨子在肩前摆动。削砍劈拨，蹲越闪转，手起风生，呼呼直响。忽然刀在右手心上旋转，身弯下去，四围鸦雀无声，只有缨铃轻叫。刀顺过来，猛的一个"跺泥"，身子直挺，比众人高着一头，黑塔似的。收了势："诸位！"一手持刀，一手叉腰，看着四围。稀稀地扔下几个铜钱，他点点头。"诸位！"他等着，等着，地上依旧是那几个亮而削薄的铜钱，外层的人偷偷散去。他咽了口气："没人懂！"他低声地说，可是大家全听见了。

"有功夫！"西北角上一个黄胡子老头儿答了话。

---

①上眼，请观众注意看。

“啊？”王三胜好似没听明白。

“我说：你——有——功——夫！”老头子的语气很不得人心。

放下大刀，王三胜随着大家的头往西北看。谁也没看重这个老人：小干巴个儿，披着件粗蓝布大衫，脸上窝窝瘪瘪，眼陷进去很深，嘴上几根细黄胡，肩上扛着条小黄草辫子，有筷子那么细，而绝对不像筷子那么直顺。王三胜可是看出这老家伙有功夫，脑门亮，眼睛亮——眼眶虽深，眼珠可黑得像两口小井，深深地闪着黑光。王三胜不怕：他看得出别人有功夫没有，可更相信自己的本事，他是沙子龙手下的大将。

“下来玩玩，大叔！”王三胜说得很得体。

点点头，老头儿往里走。这一走，四外全笑了。他的胳臂不大动；左脚往前迈，右脚随着拉上来，一步步地往前拉扯，身子整着[①]，像是患过瘫痪病。蹭到场中，把大衫扔在地上，一点没理会四围怎样笑他。

“神枪沙子龙的徒弟，你说？好，让你使枪吧；我呢？”老头子非常的干脆，很像久想动手。

人们全回来了，邻场耍狗熊的无论怎么敲锣也不中用了。

“三截棍进枪吧？”王三胜要看老头子一手，三截棍不是随便就拿得起来的家伙。

老头子又点点头，拾起家伙来。

王三胜努着眼，抖着枪，脸上十分难看。

老头子的黑眼珠更深更小了，像两个香火头，随着面前的枪尖儿转，王三胜忽然觉得不舒服，那俩黑眼珠似乎要把枪尖

① 身子整着，两臂不动，身体僵硬地走路。

吸进去！四外已围得风雨不透，大家都觉出老头子确是有威。为躲那对眼睛，王三胜耍了个枪花。老头子的黄胡子一动："请！"王三胜一扣枪，向前躬步，枪尖奔了老头子的喉头去，枪缨打了一个红旋。老人的身子忽然活展了，将身微偏，让过枪尖，前把一挂，后把撩王三胜的手。啪，啪，两响，王三胜的枪撒了手。场外叫了好。王三胜连脸带胸口全紫了，抄起枪来；一个花子，连枪带人滚了过来，枪尖奔了老人的中部。老头子的眼亮得发着黑光；腿轻轻一屈，下把掩裆，上把打着刚要抽回的枪杆；啪，枪又落在地上。

场外又是一片彩声。王三胜流了汗，不再去拾枪，努着眼，木在那里。老头子扔下家伙，拾起大衫，还是拉拉着腿，可是走得很快了。大衫搭在臂上，他过来拍了王三胜一下："还得练哪，伙计！"

"别走！"王三胜擦着汗，"你不离，姓王的服了！可有一样，你敢会会沙老师？"

"就是为会他才来的！"老头子的干巴脸上皱起点来，似乎是笑呢，"走，收了吧，晚饭我请！"

王三胜把兵器拢在一处，寄放在变戏法二麻子那里，陪着老头子往庙外走。后面跟着不少人，他把他们骂散了。

"你老贵姓？"他问。

"姓孙哪。"老头子的话与人一样，都那么干巴，"爱练，久想会会沙子龙"

沙子龙不把你打扁了！王三胜心里说。他脚底下加了劲，可是没把孙老头落下。他看出来，老头子的腿是老走着查拳门中的连跳步；交起手来，必定很快。但是，无论他怎么快，沙子龙是没对手的。准知道孙老头要吃亏，他心中痛快了些，放慢了些脚步。

“孙大叔贵处？”

“河间的，小地方。”孙老者也和气了些，“月棍年刀一辈子枪，不容易见功夫！说真的，你那两手就不坏！”

王三胜头上的汗又回来了，没言语。

到了客栈，他心中直跳，唯恐沙老师不在家，他急于报仇。他知道老师不爱管这种事，师弟们已碰过不少回钉子，可是他相信这回必定行，他是大伙计，不比那些毛孩子；再说，人家在庙会上点名叫阵，沙老师还能丢这个脸么？

“三胜，”沙子龙正在床上看着本《封神榜》，“有事吗？”

三胜的脸又紫了，嘴唇动着，说不出话来。

沙子龙坐起来：“怎么了，三胜？”

“栽了跟头！”

只打了个不甚长的哈欠，沙老师没别的表示。

王三胜心中不平，但是不敢发作；他得激动老师：“姓孙的一个老头儿，门外等着老师呢；把我的枪，枪，打掉了两次！”他知道“枪”字在老师心中有多大分量。没等吩咐，他慌忙跑出去。

客人进来，沙子龙在外间屋等着呢。彼此拱手坐下，他叫三胜去泡茶。三胜希望两个老人立刻交了手，可是不能不沏茶去。孙老者没话讲，用深藏着的眼睛打量沙子龙。沙很客气：

“要是三胜得罪了你，不用理他，年纪还轻。”

孙老者有些失望，可也看出沙子龙的精明。他不知怎样好了，不能拿一个人的精明断定他的武艺。“我来领教领教枪法！”他不由得说出来。

沙子龙没接茬儿。王三胜提着茶壶走进来——急于看二人动手，他没管水开了没有，就沏在壶中。

“三胜，”沙子龙拿起个茶碗来，“去找小顺们去，天汇见，陪孙老者吃饭。”

“什么！”王三胜的眼珠几乎掉出来。看了看沙老师的脸，他敢怒而不敢言地说了声“是啦！”走出去，噘着大嘴。

“教徒弟不易！”孙老者说。

“我没收过徒弟。走吧，这个水不开！茶馆去喝，喝饿了就吃。”沙子龙从桌子上拿起缎子褡裢，一头装着鼻烟壶，一头装着点钱，挂在腰带上。

“不，我还不饿！”孙老者很坚决，两个“不”字把小辫从肩上抡到后边去。

“说会子话儿。”

“我来为领教领教枪法。”

“功夫早搁下了，”沙子龙指着身上，“已经放了肉！”

“这么办也行，”孙老者深深地看了沙老师一眼，“不比武，教给我那趟五虎断魂枪。”

“五虎断魂枪？”沙子龙笑了，“早忘干净了！早忘干净了！告诉你，在我这儿住几天，咱们各处逛逛，临走，多少送点盘缠。”

“我不逛，也用不着钱，我来学艺！”孙老者立起来，“我练趟给你看看，看够得上学艺不够！”一屈腰已到了院中，把楼鸽都吓飞起去。拉开架子，他打了趟查拳：腿快，手飘洒，一个飞脚起去，小辫儿飘在空中，像从天上落下来一个风筝；快之中，每个架子都摆得稳、准、利落；来回六趟，把院子满都打到，走得圆，接得紧，身子在一处，而精神贯穿到四面八方。抱拳收势，身儿缩紧，好似满院乱飞的燕子忽然归了巢。

"好！好！"沙子龙在台阶上点着头喊。

"教给我那趟枪！"孙老者抱了抱拳。

沙子龙下了台阶，也抱着拳："孙老者，说真的吧；那条枪和那套枪都跟我入棺材，一齐入棺材！"

"不传？"

"不传！"

孙老者的胡子嘴动了半天，没说出什么来。到屋里抄起蓝布大衫，拉拉着腿："打搅了，再会！"

"吃过饭走！"沙子龙说。

孙老者没言语。

沙子龙把客人送到小门，然后回到屋中，对着墙角立着的大枪点了点头。

他独自上了天汇，怕是王三胜们在那里等着。他们都没有去。

王三胜和小顺们都不敢再到土地庙去卖艺，大家谁也不再为沙子龙吹胜；反之，他们说沙子龙栽了跟头，不敢和个老头儿动手；那个老头子一脚能踢死个牛。不要说王三胜输给他，沙子龙也不是他的对手。不过呢，王三胜到底和老头子见了个高低，而沙子龙连句硬话也没敢说。"神枪沙子龙"慢慢似乎被人们忘了。

夜静人稀，沙子龙关好了小门，一气把六十四枪刺下来；而后，拄着枪，望着天上的群星，想起当年在野店荒林的威风。叹一口气，用手指慢慢摸着凉滑的枪身，又微微一笑：“不传！不传！”

正红旗下（未完）[①]

① 正红旗，清代八旗之一。八旗是清代满族的一种军队组织和户口编制，以旗的颜色为号，有镶黄、正黄、镶白、正白、镶红、正红、镶蓝、正蓝八旗（正即整字的简写），凡满族成员都隶属各旗。这是“满洲八旗”，以后又增设“蒙古八旗”和“汉军八旗”。八旗成员，统称“旗人”。
作者隶属“满洲八旗”的“正红旗”，这篇自传体的长篇小说因此得名。

【一】

假若我姑母和我大姐的婆母现在还活着，我相信她们还会时常争辩：到底在我降生的那一晚上，我的母亲是因生我而昏迷过去了呢，还是她受了煤气。

幸而这两位老太太都遵循着自然规律，到时候就被亲友们护送到坟地里去；要不然，不论我庆祝自己的花甲之喜，还是古稀大寿，我心中都不会十分平安。是呀，假若大姐婆婆的说法十分正确，我便根本不存在啊！

似乎有声明一下的必要：我生的迟了些，而大姐又出阁早了些，所以我一出世，大姐已有了婆婆，而且是一位有比金刚石还坚硬的成见的婆婆。是，她的成见是那么深，我简直地不敢叫她看见我。只要她一眼看到我，她便立刻把屋门和窗子都打开，往外散放煤气！

还要声明一下：这并不是为来个对比，贬低大姐婆婆，以便高抬我的姑母。那用不着。说真的，姑母对于我的存在与否，并不十分关心；要不然，到后来，她的烟袋锅子为什么常常敲在我的头上，便有些费解了。是呀，我长着一个脑袋，不是一块破砖头！

尽管如此，姑母可是坚持实事求是的态度，和我大姐的婆婆进行激辩。按照她的说法，我的母亲是因为生我，失血过多，而昏了过去的。据我后来调查，姑母的说法颇为正确，因为自从她中年居孀以后，就搬到我家来住，不可能不掌握些第一手的消息与资料。我的啼哭，吵得她不能安眠。那么，我一定不会是一股煤气！

我也调查清楚：自从姑母搬到我家来，虽然各过各的日子，她可是以大姑子的名义支使我的母亲给她沏茶灌水，擦桌子扫地，名正言顺，心安理得。她的确应该心安理得，我也不便给她造谣：想想看，在那年月，一位大姑子而不欺负兄弟媳妇，还怎么算作大姑子呢？

在我降生前后，母亲当然不可能照常伺候大姑子，这就难怪在我还没落草儿[①]，姑母便对我不大满意了。不过，不管她多

---

① 落草儿，即降生。落读作lào。

么自私，我可也不能不多少地感激她：假若不是她肯和大姐婆婆力战，甚至于混战，我的生日与时辰也许会发生些混乱，其说不一了。我舍不得那个良辰吉日！

那的确是良辰吉日！就是到后来，姑母在敲了我三烟锅子之后，她也不能不稍加考虑，应否继续努力。她不能不想想，我是腊月二十三日酉时，全北京的人，包括着皇上和文武大臣，都在欢送灶王爷上天的时刻降生的呀！

在那年代，北京在没有月色的夜间，实在黑得可怕。大街上没有电灯，小胡同里也没有个亮儿，人们晚间出去若不打着灯笼，就会越走越怕，越怕越慌，迷失在黑暗里，找不着家。有时候，他们会在一个地方转来转去，一直转一夜。按照那时代的科学说法，这叫作“鬼打墙”。

可是，在我降生的那一晚上，全北京的男女，千真万确，没有一个遇上“鬼打墙”的！当然，那一晚上，在这儿或那儿，也有饿死的、冻死的和被杀死的。但是，这都与鬼毫无关系。鬼，不管多么顽强的鬼，在那一晚上都在家里休息，不敢出来，也就无从给夜行客打一堵墙，欣赏他们来回转圈圈了。

大街上有多少卖糖瓜与关东糖[①]的呀！天一黑，他们便点上灯笼，把摊子或车子照得亮堂堂的。天越黑，他们吆喝得越起劲，洪亮而急切。过了定更[②]，大家就差不多祭完了灶王，糖还卖给谁去呢！就凭这一片卖糖的声音，那么洪亮，那么急切，胆子最大的鬼也不敢轻易出来，更甭说那些胆子不大的了——

① 糖瓜与关东糖又叫“灶糖”，祭灶时的贡品，用麦芽做成。

② 定更，即初更，晚上七时至九时。

据说，鬼也有胆量很小很小的。

再听吧，从五六点钟起，已有稀疏的爆竹声。到了酉时左右（就是我降生的伟大时辰），连铺户带人家一齐放起鞭炮，不用说鬼，就连黑、黄、大、小的狗都吓得躲在屋里打哆嗦。花炮的光亮冲破了黑暗的天空，一闪一闪，能够使人看见远处的树梢儿。每家院子里都亮那么一阵：把灶王像请到院中来，燃起高香与柏枝，灶王就急忙吃点关东糖，化为灰烬，飞上天宫。

灶王爷上了天，我却落了地。这不能不叫姑母思索思索："这小子的来历不小哇！说不定，灶王爷身旁的小童儿因为贪吃糖果，没来得及上天，就留在这里了呢！"这么一想，姑母对我就不能不在讨厌之中，还有那么一点点敬意！

灶王对我姑母的态度如何，我至今还没探听清楚。我可是的确知道，姑母对灶王的态度并不十分严肃。她的屋里并没有灶王龛。她只在我母亲在我们屋里给灶王与财神上了三炷香之后，才搭讪着过来，可有可无地向神像打个问心[①]。假若我恰巧在那里，她必狠狠地瞪我一眼；她认准了我是灶王的小童儿转世，在那儿监视她呢！

说到这里，就很难不提一提我的大姐婆婆对神佛的态度。她的气派很大。在她的堂屋里，正中是挂着黄围子的佛桌，桌上的雕花大佛龛几乎高及顶棚，里面供着红脸长髯的关公。到春节，关公面前摆着五碗[②]小塔似的蜜供、五碗红月饼，还有一

① 打个问心，即拜一拜。心字轻读。

② 碗，贡品的单位量词。旧俗，过年时，献给神佛贡品的底座，常垫以饭碗，内盛小米，与碗口齐平，并覆盖红绵纸，然后上面再摞月饼、蜜供等食品，谓之一碗。

堂干鲜果品。财神、灶王和张仙[①]（就是“打出天狗去，引进子孙来”的那位神仙）的神龛都安置在两旁，倒好像她的“一家之主”不是灶王，而是关公。赶到这位老太太对丈夫或儿子示威的时候，她的气派是那么大，以至把神佛都骂在里边，毫不留情！“你们这群！”她会指着所有的神像说：“你们这群！吃着我的蜜供、鲜苹果，可不管我的事，什么东西！”

可是，姑母居然敢和这位连神佛都敢骂的老太太分庭抗礼，针锋相对地争辩，实在令人不能不暗伸大指！不管我怎么不喜爱姑母，当她与大姐婆婆作战的时候，我总是站在她这一边的。

经过客观的分析，我从大姐婆婆身上实在找不到一点可爱的地方。是呀，直到如今，我每一想起什么“虚张声势”、“瞎唬事”等等，也就不期然而然地想起大姐的婆婆来。我首先想起她的眼睛。那是一双何等毫无道理的眼睛啊！见到人，不管她是要表示欢迎，还是马上冲杀，她的眼总是瞪着。她大概是想用二目圆睁表达某种感情，在别人看来却空空洞洞，莫名其妙。她的两腮多肉，永远阴郁地下垂，像两个装着什么毒气的口袋似的。在咳嗽与说话的时候，她的嗓子与口腔便是一部自制的扩音机。她总以为只要声若洪钟，就必有说服力。她什么也不大懂，特别是不懂怎么过日子。可是，她会瞪眼与放炮，于是她就懂了一切。

虽然我也忘不了姑母的烟袋锅子（特别是那里面还有燃透

---

① 张仙，即送子之神。传说是五代时游青城山而得道的张远霄。宋代苏洵曾梦见他挟着两个弹子，以为是“诞子”之兆，便日夜供奉起来，以后果然生了苏轼和苏辙两个儿子，都成为有名的文学家。

了的兰花烟的），可是从全面看来，她就比大姐的婆婆多着一些风趣。从模样上说，姑母长得相当秀气，两腮并不像装着毒气的口袋。她的眼睛，在风平浪静的时候，黑白分明，非常的有神。不幸，有时候不知道为什么就来一阵风暴。风暴一来，她的有神的眼睛就变成有鬼，寒光四射，冷气逼人！不过，让咱们还是别老想她的眼睛吧。她爱玩梭儿胡[①]。每逢赢那么三两吊钱的时候，她还会低声地哼几句二黄。据说：她的丈夫，我的姑父，是一位唱戏的！在那个改良的……哎呀，我忘了一件大事！

你看，我只顾了交待我降生的月、日、时，可忘了说是哪一年！那是有名的戊戌年啊！戊戌政变[②]！

说也奇怪，在那么大讲维新与改良的年月，姑母每逢听到“行头”、“拿份儿”[③]等等有关戏曲的名词，便立刻把话岔开。只有逢年过节，喝过两盅玫瑰露酒之后，她才透露一句：“唱戏的也不下贱啊！”尽管如此，大家可是都没听她说过：我姑父的艺名叫什么，他是唱小生还是老旦。

大家也都怀疑，我姑父是不是个旗人。假若他是旗人，他可能是位耗财买脸的京戏票友儿[④]。可是，玩票是出风头的事，姑母为什么不敢公开承认呢？他也许真是个职业的伶人吧？可又不大对头：那年月，尽管酝酿着革新与政变，堂堂的旗人而

---

① 梭儿胡，一种纸牌，“玩梭儿胡”又叫“逗梭儿胡”，后来“凑十胡”也是这个意思。

② 即1898年光绪皇帝推行的资产阶级维新变法，又叫“百日维新”。

③ 行头，戏曲术语，指演员扮戏时所穿戴的衣服、头盔等。行读作xíng。拿份儿，即“戏份儿”，戏曲演员的工资。最早的工资按月计算，叫“包银”，后来改按场次计算，即是“戏份儿”。

④ 指不是“科班”出身的、偶一扮演的业余戏曲演员。与下文“玩票”同义。

去以唱戏为业，不是有开除旗籍的危险么？那么，姑父是汉人？也不对呀！他要是汉人，怎么在他死后，我姑母每月去领好几份儿钱粮呢？

直到如今，我还弄不清楚这段历史。姑父是唱戏的不是，关系并不大。我总想不通：凭什么姑母，一位寡妇，而且是爱用烟锅子敲我的脑袋的寡妇，应当吃几份儿饷银呢？我的父亲是堂堂正正的旗兵，负着保卫皇城的重任，每月不过才领三两银子，里面还每每掺着两小块假的；为什么姑父，一位唱小生或老旦的，还可能是汉人，会立下那么大的军功，给我姑母留下几份儿钱粮呢？看起来呀，这必定在什么地方有些错误！

不管是皇上的，还是别人的错儿吧，反正姑母的日子过得怪舒服。她收入的多，开销的少——白住我们的房子，又有弟媳妇做义务女仆。她是我们小胡同里的“财主”。

恐怕呀，这就是她敢跟大姐的婆婆顶嘴抬杠的重要原因之一。大姐的婆婆口口声声地说：父亲是子爵，丈夫是佐领，儿子是骁骑校[①]。这都不假；可是，她的箱子底儿上并没有什么沉重的东西。有她的胖脸为证，她爱吃。这并不是说，她有钱才要吃好的。不！没钱，她会以子爵女儿、佐领太太的名义去赊。她不但自己爱赊，而且颇看不起不敢赊、不喜欢赊的亲友。虽然没有明说，她大概可是这么想：不赊东西，白做旗人！

---

① 子爵，古代五等爵公、侯、伯、子、男的第四等。清代子爵又分一、二、三等，是比较小的世袭爵位。佐领，八旗兵制，以三百人为一“牛录”（后增至四百人），统领“牛录”的军官，满语叫作“牛录额真”，汉译“佐领”，是地位比较低的武官。骁骑校，“佐领”下面的小军官。

我说她“爱”吃，而没说她“讲究”吃。她只爱吃鸡鸭鱼肉，而不会欣赏什么山珍海味。不过，她可也有讲究的一面：到十冬腊月，她要买两条丰台暖洞子[①]生产的碧绿的、尖上还带着一点黄花的王瓜，摆在关公面前；到春夏之交，她要买些用小蒲包装着的，头一批成熟的十三陵大樱桃，陈列在供桌上。这些，可只是为显示她的气派与排场。当她真想吃的时候，她会买些冒充樱桃的“山豆子”，大把大把地往嘴里塞，既便宜又过瘾。不管怎么说吧，她经常拉下亏空，而且是债多了不愁，满不在乎。

对债主子们，她的眼瞪得特别圆，特别大；嗓音也特别洪亮，激昂慷慨地交代：

“听着！我是子爵的女儿，佐领的太太，娘家婆家都有铁杆儿庄稼！俸银俸米到时候就放下来，欠了日子欠不了钱，你着什么急呢！”

这几句豪迈有力的话语，不难令人想起二百多年前清兵入关时候的威风，因而往往足以把债主子打退四十里。不幸，有时候这些话并没有发生预期的效果，她也会瞪着眼笑那么一两下，叫债主子吓一大跳；她的笑，说实话，并不比哭更体面一些。她的刚柔相济，令人啼笑皆非。

她打扮起来的时候总使大家都感到遗憾。可是，气派与身份有关，她还非打扮不可。该穿亮纱，她万不能穿实地纱；该戴翡翠簪子，决不能戴金的。于是，她的几十套单、夹、棉、皮、纱衣服，与冬夏的各色首饰，就都循环地出入当铺，当了这件赎那件，博得当铺的好评。据看见过阎王奶奶

① 暖洞子，即温室。

的人说：当阎王奶奶打扮起来的时候，就和盛装的大姐婆婆相差无几。

因此，直到今天，我还摸不清她的丈夫怎么会还那么快活。在我幼年的时候，我觉得他是个很可爱的人。是，他不但快活，而且可爱！除了他也爱花钱，几乎没有任何缺点。我首先记住了他的咳嗽，一种清亮而有腔有调的咳嗽，叫人一听便能猜到他至小是四品官儿。他的衣服非常整洁，而且带着樟脑的香味，有人说这是因为刚由当铺拿出来，不知正确与否。

无论冬夏，他总提着四个鸟笼子，里面是两只红颏，两只蓝靛颏儿。他不养别的鸟，红、蓝颏儿雅俗共赏，恰合佐领的身份。只有一次，他用半年的俸禄换了一只雪白的麻雀。不幸，在白麻雀的声誉刚刚传遍九城[①]的大茶馆之际，也不知怎么就病故了，所以他后来即使看见一只雪白的老鸦也不再动心。

在冬天，他特别受我的欢迎：在他的怀里，至少藏着三个蝈蝈葫芦，每个都有摆在古玩铺里去的资格。我并不大注意葫芦。使我兴奋的是它们里面装着的嫩绿蝈蝈，时时轻脆地鸣叫，仿佛夏天忽然从哪里回到北京。

在我的天真的眼中，他不是来探亲家，而是和我来玩耍。他一讲起养鸟、养蝈蝈与蛐蛐的经验，便忘了时间，以至我母亲不管怎样为难，也得给他预备饭食。他也非常天真。母亲一暗示留他吃饭，他便咳嗽一阵，有腔有调，有板有眼，而后又

① 九城，即九门，指明代永乐十八年重修的北京内城九门：正阳、崇文、宣武、安定、德胜、东直、朝阳、西直、阜城。后来人们常以“九门”、“四九城”来代指北京城内外。传遍九城，即传遍了整个儿北京城。后文“誉满九城”也是这个意思。

哈哈地笑几声才说：

“亲家太太，我还真有点饿了呢！千万别麻烦，到天泰轩叫一个干炸小丸子、一卖木樨肉、一中碗酸辣汤，多加胡椒面和香菜，就行啦！就这么办吧！”

这么一办，我母亲的眼圈儿就分外湿润那么一两天！不应酬吧，怕女儿受气；应酬吧，钱在哪儿呢？那年月走亲戚，用今天的话来说，可真不简单！

亲家爹虽是武职，四品顶戴的佐领，却不大爱谈怎么带兵与打仗。我曾问过他是否会骑马射箭，他的回答是咳嗽了一阵，而后马上又说起养鸟的技术来。这可也的确值得说，甚至值得写一本书！看，不要说红、蓝颏儿们怎么养，怎么遛，怎么“押”，在换羽毛的季节怎么加意饲养，就是那四个鸟笼子的制造方法，也够讲半天的。不要说鸟笼子，就连笼里的小瓷食罐、小瓷水池，以及清除鸟粪的小竹铲，都是那么考究，谁也不敢说它们不是艺术作品！是的，他似乎已经忘了自己是个武官，而把毕生的精力都花费在如何使小罐小铲、咳嗽与发笑都含有高度的艺术性，从而随时沉醉在小刺激与小趣味里。

他还会唱呢！有的王爷会唱须生，有的贝勒[1]会唱《金钱豹》[2]，有的满族官员由票友而变为京剧名演员……戏曲和曲艺成为满人生活中不可缺少的东西，他们不但爱去听，而且喜欢自己粉墨登场。他们也创作，大量地创作，岔曲、快书、鼓词等等。我的亲家爹也当然不甘落后。遗憾的是他没有足够的

① 贝勒，满语王或侯的意思，是清代的世袭爵位，地位仅次于亲王和郡王。

② 传统戏剧，演孙悟空降服金钱豹的故事。

财力去组成自己的票社，以便亲友家庆祝孩子满月，或老太太的生日，去车马自备、清茶恭候地唱那么一天或一夜，耗财买脸，傲里夺尊，誉满九城。他只能加入别人组织的票社，随时去消遣消遣。他会唱几段联珠快书。他的演技并不很高，可是人缘很好，每逢献技都博得亲友们热烈喝彩。美中不足，他走票的时候，若遇上他的夫人也盛装在场，他就不由得想起阎王奶奶来，而忘了词儿。这样丢了脸之后，他回到家来可也不闹气，因为夫妻们大吵大闹会喊哑了他的嗓子。倒是大姐的婆婆先发制人，把日子不好过，债务越来越多，统统归罪于他爱玩票，不务正业，闹得没结没完。他一声也不出，只等到她喘气的时候，他才用口学着三弦的声音，给她弹个过门儿："登根儿哩登登"。艺术的熏陶使他在痛苦中还能够找出自慰的办法，所以他快活——不过据他的夫人说，这是没皮没脸，没羞没臊！

他们夫妇谁对谁不对，我自幼到而今一直还没有弄清楚。那么，书归正传，还说我的生日吧。

在我降生的时候，父亲正在皇城的什么角落值班。男不拜月，女不祭灶[1]，自古为然。姑母是寡妇，母亲与二姐也是妇女；我虽是男的，可还不堪重任。全家竟自没有人主持祭灶大典！姑母发了好几阵脾气。她在三天前就在英兰斋满汉饽饽铺买了几块真正的关东糖。所谓真正的关东糖者就是块儿小而比石头还硬，放在口中若不把门牙崩碎，就把它粘掉的

---

① 迷信的人认为灶王是一家之主，祭灶之礼，必须由男子祭拜，妇女不得参与；月为太阴星君，中秋拜月，也只能由妇女行之，男子不得参与，故俗谚谓之"男不拜（圆）月，女不祭灶"。

那一种，不是摊子上卖的那种又泡又松，见热气就容易化了的低级货。她还买了一斤什锦南糖。这些，她都用小缸盆扣起来，放在阴凉的地方，不叫灶王爷与一切的人知道。她准备在大家祭完灶王，偷偷地拿出一部分，安安顿顿地躺在被窝里独自享受，即使粘掉一半个门牙，也没人晓得。可是，这个计划必须在祭灶之后执行，以免叫灶王看见，招致神谴。哼！全家居然没有一个男人！她的怒气不打一处来。我二姐是个忠厚老实的姑娘，空有一片好心，而没有克服困难的办法。姑母越发脾气，二姐心里越慌，只含着眼泪，不住地叫："姑姑！姑姑！"

幸而大姐及时地来到。大姐是个极漂亮的小媳妇：眉清目秀，小长脸，尖尖的下颏像个白莲花瓣似的。不管是穿上大红缎子的氅衣，还是蓝布旗袍，不管是梳着两把头，还是挽着旗髻，她总是那么俏皮利落，令人心旷神怡。她的不宽的腰板总挺得很直，亭亭玉立；在请蹲安的时候，直起直落，稳重而飘洒。只有在发笑的时候，她的腰才弯下一点去，仿佛喘不过气来，笑得那么天真可怜。亲戚、朋友，没有不喜爱她的，包括着我的姑母。只有大姐的婆婆认为她既不俊美，也不伶俐，并且时常讥诮：你爸爸不过是三两银子的马甲[①]！

大姐婆婆的气派是那么大，讲究是那么多，对女仆的要求自然不能不极其严格。她总以为女仆都理当以身殉职，进门就累死。自从娶了儿媳妇，她干脆不再用女仆，而把一个小媳妇当作十个女仆使用。大姐的两把头往往好几天不敢拆散，就那么带着那小牌楼似的家伙睡觉。梳头需要相当长的时间，万一

① 马甲，蒙马之甲，代称骑兵。

婆婆已经起床，大声地咳嗽着，而大姐还没梳好了头，过去请安，便是一行大罪！大姐须在天还没亮就起来，上街给婆婆去买热油条和马蹄儿烧饼。大姐年轻，贪睡。可是，出阁之后，她练会把自己惊醒。醒了，她便轻轻地开开屋门，看看天上的三星。假若还太早，她便回到炕上，穿好衣服，坐着打盹，不敢再躺下，以免睡熟了误事。全家的饭食、活计、茶水、清洁卫生，全由大姐独自包办。她越努力，婆婆越给她添活儿，加紧训练。婆婆的手，除了往口中送饮食，不轻易动一动。手越不动，眼与嘴就越活跃，她一看见儿媳妇的影子就下好几道紧急命令。

事情真多！大姐每天都须很好地设计，忙中要有计划，以免发生混乱。出嫁了几个月之后，她的眉心出现了两条细而深的皱纹。这些委屈，她可不敢对丈夫说，怕挑起是非。回到娘家，她也不肯对母亲说，怕母亲伤心。当母亲追问的时候，她也还是笑着说：没事！真没事！奶奶放心吧！（我们管母亲叫作奶奶。）

大姐更不敢向姑母诉苦，知道姑母是爆竹脾气，一点就发火。可是，她并不拒绝姑母的小小的援助。大姐的婆婆既要求媳妇打扮得像朵鲜花似的，可又不肯给媳妇一点买胭脂、粉、梳头油等等的零钱，所以姑母一问她要钱不要，大姐就没法不低下头去，表示口袋里连一个小钱也没有。姑母是不轻易发善心的，她之所以情愿帮助大姐者是因为我们满人都尊敬姑奶奶。她自己是老姑奶奶，当然要同情小姑奶奶，以壮自己的声势。况且，大姐的要求又不很大，有几吊钱就解决问题，姑母何必不大仁大义那么一两回呢。这个，大姐婆婆似乎也看了出来，可是不便说什么；娘家人理当贴补出了嫁的女儿，女儿本是赔钱货嘛。在另一方面，姑母之所以敢和大姐婆婆分庭抗礼者，也在这里找到一些说明。

大姐这次回来，并不是因为她梦见了一条神龙或一只猛虎落在母亲怀里，希望添个将来会“出将入相”[①]的小弟弟。快到年节，她还没有新的绫绢花儿、胭脂宫粉和一些杂拌儿[②]。这末一项，是为给她的丈夫的。大姐夫虽已成了家，并且是不会骑马的骁骑校，可是在不少方面还像个小孩子，跟他的爸爸差不多。是的，他们老爷儿俩到时候就领银子，终年都有老米吃，干吗注意天有多么高，地有多么厚呢？生活的意义，在他们父子看来，就是每天要玩耍，玩得细致，考究，入迷。大姐丈不养靛颏儿，而英雄气概地玩鹞子和胡伯喇[③]，威风凛凛地去捕几只麻雀。这一程子，他玩腻了鹞子与胡伯喇，改为养鸽子。他的每只鸽子都值那么一二两银子：“满天飞元宝”是他爱说的一句豪迈的话。他收藏的几件鸽铃都是名家制作，由古玩摊子上搜集来的。

大姐夫需要杂拌儿。每年如是：他用各色的洋纸糊成小高脚碟，以备把杂拌儿中的糖豆子、大扁杏仁等等轻巧地放在碟上，好像是为给他自己上供。一边摆弄，一边吃；往往小纸碟还没都糊好，杂拌儿已经不见了；尽管是这样，他也得到一种快感。杂拌儿吃完，他就设计糊灯笼，好在灯节悬挂起来。糊

---

① “出将”和“入相”是传统戏剧舞台上的“上场门”和“下场门”，这里借用“将”“相”，有盼成大器的意思。

② 各种果子做的果脯。

③ 胡伯喇，一种小而凶的鸟，喙长、利爪，饲养者多以其擒食麻雀为戏。北京土话，称无所事事者为“玩鹞鹰子”，作者以这个细节寓刺游手好闲。

完春灯，他便动手糊风筝。这些小事情，他都极用心地去做；一两天或好几天，他逢人必说他手下的工作，不管人家爱听不爱听。在不断的商讨中，往往得到启发，他就重新设计，以期出奇制胜，有所创造。若是别人不愿意听，他便都说给我大姐，闹得大姐脑子里尽是春灯与风筝，以致耽误了正事，招得婆婆鸣炮一百零八响！

他们玩耍，花钱，可就苦了我的大姐。在家庭经济不景气的时候，他们不能不吵嘴，以资消遣。十之八九，吵到下不来台的时候，就归罪于我的大姐，一致进行讨伐。大姐夫虽然对大姐还不错，可是在混战之中也不敢不骂她。好嘛，什么都可以忍受，可就是不能叫老人们骂他怕老婆。因此，一来二去，大姐增添了一种本事：她能够在炮火连天之际，似乎听到一些声响，又似乎什么也没听见。似乎是她给自己的耳朵安上了避雷针。可怜的大姐！

大姐来到，立刻了解了一切。她马上派二姐去请“姥姥”，也就是收生婆。并且告诉二姐，顺脚儿去通知婆家：她可能回去的晚一些。大姐婆家离我家不远，只有一里多地。二姐飞奔而去。

姑母有了笑容，递给大姐几张老裕成钱铺特为年节给赏与压岁钱用的、上边印着刘海戏金蟾的、崭新的红票子，每张实兑大钱两吊。同时，她把弟妇生娃娃的一切全交给大姐办理，倘若发生任何事故，她概不负责。

二姐跑到大姐婆家的时候，大姐的公公正和儿子在院里放花炮。今年，他们负债超过了往年的最高纪录。腊月二十三过小年，他们理应想一想怎么还债，怎么节省开支，省得在年根底下叫债主子们把门环子敲碎。没有，他们没有那么想。大姐婆婆不知由哪里找到一点钱，买了头号的大糖瓜，带芝麻的和不带芝麻的，摆在灶王面前，并且瞪着眼下命令：“吃了我的糖，到天上多说几句好话，别不三不四地顺口开河，瞎扯！”两位男人呢，也不知由哪里弄来一点钱，都买了鞭炮。老爷儿俩都脱了长袍。老头儿换上一件旧狐皮马褂，不系钮扣，而用一条旧布褡包松拢着，十分潇洒。大姐夫呢，年轻火力壮，只穿着小棉袄，直打喷嚏，而连说不冷。鞭声先起，清脆紧张，一会儿便火花急溅，响成一片。儿子放单响的麻雷子，父亲放双响的二踢脚，间隔停匀，有板有眼：噼啪噼啪，咚；噼啪噼啪，咚——当！这样放完一阵，父子相视微笑，都觉得放炮的技巧九城第一，理应得到四邻的热情夸赞。

不管二姐说什么，中间都夹着麻雷子与二踢脚的巨响。于是，大姐的婆婆仿佛听见了：亲家母受了煤气。“是吗？”她以压倒鞭炮的声音告诉二姐：“你们穷人总是不懂得怎么留神，大概其喜欢中煤毒！”她把“大概”总说成“大概其”，有个“其”字，显着多些文采，说完，她就去换衣裳，要亲自出马，去抢救亲家母的性命，大仁大义。佐领与骁骑校根本没注意二姐说了什么，专心一志地继续放爆竹。即使听明白了二姐的报告，他们也不能一心二用，去考虑爆竹以外的问题。

我生下来，母亲昏了过去。大姐的婆母躲在我姑母屋里，二目圆睁，两腮的毒气肉袋一动一动地述说解救中煤毒的最有效的偏方。姑母老练地点起兰花烟，把老玉烟袋嘴儿斜放在嘴角，眉毛挑起多高，准备挑战。

“偏方治大病！”大姐的婆婆引经据典地说。

“生娃娃用不着偏方！”姑母开始进攻。

“那也看谁生娃娃！”大姐婆婆心中暗喜已到人马列开的时机。

“谁生娃娃也不用解煤气的偏方！”姑母从嘴角撤出乌木长烟袋，用烟锅子指着客人的鼻子。

“老姑奶奶！”大姐婆婆故意称呼对方一句，先礼后兵，以便进行歼灭战，“中了煤气就没法儿生娃娃！”

在这激烈舌战之际，大姐把我揣在怀里，一边为母亲的昏迷不醒而落泪，一边又为小弟弟的诞生而高兴。二姐独自立在外间屋，低声地哭起来。天很冷，若不是大姐把我揣起来，不管我的生命力有多么强，恐怕也有不小的危险。

【二】

姑母高了兴的时候，也格外赏脸地逗我一逗，叫我“小狗尾巴”，因为，正如前面所交代的，我是生在戊戌年（狗年）的尾巴上。连她高了兴，幽默一下，都不得人心！我才不愿意当狗尾巴呢！伤了一个孩子的自尊心，即使没有罪名，也是个过错！看，直到今天，每逢路过狗尾巴胡同，我的脸还难免有点发红！

不过，我还要交代些更重要的事情，就不提狗尾巴了吧。可以这么说：我只赶上了大清皇朝的“残灯末庙”。在这个日落西山的残景里，尽管大姐婆婆仍然常常吹嘴她是子爵的女儿、佐领的太太，可是谁也明白她是虚张声势，威风只在嘴皮子上了。是呀，连向她讨债的卖烧饼的都敢指着她的鼻子说："吃了烧饼不还钱，怎么，还有理吗？"至于我们穷旗兵们，虽然好歹地还有点铁杆庄稼，可是已经觉得脖子上仿佛有根绳子，越勒越紧！

以我们家里说，全家的生活都仗着父亲的三两银子月饷，和春秋两季发下来的老米维持着。多亏母亲会勤俭持家，这点收入才将将使我们不至沦为乞丐。

二百多年积下的历史尘垢，使一般的旗人既忘了自谴，也忘了自励。我们创造了一种独具风格的生活方式：有钱的真讲究，没钱的穷讲究。生命就这么沉浮在有讲究的一汪死水里。是呀，以大姐的公公来说吧，他为官如何，和会不会冲锋陷阵，倒似乎都是次要的。他和他的亲友仿佛一致认为他应当食王禄，唱快书和养四只靛颏儿。同样地，大姐丈不仅满意他的"满天飞元宝"，而且情愿随时为一只鸽子而牺牲了自己。是，不管他去办多么要紧的公事或私事，他的眼睛总看着天空，绝不考虑可能撞倒一位老太太或自己的头上碰个大包。他必须看着天空。万一有那么一只掉了队的鸽子，飞得很低，东张西望，分明是十分疲乏，急于找个地方休息一下。见此光景，就是身带十万火急的军令，他也得飞跑回家，放起几只鸽子，把那只自天而降的"元宝"裹了下来。能够这样俘获一只别人家的鸽子，对大姐夫来说，实在是最大最美的享受！至于因此而引起纠纷，那他就敢拿刀动杖，舍命不舍鸽子，吓得大姐浑身颤抖。

是，他们老爷儿俩都有聪明、能力，细心，但都用在从微不足道的事物中得到享受与刺激。他们在蛐蛐罐子、鸽铃、干炸丸子等等上提高了文化，可是对天下大事一无所知。他们的一生像做着个细巧的，明白而又有点糊涂的梦。

妇女们极讲规矩。是呀，看看大姐吧！她在长辈面前，一站就是几个钟头，而且笑容始终不懈地摆在脸上。同时，她要眼观四路，看着每个茶碗，随时补充热茶；看着水烟袋与旱烟袋，及时地过去装烟，吹火纸捻儿。她的双手递送烟袋的姿态够多么美丽得体，她的嘴唇微动，一下儿便把火纸吹燃，有多么轻巧美观。这些，都得到老太太们（不包括她的婆婆）的赞叹，而谁也没注意她的腿经常浮肿着。在长辈面前，她不敢多说话，又不能老在那儿呆若木鸡地侍立。她须精心选择最简单而恰当的字眼，在最合适的间隙，像舞台上的锣鼓点儿似的那么准确，说那么一两小句，使老太太们高兴，从而谈得更加活跃。

这种生活艺术在家里得到经常的实践，以备特别加工，拿到较大的场合里去。亲友家给小孩办三天、满月，给男女做四十或五十整寿，都是这种艺术的表演竞赛大会。至于婚丧大典，那就更须表演得特别精采，连笑声的高低，与请安的深浅，都要恰到好处，有板眼，有分寸。姑母和大姐的婆婆若在这种场合相遇，她们就必须出奇制胜，各显其能，用各种笔法，旁敲侧击，打败对手，传为美谈。办理婚丧大事的主妇也必须眼观六路、耳听八方，随时随地使这种可能产生严重后果的要弄与讽刺大事化小，小事化无。同时，她还要委托几位负有重望的妇女，帮助她安排宾客们的席次，与入席的先后次序。安排得稍欠妥当，就有闹得天翻地覆的危险。她们必须知道谁是二姥姥的姑舅妹妹的干儿子的表姐，好来与谁的小姨子的公公的盟兄弟的寡嫂，做极细致的分析比较，使她们的席位各得其所，心服口服，吃个痛快。经过这样的研究，而两位客人是半斤八两，不差一厘，可怎么办呢？要不怎么，不但必须记住亲友们的生年月日，而且要记得落草儿的时辰呢！这样分量完全相同的客人，也许还是同年同月同日生的呀！可是二嫂恰好比六嫂早生了一点钟，这就解决了问题。当然，六嫂虽晚生了六十分钟，而丈夫是三品顶戴，比二嫂的丈夫高着两品，这就又须从长研究，另做安排了。是的，我大姐虽然不识一个字，她可是一本活书，记得所有的亲友的生辰八字儿。不管她的婆婆要怎样惑乱人心，我可的确知道我是戊戌年腊月二十三日酉时生的，毫不动摇，因为有大姐给我做证！

这些婚丧大典既是那么重要，亲友家办事而我们缺礼，便是大逆不道。母亲没法把送礼这笔支出打在预算中，谁知道谁什么时候死，什么时候生呢？不幸而赶上一个月里发生好几件红白事，母亲的财政表格上便有了赤字。她不能为减少赤字，而不给姑姑老姨儿们去拜寿，不给胯骨上的亲戚[1]吊丧或贺喜。不去给亲友们行礼等于自绝于亲友，没脸再活下去，死了也欠光荣。而且，礼到人不到还不行啊。这就须于送礼而外，还得整理鞋袜，添换头绳与绢花，甚至得做非做不可的新衣裳。这又是一笔钱。去吊祭或贺喜的时候，路近呢自然可以勉强走了去，若是路远呢，难道不得雇辆骡车么？在那文明的年月，北京的道路一致是灰沙三尺，恰似香炉。好嘛，打扮得漂漂亮亮

① 比喻关系极远、极不沾边的亲戚。

的，而在香炉里走十里八里，到了亲友家已变成了土鬼，岂不是大笑话么？骡车可是不能白坐，这又是个问题！去行人情，岂能光拿着礼金礼品，而腰中空空如也呢。假若人家主张凑凑十胡什么的，难道可以严词拒绝么？再说，见了晚一辈或两辈的孙子们，不得给二百钱吗？是呀，办婚丧大事的人往往倾家荡产，难道亲友不应当舍命陪君子么？

母亲最怕的是亲友家娶媳妇或聘姑娘而来约请她做娶亲太太或送亲太太。这是一种很大的荣誉：不但寡妇没有这个资格，就是属虎的或行为有什么不检之处的“全口人”[①]也没有资格。只有堂堂正正，一步一个脚印的妇人才能负此重任。人家来约请，母亲没法儿拒绝。谁肯把荣誉往外推呢？可是，去做娶亲太太或送亲太太不但必须坐骡车，而且平日既无女仆，就要雇个临时的、富有经验的、干净利落的老妈子。有人搀着上车下车、出来进去，才像个娶亲太太或送亲太太呀！至于服装首饰呢，用不着说，必须格外出色，才能压得住台。母亲最恨向别人借东西，可是她又绝对没有去置办几十两银子一件的大缎子、绣边儿的氅衣，和真金的扁方、耳环、大小头簪。她只好向姑母开口。姑母有成龙配套的衣裳与首饰，可就是不愿出借！姑母在居孀之后，固然没有做娶亲或送亲太太的资格，就是在我姑父活着的时候，她也很不易得到这种荣誉。是呀，姑父到底是唱戏的不是，既没有弄清楚，谁能够冒冒失失地来邀请姑母出头露面呢？大家既不信任姑母，姑母也就不肯往外借东西，作为报复。

于是，我父亲就须亲自出马，向姑母开口。亲姐弟之间，

① 指丈夫子女俱全，“有福气”的妇女。口字轻读，作ke。

什么话都可以说。大概父亲必是完全肯定了“唱戏的并不下贱”，姑母才把带有樟脑味儿的衣服，和式样早已过了时而分量相当重的首饰拿出来。

这些非应酬不可的应酬，提高了母亲在亲友眼中的地位。大家都夸她会把钱花在刀刃儿上。可也正是这个刀刃儿使母亲关到钱粮发愁，关不下来更发愁。是呀，在我降生的前后，我们的铁杆儿庄稼虽然依然存在，可是逐渐有点歉收了，分量不足，成色不高。赊欠已成了一种制度。卖烧饼的、卖炭的、倒水的都在我们的，和许多人家的门垛子上画上白道道，五道儿一组，颇像鸡爪子。我们先吃先用，钱粮到手，按照鸡爪子多少还钱。母亲是会过日子的人，她只许卖烧饼的、卖炭的、倒水的在我们门外画白道道，而绝对不许和卖酥糖的、卖糖葫芦的等等发生鸡爪子关系。姑母白吃我们的水，随便拿我们的炭，而根本不吃烧饼——她的红漆盒子里老储存着“大八件”一级的点心。因此，每逢她看见门垛子上的鸡爪图案，就对门神爷眨眨眼，表明她对这些图案不负责任！我大姐婆家门外，这种图案最为丰富。除了我大姐没有随便赊东西的权利，其余的人是凡能赊者必赊之。大姐夫说得好：反正钱粮下来就还钱，一点不丢人！

在门外的小贩而外，母亲只和油盐店、粮店，发生赊账的关系。我们不懂吃饭馆，我们与较大的铺户，如绸缎庄、首饰楼，同仁堂老药铺等等都没有什么贸易关系。我们每月必须请几束高香，买一些茶叶末儿，香烛店与茶庄都讲现钱交易；概不赊欠。

虽然我们的赊账范围并不很大，可是这已足逐渐形成寅吃卯粮的传统。这就是说：领到饷银，便去还债。还了债，所余无几，就再去赊。假若出了意外的开销，像获得做娶亲太太之类的荣誉，得了孙子或外孙子，还债的能力当然就减少，而亏空便越来越大。因此，即使关下银子来，母亲也不能有喜无忧。

姑母经常出门：去玩牌、逛护国寺、串亲戚，到招待女宾的曲艺与戏曲票房去听清唱或彩排，非常活跃。她若是去赌钱，母亲便须等到半夜。若是忽然下了雨或雪，她和二姐还得拿着雨伞去接。母亲认为把大姑子伺候舒服了，不论自己吃多大的苦，也比把大姑子招翻了强得多。姑母闹起脾气来是变化万端，神鬼难测的。假若她本是因嫌茶凉而闹起来，闹着闹着就也许成为茶烫坏她的舌头，而且把我们的全家，包括着大黄狗，都牵扯在内，都有意要烫她的嘴，使她没法儿吃东西，饿死！这个蓄意谋杀的案件至少要闹三四天！

与姑母相反，母亲除了去参加婚丧大典，不大出门。她喜爱有条有理地在家里干活儿。她能洗能做，还会给孩子剃头，给小媳妇们铰脸——用丝线轻轻地勒去脸上的细毛儿，为是化妆后，脸上显着特别光润。可是，赶巧了，父亲正去值班，而衙门放银子，母亲就须亲自去领取。我家离衙门并不很远，母亲可还是显出紧张，好像要到海南岛去似的。领了银子（越来分两越小），她就手儿在街上兑换了现钱。那时候，山西人开的烟铺、回教人开的蜡烛店，和银号钱庄一样，也兑换银两。母亲是不喜欢算计一两文钱的人，但是这点银子关系着家中的“一月大计”，所以她也既腼腆又坚决地多问几家，希望多换几百钱。有时候，在她问了两家之后，恰好银盘儿落了，她饶白跑了腿，还少换了几百钱。

拿着现钱回到家，她开始发愁。二姐赶紧给她倒上一碗茶——用小沙壶沏的茶叶末儿，老放在炉口旁边保暖，茶汁很浓，有时候也有点香味。二姐可不敢说话，怕搅乱了母亲的思路。她轻轻地出去，到门外去数墙垛上的鸡爪图案，详细地记住，以备做母亲制造预算的参考材料。母亲喝了茶，脱了刚才上街穿的袍罩，盘腿坐在炕上。她抓些铜钱当算盘用，大点儿的代表一吊，小点的代表一百。她先核计该还多少债，口中念念有词，手里掂动着几个铜钱，而后摆在左方。左方摆好，一看右方（过日子的钱）太少，就又轻轻地从左方撤下几个钱，心想：对油盐店多说几句好话，也许可以少还几个。想着想着，她的手心上就出了汗，很快地又把撤下的钱补还原位。不，她不喜欢低三下四地向债主求情；还！还清！剩多剩少，就是一个不剩，也比叫掌柜的或大徒弟高声申斥好得多。是呀，在太平天国、英法联军、甲午海战等等风波之后，不但高鼻子的洋人越来越狂妄，看不起皇帝与旗兵，连油盐店的山东人和钱铺的山西人也对旗籍主顾们越来越不客气了。他们竟敢瞪着包子大的眼睛挖苦、笑骂吃了东西不还钱的旗人，而且威胁从此不再记账，连块冻豆腐都须现钱交易！母亲虽然不知道国事与天下事，可是深刻地了解这种变化。即使她和我的父亲商议，他——负有保卫皇城重大责任的旗兵，也只会惨笑一下，低声地说：先还债吧！

左方的钱码比右方的多着许多！母亲的鬓角也有了汗珠！她坐着发愣，左右为难。最后，二姐搭讪着说了话："奶奶！还钱吧，心里舒服！这个月，头绳、锭儿粉、梳头油，咱们都不用买！咱们娘儿俩多给灶王爷磕几个头，告诉他老人家：以后只给他上一炷香，省点香火！”

母亲叹了口气：“唉！叫灶王爷受委屈，于心不忍哪！”

“咱们也苦着点，灶王爷不是就不会挑眼了吗？”二姐提出具体的意见，“咱们多端点豆汁儿，少吃点硬的；多吃点小葱拌豆腐，少吃点炒菜，不就能省下不少吗？”

“二妞，你是个明白孩子！”母亲在愁苦之中得到一点儿安慰，“好吧，咱们多勒勒裤腰带吧！你去，还是我去？”

“您歇歇吧，我去！”

母亲就把铜钱和钱票一组一组地分清楚，交给二姐，并且嘱咐了又嘱咐：“还给他们，马上就回来！你虽然还梳着辫子，可也不小啦！见着便宜坊[①]的老王掌柜，不准他再拉你的骆驼；告诉他：你是大姑娘啦！”

“嗐，老王掌柜快七十岁了，叫他拉拉也不要紧！”二姐笑着，紧紧握着那些钱，走了出去。所谓拉骆驼者，就是年岁大的人用中指与食指夹一夹孩子的鼻子，表示亲热。

二姐走后，母亲呆呆地看着炕上那一小堆儿钱，不知道怎么花用，才能对付过这一个月去。以她的洗作本领和不怕劳苦的习惯，她常常想去向便宜坊老王掌柜那样的老朋友们说说，给她一点活计，得些收入，就不必一定非喝豆汁儿不可了。二姐也这么想，而且她已经学的很不错：下至衲鞋底袜底，上至扎花儿、钉钮襻儿，都拿得起来。二姐还以为拉过她的骆驼的那些人，像王老掌柜与羊肉床子上的金四把[②]叔叔，虽然是汉人

---

① 北京的一家卖熟肉和生猪肉的铺子，后成为著名的烤鸭店。便读作biàn。

② 羊肉床子，即羊肉铺。把，即“爷”，在回民中，这样称呼有年纪的人，显着亲切尊敬（与称“爷爷”为“把把”不同。）如常七把即常七爷。金四把即金四爷。

与回族人，可是在感情上已然都不分彼此，给他们洗洗作作，并不见得降低了自己的身份。况且，大姐曾偷偷地告诉过她：金四把叔叔送给了大姐的公公两只大绵羊，就居然补上了缺，每月领四两银子的钱粮。二姐听了，感到十分惊异：金四叔？他是回族人哪！大姐说：是呀！千万别喧嚷出去呀！叫上边知道了，我公公准得丢官罢职！二姐没敢去宣传，大姐的公公于是也就没有丢官罢职。有这个故事在二姐心里，她就越觉得大伙儿都是一家人，谁都可以给谁干点活儿，不必问谁是旗人，谁是汉人或回族人。她并且这么推论：既是送绵羊可以得钱粮，若是赠送骆驼，说不定还能做王爷呢！到后来，我懂了点事的时候，我觉得二姐的想法十分合乎逻辑。

可是，姑母绝对不许母亲与二姐那么办。她不反对老王掌柜与金四把，她跟他们，比起我们来，有更多的来往：在她招待客人的时候，她叫得起便宜坊的苏式盒子；在过阴天[①]的时候，可以定买金四把的头号大羊肚子或是烧羊脖子。我们没有这种气派与财力。她的大道理是：妇女卖苦力给人家做活、洗衣裳，是最不体面的事！“你们要是那么干，还跟三河县的老妈子有什么分别呢？”母亲明知三河县的老妈子是出于饥寒所迫，才进城来找点事做，并非天生来的就是老妈子，像皇上的女儿必是公主那样。但是，她不敢对大姑子这么说，只笑了笑，就不再提起。

在关饷发愁之际，母亲若是已经知道，东家的姑娘过两天出阁，西家的老姨娶儿媳妇，她就不知须喝多少沙壶热茶。她不饿，只觉得口中发燥。除了对姑母说话，她的脸上整天没个

① 指阴天下雨，出不了门，在家寻事消遣。

笑容！可怜的母亲！

我不知道母亲年轻时是什么样子。我是她四十岁后生的“老”儿子。但是，从我一记事儿起，直到她去世，我总以为她在二三十岁的时节，必定和我大姐同样俊秀。是，她到了五十岁左右还是那么干净体面，倒仿佛她一点苦也没受过似的。她的身量不高，可是因为举止大方，并显不出矮小。她的脸虽黄黄的，但不论是发着点光，还是暗淡一些，总是非常恬静。有这个脸色，再配上小而端正的鼻子，和很黑很亮、永不乱看的眼珠儿，谁都可以看出她有一股正气，不会有一点坏心眼儿。乍一看，她仿佛没有什么力气，及至看到她一气就洗出一大堆衣裳，就不难断定：尽管她时常发愁，可决不肯推卸责任。

是呀，在生我的第二天，虽然她是那么疲倦虚弱，嘴唇还是白的，她可还是不肯不操心。她知道：平常她对别人家的红白事向不缺礼，不管自己怎么发愁为难。现在，她得了“老”儿子，亲友怎能不来贺喜呢？大家来到，拿什么招待呢？父亲还没下班儿，正月的钱粮还没发放。向姑母求援吧，不好意思。跟二姐商议吧，一个小姑娘可有什么主意呢。看一眼身旁的瘦弱的、几乎要了她的命的“老”儿子，她无可如何地落了泪。

【三】

果然，第二天早上，二哥福海搀着大舅妈，声势浩大地来到。他们从哪里得到的消息，至今还是个疑问。不管怎样吧，大舅妈是非来不可的。按照那年月的规矩，姑奶奶坐月子，须由娘家的人来服侍。这证明姑娘的确是赔钱货，不但出阁的时候须由娘家陪送四季衣服、金银首饰，乃至箱柜桌椅和鸡毛掸子；而且在生儿养女的时节，娘家还须派人来服劳役。

大舅妈的身量小，咳嗽的声音可很洪亮。一到冬天，她就犯喘，咳嗽上没完。咳嗽稍停，她就拿起水烟袋咕噜一阵，预备再咳嗽。她还离我家有半里地，二姐就惊喜地告诉母亲：大舅妈来了！大舅妈来了！母亲明知娘家嫂子除了咳嗽之外，并没有任何长处，可还是微笑了一下。大嫂冒着风寒，头一个来贺喜，实在足以证明娘家人对她的重视，嫁出的女儿并不是泼出去的水。母亲的嘴唇动了动。二姐没听见什么，可是急忙跑出去迎接舅妈。

二哥福海和二姐耐心地搀着老太太，从街门到院里走了大约二十多分钟。二姐还一手搀着舅妈，一手给她捶背。因此，二姐没法儿接过二哥手里提的水烟袋、食盒（里面装着红糖与鸡蛋），和蒲包儿（内装破边的桂花“缸炉”与槽子糕）[①]。

好容易喘过一口气来，大舅妈嘟囔了两句。二哥把手中的盒子与蒲包交给了二姐，而后搀着妈妈去拜访我姑母。不管喘得怎么难过，舅妈也忘不了应当先去看谁。可是也留着神，把食品交给我二姐，省得叫我姑母给扣下。姑母并不缺嘴，但是看见盒子与蒲包，总觉得归她收下才合理。

① 蒲包儿，旧时送礼用的点心或水果包，以香蒲编成。缸炉，北京的一种混糖糕点，高庄正六边形，整个连在一起，掰而食之。因为掰得不整齐，所以说是“破边”，炉读作lòu。

大舅妈的访问纯粹是一种外交礼节，只需叫声老姐姐，而后咳嗽一阵，就可以交代过去了。姑母对大舅妈本可以似有若无地笑那么一下就行了，可是因为有二哥在旁，她不能不表示欢迎。

在亲友中，二哥福海到处受欢迎。他长得短小精悍，既壮实又秀气，既漂亮又老成。圆圆的白净子脸，双眼皮，大眼睛。他还没开口，别人就预备好听两句俏皮而颇有道理的话。及至一开口，他的眼光四射，满面春风，话的确俏皮，而不伤人；颇有道理，而不老气横秋。他的脑门以上总是青青的，像年画上胖娃娃的青头皮那么清鲜，后面梳着不松不紧的大辫子，既稳重又飘洒。他请安请得最好看：先看准了人，而后俯首急行两步，到了人家的身前，双手扶膝，前腿实，后腿虚，一趋一停，毕恭毕敬。安到话到，亲切诚挚地叫出来："二婶儿，您好！"而后，从容收腿，挺腰敛胸，双臂垂直，两手向后稍拢，两脚并齐"打横儿"。这样的一个安，叫每个接受敬礼的老太太都哈腰儿还礼，并且暗中赞叹：我的儿子要能够这样懂得规矩，有多么好啊！

他请安好看，坐着好看，走道儿好看，骑马好看，随便给孩子们摆个金鸡独立，或骑马蹲裆式就特别好看。他是熟透了的旗人，既没忘记二百多年来的骑马射箭的锻炼，又吸收了汉族、蒙古族和回族的文化。论学习，他文武双全；论文化，他是"满汉全席"。他会骑马射箭，会唱几段（只是几段）单弦牌子曲，会唱几句（只是几句）汪派的《文昭关》[①]，会看

① 即汪桂芬，清光绪间与谭鑫培、孙菊仙齐名的著名京剧老生。《文昭关》，传统戏剧，演《列国演义》中伍子胥的故事。

点风水，会批八字儿。他知道怎么养鸽子，养鸟，养骡子与金鱼。可是他既不养鸽子、鸟，也不养骡子与金鱼。他有许多正事要做，如代亲友们去看棺材，或介绍个厨师傅等等，无暇养那些小玩意儿。大姐夫虽然自居内行，养着鸽子，或架着大鹰，可是每逢遇见福海二哥，他就甘拜下风，颇有意把他的满天飞的元宝都廉价卖出去。福海二哥也精于赌钱，牌九、押宝、抽签子、掷骰子、斗十胡、踢球、“打老打小”，他都会。但是，他不赌。只有在老太太们想玩十胡而凑不上手的时候，他才逢场作戏，陪陪她们。他既不多输，也不多赢。若是赢了几百钱，他便买些糖豆大酸枣什么的分给儿童们。

他这个熟透了的旗人其实也就是半个、甚至于是三分之一的旗人。这可与血统没有什么关系。以语言来说，他只会一点点满文，谈话，写点什么，他都运用汉语。他不会吟诗作赋，也没学过作八股或策论，可是只要一想到文艺，如编个岔曲，写副春联，他总是用汉文去思索，一回也没考虑过可否试用满文。当他看到满、汉文并用的匾额或碑碣，他总是欣赏上面的汉字的秀丽或刚劲，而对旁边的满字便只用眼角照顾一下，敬而远之。至于北京话呀，他说的是那么漂亮，以至使人认为他是这种高贵语言的创造者。即使这与历史不大相合，至少他也应该分享“京腔”创作者的一份儿荣誉。是的，他的前辈们不但把一些满文词儿收纳在汉语之中，而且创造了一种轻脆快当的腔调；到了他这一辈，这腔调有时候过于轻脆快当，以至有时候使外乡人听不大清楚。

可是，惊人之笔是在这里：他是个油漆匠！我的大舅是三品亮蓝顶子的参领[1]，而儿子居然学过油漆彩画，谁能说他不是半个旗人呢？我大姐的婚事是我大舅给做的媒人。大姐婆婆是子爵的女儿、佐领的太太，按理说她绝对不会要个旗兵的女儿做儿媳妇，不管我大姐长得怎么俊秀，手脚怎么利落。大舅的亮蓝顶子起了作用。大姐的公公不过是四品呀。在大姐结婚的那天，大舅亲自出马做送亲老爷，并且约来另一位亮蓝顶子的和两位红顶子的，二蓝二红，都戴花翎，组成了出色的送亲队伍。而大姐的婆婆呢，本来可以约请四位红顶子的来迎亲，可是她以为我们绝对没有能力组织个强大的队伍，所以只邀来四位五品官儿，省得把我们都吓坏了。结果，我们取得了绝对压倒的优势，大快人心！受了这个打击，大姐婆婆才不能不管我母亲叫亲家太太，而姑母也乘胜追击，郑重声明：她的丈夫（可能是汉人！）也做过二品官！

大姐后来嘱咐过我，别对她婆婆说，二哥福海是拜过师的油漆匠。是的，若是当初大姐婆婆知道二哥的底细，大舅做媒能否成功便大有问题了，虽然他的失败也不见得对大姐有什么不利。

二哥有远见，所以才去学手艺。按照我们的佐领制度，旗人是没有什么自由的，不准随便离开本旗，随便出京；尽管可以去学手艺，可是难免受人家的轻视。他应该去当兵，骑马射箭，保卫大清皇朝。可是，旗族人口越来越多，而旗兵的数目是有定额的。于是，老大老二也许补上缺，吃上钱粮，而老三

---

① 参领，八旗兵制，五“牛录”设一“甲喇”，统领“甲喇”的军官，满语叫作“甲喇额真”，汉译“参领”，其位在“佐领”之上。亮蓝顶子，即三品官的蓝宝石或蓝色明玻璃顶戴。

老四就只好赋闲。这样，一家子若有几个白丁，生活就不能不越来越困难。这种制度曾经扫南荡北，打下天下；这种制度可也逐渐使旗人失去自由，失去自信，还有多少人终身失业。

同时，吃空头钱粮的在在皆是，又使等待补缺的青年失去有缺即补的机会。我姑母，一位寡妇，不是吃着好几份儿钱粮么？

我三舅有五个儿子，都虎头虎脑的，可都没有补上缺。可是，他们住在郊外，山高皇帝远。于是这五虎将就种地的种地，学手艺的学手艺，日子过得很不错。福海二哥大概是从这里得到了启发，决定自己也去学一门手艺。二哥也看得很清楚：他的大哥已补上了缺，每月领四两银子；那么他自己能否也当上旗兵，就颇成问题。以他的聪明能力而当一辈子白丁，甚至连个老婆也娶不上，可怎么好呢？他的确有本领，骑术箭法都很出色。可是，他的本领只足以叫他去做枪手[①]，替崇家的小罗锅，或明家的小瘸子去箭中红心，得到钱粮。是呀，就是这么一回事：他自己有本领，而补不上缺，小罗锅与小瘸子肯花钱运动，就能通过枪手而当兵吃饷！二哥在得一双青缎靴子或几两银子的报酬而外，还看明白：怪不得英法联军直入公堂地打进北京，烧了圆明园！凭吃几份儿饷银的寡妇、小罗锅、小瘸子，和像大姐公公那样的佐领、像大姐夫那样的骁骑校，怎么能挡得住敌兵呢！他决定去学手艺！是的，历史发展到一定的阶段，总会有人，像二哥，多看出一两步棋的。

大哥不幸一病不起，福海二哥才有机会补上了缺。于是，

① 即代人应试者。

到该上班的时候他就去上班，没事的时候就去做点油漆活儿，两不耽误。老亲旧友们之中，有的要漆一漆寿材，有的要油饰两间屋子以备娶亲，就都来找他。他会替他们省工省料，而且活儿做得细致。

当二哥做活儿的时候，他似乎忘了他是参领的儿子，吃着钱粮的旗兵。他的工作服，他的认真的态度，和对师兄师弟的亲热，都叫他变成另一个人，一个汉人，一个工人，一个顺治与康熙所想象不到的旗人。

二哥还信白莲教[①]！他没有造反、推翻皇朝的意思，一点也没有。他只是为坚守不动烟酒的约束，而入了“理门”[②]。本来，在友人让烟让酒的时候，他拿出鼻烟壶，倒出点茶叶末颜色的闻药来，抹在鼻孔上，也就够了。大家不会强迫一位“在理儿的”破戒。可是，他偏不说自己“在理儿”，而说：我是白莲教！不错，“理门”确与白莲教有些关系，可是在一般人的心目中，“在理儿”是好事，而白莲教便有些可怕了。母亲便对他说过：“老二，在理儿的不动烟酒，很好！何必老说白莲教呢，叫人怪害怕的！”二哥听了，便爽朗地笑一阵：“老太太！我这个白莲教不会造反！”母亲点点头：“对！那就好！”

大姐夫可有不同的意见。在许多方面，他都敬佩二哥。可是，他觉得二哥的当油漆匠与自居为白莲教徒都不足为法。大姐夫比二哥高着一寸多。二哥若是虽矮而不显着矮，大姐夫就

① 原为明末农民起义组织，清末的义和团运动，继承了白莲教的战斗传统，老百姓仍有时也把义和团叫作白莲教。

② 即“在理会”，又称“在家理”，旧时流行在我国北方的一种会道门。入会者禁烟酒，供奉观音像。

并不太高而显着晃晃悠悠。干什么他都慌慌张张，冒冒失失。长脸，高鼻子、大眼睛，他坐定了的时候显得很清秀体面。可是，他总坐不住，像个手脚不识闲的大孩子。一会儿，他要看书，便赶紧拿起一本《五虎平西》——他的书库里只有一套《五虎平西》[①]，一部《三国志演义》，四五册小唱本儿，和他幼年读过的一本《六言杂字》[②]。刚拿起《五虎平西》，他想起应当放鸽子，于是顺手儿把《五虎平西》放在窗台上，放起鸽子来。赶到放完鸽子，他到处找《五虎平西》，急得又嚷嚷又跺脚。及至一看它原来就在窗台上，便不去管它，而哼哼唧唧地往外走，到街上去看出殡的。

他很珍视这种想干什么就干什么的“自由”。他以为这种自由是祖宗所赐，应当传之永远，“子子孙孙永宝用”！因此，他觉得福海二哥去当匠人是失去旗人的自尊心，自称白莲教是同情叛逆。前些年，他不记得是哪一年了，白莲教不是造过反吗？

在我降生前的几个月里，我的大舅、大姐的公公和丈夫，都真着了急。他们都激烈地反对变法。大舅的理由很简单，最有说服力：祖宗定的法不许变！大姐公公说不出更好的道理来，只好补充了一句：要变就不行！事实上，这两位官儿都不大知道要变的是哪一些法，而只听说：一变法，旗人就须自力更生，朝廷不再发给钱粮了。

大舅已年过五十，身体也并不比大舅妈强着多少，小辫儿须续上不少假头发才勉强够尺寸，而且因为右肩年深日久地向前探着，小辫儿几乎老在肩上扛着，看起来颇欠英武。自从听

---

① 演义小说，写宋代狄青平西故事。

② 一种极普通的六言韵文识字读本。

说要变法，他的右肩更加突出，差不多是斜着身子走路，像个断了线的风筝似的。

大姐的公公很硬朗，腰板很直，满面红光。他每天一清早就去遛鸟儿，至少要走五六里路。习以为常，不走这么多路，他的身上就发僵，而且鸟儿也不歌唱。尽管他这么硬朗，心里海阔天空，可是听到铁杆庄稼有点动摇，也颇动心，他的咳嗽的音乐性减少了许多。他找了我大舅去。

笼子还未放下，他先问有猫没有。变法虽是大事，猫若扑伤了蓝靛颏儿，事情可也不小。

“云翁！”他听说此地无猫，把鸟笼放好，有点急切地说，“云翁！”

大舅的号叫云亭。在那年月，旗人越希望永远做旗人，子孙万代，可也越爱摹仿汉人。最初是高级知识分子，在名字而外，还要起个字雅音美的号。慢慢地，连参领佐领们也有名有号，十分风雅。到我出世的时候，连原来被称为海二哥和恩四爷的旗兵或白丁，也都什么臣或什么甫起来。是的，亭、臣、之、甫是四个最时兴的字。大舅叫云亭，大姐的公公叫正臣，而大姐夫别出心裁地自称多甫，并且在自嘲的时节，管自己叫豆腐。多甫也罢，豆腐也罢，总比没有号好得多。若是人家拱手相问：您台甫[①]？而回答不出，岂不比豆腐更糟么？

大舅听出客人的语气急切，因而不便马上动问。他比客人高着一品，须拿出为官多年，经验丰富，从容不迫的神态来。于是，他先去看鸟，而且相当内行地夸赞了几句。直到大姐公

① 问人表字时的敬辞。

公又叫了两声云翁，他才开始说正经话：“正翁！我也有点不安！真要是自力更生，您看，您看，我五十多了，头发掉了多一半，肩膀越来越歪，可叫我干什么去呢？这不是什么变法，是要我的老命！”

“嗻！是！”正翁轻嗽了两下，几乎完全没有音乐性，“是！出那样主意的人该剐！云翁，您看我，我安分守己，自幼儿就不懂要完星星，要月亮！可是，我总得穿的整整齐齐，干干净净吧？我总得炒点腰花，来个木樨肉下饭吧？我总不能不天天买点嫩羊肉，喂我的蓝靛颏儿吧？难道这些都是不应该的？应该！应该！”

“咱们哥儿们没做过一件过分的事！”

“是嘛！真要是不再发钱粮，叫我下街去卖……”正翁把手捂在耳朵上，学着小贩的吆喝，眼中含着泪，声音凄楚，“赛梨哪，辣来换！我，我……”他说不下去了。

“正翁，您的身子骨儿比我结实多了。我呀，连卖半空儿多给，都受不了啊！”

“云翁！云翁！您听我说！就是给咱们每人一百亩地，自耕自种，咱们有办法没有？”

“由我这儿说，没有！甭说我拿不动锄头，就是拿得动，我要不把大拇脚趾头锄掉了，才怪！”

老哥俩又讨论了许久，毫无办法。于是就一同到天泰轩去，要了一斤半柳泉居自制的黄酒，几个小烧（烧子盖与炸鹿尾之类），吃喝得相当满意。吃完，谁也没带着钱，于是都争取记在自己的账上，让了有半个多钟头。

可是，在我降生的时候，变法之议已经完全作罢，而且杀了几位主张变法的人。云翁与正翁这才又安下心去，常在天泰轩会面。每逢他们听到卖萝卜的“赛梨耶，辣来换”的呼声，或卖半空花生的“半空儿多给”的吆喝，他们都有点怪不好意思；做了这么多年的官儿，还是沉不住气呀！

多甫大姐夫，在变法潮浪来得正猛的时节，佩服了福海二哥，并且不大出门，老老实实地在屋中温习《六言杂字》。他非常严肃地跟大姐讨论：“福海二哥真有先见之明！我看咱们也得想个法！”

“对付吧！没有过不去的事！”大姐每逢遇到难以解决的问题，总是拿出这句名言来。

“这回呀，就怕对付不过去！”

“你有主意，就说说吧！多甫！”大姐这样称呼他，觉得十分时髦、漂亮。

“多甫？我是大豆腐！”大姐夫惨笑了几声，“现而今，当瓦匠、木匠、厨子、裱糊匠什么的，都有咱们旗人。”

“你打算……”大姐微笑地问，表示嫁鸡随鸡，嫁狗随狗，他去学什么手艺，她都不反对。

“学徒，来不及了！谁收我这么大的徒弟呢？我看哪，我就当鸽贩子去，准行！鸽子是随心草儿，不爱，白给也不要；爱，十两八两也肯花。甭多了，每月我只做那么一两号俏买卖[①]，就够咱们俩吃几十天的！”

“那多么好啊！”大姐信心不大地鼓舞着。

大姐夫挑了两天，才狠心挑出一对紫乌头来，去做第一号生意。他并舍不得出手这一对，可是朝廷都快变法了，他还能

① 即销路很好的生意。

不坚强点儿么？及至到了鸽子市上，认识他的那些贩子们一口一个多甫大爷，反倒卖给他两对鸽铃，一对凤头点子。到家细看，凤头是用胶水粘合起来的。他没敢再和大姐商议，就偷偷撤销了贩卖鸽子的决定。

变法的潮浪过去了，他把大松辫梳成小紧辫，摹仿着库兵[①]，横眉立目地满街走，倒仿佛那些维新派是他亲手消灭了的。同时，他对福海二哥也不再那么表示钦佩。反之，他觉得二哥是脚踩两只船，有钱粮就当兵，没有钱粮就当油漆匠，实在不能算个地道的旗人，而且难免白莲教匪的嫌疑。

书归正传：大舅妈拜访完了我的姑母，就同二哥来看我们。大舅妈问长问短，母亲有气无力地回答，老姐儿们都落了点泪。收起眼泪，大舅妈把我好赞美了一顿：多么体面哪！高鼻子，大眼睛，耳朵有多么厚实！

福海二哥笑起来："老太太，这个小兄弟跟我小时候一样的不体面！刚生下来的娃娃都看不出模样来！你们老太太呀……"他没往下说，而又哈哈了一阵。

母亲没表示意见，只叫了声："福海！"

"是！"二哥急忙答应，他知道母亲要说什么，"您放心，全交给我啦！明天洗三[②]，七姥姥八姨的总得来十口八口儿的，这儿二妹妹管装烟倒茶，我跟小六儿（小六儿是谁，我至今还没弄清楚）当厨子，两杯水酒，一碟炒蚕豆，然后是羊肉酸菜热汤儿面，有味儿没味儿，吃个热乎劲儿。好不好？您哪！"

---

① 指看管内府银钱、缎匹、颜料等库的兵丁。

② 婴儿出生第三天，给他洗澡的一种仪式。

母亲点了点头。

“有爱玩小牌儿的，四吊钱一锅。您一丁点心都别操，全有我呢！完了事，您听我一笔账，决不会叫您为难！”说罢，二哥转向大舅妈：“我到南城有点事，太阳偏西，我来接您。”

大舅妈表示不肯走，要在这儿陪伴着产妇。

二哥又笑了：“奶奶，您算了吧！凭您这全本连台的咳嗽，谁受得了啊！”

这句话正碰在母亲的心坎上。她需要多休息、睡眠，不愿倾听大舅妈的咳嗽。

二哥走后，大舅妈不住地叨唠：这个二鬼子！这个二鬼子！

可是“二鬼子”的确有些本领，使我的洗三办得既经济，又不完全违背“老妈妈论”[①]的原则。

【四】

大姐既关心母亲，又愿参加小弟弟的洗三典礼。况且，一回到娘家，她便是姑奶奶，受到尊重：在大家的眼中，她是个有出息的小媳妇，既没给娘家丢了人，将来生儿养女，也能升为老太太，代替婆婆——反正婆婆有入棺材的那么一天。她渴望回家。是的，哪怕在娘家只呆半天儿呢，她的心中便觉得舒畅，甚至觉得只有现在多受些磨炼，将来才能够成仙得道，也

① 指陈规陋语。论读作lìngr。

能像姑母那样，坐在炕沿上吸两袋兰花烟。是呀，现在她还不敢吸兰花烟，可是已经学会了嚼槟榔——这大概就离吸兰花烟不太远了吧。

有这些事在她心中，她睡不踏实，起来的特别早。也没顾得看三星在哪里，她就上街去给婆婆买油条与烧饼。在那年月，粥铺是在夜里三点左右就开始炸油条，打烧饼的。据说，连上早朝的王公大臣们也经常用烧饼、油条当作早点。大姐婆婆的父亲，子爵，上朝与否，我不知道。子爵的女儿可的确继承了吃烧饼与油条的传统，并且是很早就起床，梳洗完了就要吃，吃完了发困可以再睡。于是，这个传统似乎专为折磨我的大姐。

西北风不大，可很尖锐，一会儿就把大姐的鼻尖、耳唇都吹红。她不由得说出来："喝！干冷！"这种北京特有的干冷，往往冷得使人痛快。即使大姐心中有不少的牢骚，她也不能不痛快地这么说出来。说罢，她加紧了脚步。身上开始发热，可是她反倒打了个冷战，由心里到四肢都那么颤动了一下，很舒服，像吞下一小块冰那么舒服。她看了看天空，每颗星都是那么明亮，清凉，轻颤，使她想起孩子们的纯洁、发光的眼睛来。她笑了笑，嘟囔着：只要风别大起来，今天必是个晴美的日子！小弟弟有点来历，洗三遇上这么好的天气！想到这里，她恨不能马上到娘家去，抱一抱小弟弟！

不管她怎样想回娘家，她可也不敢向婆婆去请假。假若她大胆地去请假，她知道，婆婆必定点头，连声地说：克吧！克吧！（"克"者"去"也）她是子爵的女儿，不能毫无道理地拒绝儿媳回娘家。可是，大姐知道，假若她依实地"克"了，哼，婆婆的毒气口袋就会垂到胸口上来。不，她须等待婆婆的命令。

命令始终没有下来。首先是：别说母亲只生了一个娃娃，就是生了双胞胎，只要大姐婆婆认为她是受了煤气，便必定是受了煤气，没有别的可说！第二是：虽然她的持家哲理是：放胆去赊，无须考虑怎样还债；可是，门口儿讨债的过多，究竟有伤子爵女儿、佐领太太的尊严。她心里不大痛快。于是，她喝完了粳米粥，吃罢烧饼与油条，便计划着先跟老头子闹一场。可是，佐领提前了遛鸟的时间，早已出去。老太太扑了个空，怒气增长了好几度，赶快拨转马头，要生擒骁骑校。可是，骁骑校偷了大姐的两张新红票子，很早就到街上吃了两碟子豆儿多、枣儿甜的盆糕，喝了一碗杏仁茶。老太太找不到男的官校，只好向女将挑战。她不发命令，而端坐在炕沿上叨唠：这，这哪像过日子！都得我操心吗？现成的事，摆在眼皮子前边的事，就看不见吗？没长着眼睛吗？有眼无珠吗？有珠无神吗？不用伺候我，我用不着谁来伺候！佛爷，连佛爷也不伺候吗？眼看就过年，佛桌上的五供[1] []擦了吗？

大姐赶紧去筛炉灰，筛得很细，预备去擦五供。端着细炉灰面子，到了佛桌前，婆婆已经由神佛说到人间：啊！箱子、柜子、连三[2]上的铜活[3]就不该动动手吗？我年轻的时候，凡事用不着婆婆开口，该做什么就做什么！

大姐不敢回话。无论多么好听的话，若在此刻说出来，都

---

① 指佛桌上的五件供器：香炉、香筒、油灯和一对烛台。

② 一种三屉两门的长桌。

③ 指家具上的铜饰、铜锁等。

会变成反抗婆婆，不服调教。可是，要是什么也不说，低着头干活儿呢，又会变成：对！拿蜡扦儿杀气，心里可咒骂老不死的，老不要脸的！那，那该五雷轰顶！

大姐含着泪，一边擦，一边想主意：要在最恰当的时机，去请教婆母怎么做这，或怎么做那。她把回娘家的念头完全放在了一边。待了一会儿，她把泪收起去，用极大的努力把笑意调动到脸上来：奶奶，您看看，我擦得还像一回事儿吗？婆婆只哼了一声，没有指示什么，原因很简单，她自己并没擦过五供。

果然是好天气，刚到九点来钟，就似乎相当暖和了。天是那么高，那么蓝，阳光是那么亮，连大树上的破老鸹窝看起来都有些画意了。俏皮的喜鹊一会儿在东，一会儿在西，喳喳地赞美着北京的冬晴。

大姐婆婆叨唠到一个阶段，来到院中，似乎是要质问太阳与青天，干什么这样晴美。可是，一出来便看见了多甫养的鸽子，于是就谴责起紫乌与黑玉翅来：养着你们干什么？就会吃！你们等着吧，一高兴，我全把你们宰了！

大姐在屋里大气不敢出。她连叹口气的权利也没有！

在我们这一方面，母亲希望大姐能来。前天晚上，她几乎死去。既然老天爷没有收回她去，她就盼望今天一家团圆，连出嫁了的女儿也在身旁。可是，她也猜到大女儿可能来不了。谁叫人家是佐领，而自己的身份低呢！母亲不便于说什么，可是脸上没有多少笑容。

姑母似乎在半夜里就策划好：别人办喜事，自己要不发发脾气，那就会使喜事办得平平无奇，缺少波澜。到九点钟，大姐还没来，她看看太阳，觉得不甩点闲话，一定对不起这么晴朗的阳光。

“我说，”她对着太阳说，“太阳这么高了，大姑奶奶怎么还不露面？一定，一定又是那个大酸枣眼睛的老梆子不许她来！我找她去，跟她讲讲理！她要是不讲理，我把她的酸枣核儿抠出来！”

母亲着了急。叫二姐请二哥去安慰姑母：“你别出声，叫二哥跟她说。”

二哥正跟小六儿往酒里对水。为省钱，他打了很少的酒，所以得设法使这一点酒取之不尽，用之不竭。二姐拉了拉他的袖子，往外指了指。他拿着酒壶出来，极亲热地走向姑母：“老太太，您闻闻，有酒味没有？”

“酒嘛，怎能没酒味儿，你又憋着什么坏呢？”

“是这么回事，要是酒味儿太大，还可以再对点水！”

“你呀，老二，不怪你妈妈叫你二鬼子！”姑母无可如何地笑了。

“穷事儿穷对付，就求个一团和气！是不是？老太太！”见没把姑母惹翻，急忙接下去，“吃完饭，我准备好，要赢您四吊钱，买一斤好杂拌儿吃吃！敢来不敢？老太太！”

“好小子，我接着你的！”姑母听见要玩牌，把酸枣眼睛完全忘了。

母亲在屋里叹了口气，十分感激内侄福海。

九点多了，二哥所料到要来贺喜的七姥姥八姨们陆续来到。二姐不管是谁，见面就先请安，后倒茶，非常紧张。她的脸上红起来，鼻子上出了点汗，不说什么，只在必要的时候笑一下。因此，二哥给她起了个外号，叫“小力笨”[1]。

姑母催开饭，为是吃完好玩牌。二哥高声答应：“全齐喽！”

所谓“全齐喽”者，就是腌疙瘩缨儿炒大蚕豆与肉皮炸辣酱都已炒好，酒也对好了水，千杯不醉。“酒席”虽然如此简单，入席的礼让却丝毫未打折扣：“您请上坐！”“那可不敢当！不敢当！”“您要不那么坐，别人就没法儿坐了！”直到二哥发出呼吁：“快坐吧，菜都凉啦！”大家才恭敬不如从命地坐下。酒过三巡（谁也没有丝毫醉意），菜过两味（蚕豆与肉皮酱），“宴会”进入紧张阶段——热汤面上来了。大家似乎都忘了礼让，甚至连说话也忘了，屋中好一片吞面条的响声，排山倒海，虎啸龙吟。二哥的头上冒了汗：“小六儿，照这个吃法，这点面兜不住啊！”小六儿急中生智：“多对点水！”二哥轻轻呸了一声：“呸！面又不是酒，对水不成了浆糊吗？快去！”二哥掏出钱来（这笔款，他并没向我母亲报账）：“快去，到金四把那儿，能烙饼，烙五斤大饼；要是等的功夫太大，就拿些芝麻酱烧饼来，快！”（那时候的羊肉铺多数带卖烧饼、包子，并代客烙大饼。）

小六儿聪明：看出烙饼需要时间，就拿回一炉热烧饼和两屉羊肉白菜馅的包子来。风卷残云，顷刻之间包子与烧饼踪影全无。最后，轮到二哥与小六儿吃饭。可是，吃什么呢？二哥哈哈地笑了一阵，而后指示小六儿：“你呀，小伙子，回家吃去吧！”我至今还弄不清小六儿是谁，可是每一想到我的洗三典礼，便觉得对不起他！至于二哥吃了没吃，我倒没怎么不放

① 指小伙计。

心，我深知他是有办法的人。

快到中午，天晴得更加美丽。蓝天上，这儿一条，那儿一块，飘着洁白光润的白云。西北风儿稍一用力，这些轻巧的白云便化为长长的纱带，越来越长，越薄，渐渐又变成一些似断似续的白烟，最后就不见了。小风儿吹来各种卖年货的呼声：卖供花[①]的、松柏枝的、年画的……一声尖锐，一声雄浑，忽远忽近，中间还夹杂着几声花炮响，和剃头师傅的“唤头”[②]声。全北京的人都预备过年，都在这晴光里活动着，买的买，卖的卖，着急的着急，寻死的寻死，也有乘着年前娶亲的，一路吹着唢呐，打着大鼓。只有我静静地躺在炕中间，垫着一些破棉花，不知道想些什么。

据说，冬日里我们的屋里八面透风，炕上冰凉，夜间连杯子里的残茶都会冻上。今天，有我在炕中间从容不迫地不知想些什么，屋中的形势起了很大的变化。屋里很暖，阳光射到炕上，照着我的小红脚丫儿。炕底下还升着一个小白铁炉子。里外的暖气合流，使人们觉得身上，特别是手背与耳唇，都有些发痒。从窗上射进的阳光里面浮动着多少极小的，发亮的游尘，像千千万万无法捉住的小行星，在我的头上飞来飞去。

这时候，在那达官贵人的晴窗下，会晒着由福建运来的水仙。他们屋里的大铜炉或地炕发出的热力，会催开案上的绿梅与红梅。他们的摆着红木炕桌，与各种古玩的小炕上，会有翠绿的蝈蝈，在阳光里展翅轻鸣。他们的廊下挂着的鸣禽，会对着太阳展展双翅，唱起成套的歌儿来。他们的厨子与仆人会拿

---

① 供品上所插的纸制或绒制的花签，如福寿字、八仙人等等。

② 沿街理发者所持的吆喝工具，铁制，形如巨镊。

进来内蒙的黄羊、东北的锦鸡，预备做年菜。阳光射在锦鸡的羽毛上，发出五色的闪光。

我们是最喜爱花木的，可是我们买不起梅花与水仙。我们的院里只有两株歪歪拧拧的枣树，一株在影壁后，一株在南墙根。我们也爱小动物，可是养不起画眉与靛颏儿，更没有时间养过冬的绿蝈蝈。只有几只麻雀一会儿落在枣树上，一会儿飞到窗台上，向屋中看一看。这几只麻雀也许看出来：我不是等待着梅花与水仙吐蕊，也不是等待着蝈蝈与靛颏儿鸣叫，而是在一小片阳光里，等待着洗三，接受几位穷苦旗人们的祝福。

外间屋的小铁炉上正煎着给我洗三的槐枝艾叶水。浓厚的艾香与老太太们抽的兰花烟味儿混合在一处，香暖而微带辛辣，也似乎颇为吉祥。大家都盼望“姥姥”快来，好祝福我不久就成为一个不受饥寒的伟大人物。

姑母在屋里转了一圈儿，向炕上瞟了一眼，便与二哥等组织牌局，到她的屋中鏖战。她心中是在祝福我，还是诅咒我，没人知道。

正十二点，晴美的阳光与尖溜溜的小风把白姥姥和她的满腹吉祥话儿，送进我们的屋中。这是老白姥姥，五十多岁的一位矮白胖子。她的腰背笔直，干净利落，使人一见就相信，她一天接下十个八个男女娃娃必定胜任愉快。她相当的和蔼，可自有她的威严——我们这一带的二十来岁的男女青年都不敢跟她开个小玩笑，怕她提起：别忘了谁给你洗的三！她穿得很素净大方，只在俏美的缎子“帽条儿”后面斜插着一朵明艳的红绢石榴花。

前天来接生的是小白姥姥，老白姥姥的儿媳妇。小白姥姥也干净利落，只是经验还少一些。前天晚上出的岔子，据她自己解释，并不能怨她，而应归咎于我母亲的营养不良，身子虚弱。这，她自己可不便来对我母亲说，所以老白姥姥才亲自出马来给洗三。老白姥姥现在已是名人，她从哪家出来，人们便可断定又有一位几品的世袭罔替的官儿或高贵的千金降世。那么，以她的威望而肯来给我洗三，自然是含有道歉之意。这，谁都可以看出来，所以她就不必再说什么。我母亲呢，本想说两句，可是又一想，若是惹老白姥姥不高兴而少给老儿子说几句吉祥话，也大为不利。于是，母亲也就一声没出。

姑母正抓到一手好牌，传过话来：洗三典礼可以开始，不必等她。

母亲不敢依实照办。过了一会儿，打发二姐去请姑母，而二姐带回来的话是："我说不必等我，就不必等我！"典礼这才开始。

白姥姥在炕上盘腿坐好，宽沿的大铜盆（二哥带来的）里倒上了槐枝艾叶熬成的苦水，冒着热气。参加典礼的老太太们、媳妇们，都先"添盆"，把一些铜钱放入盆中，并说着吉祥话儿。几个花生，几个红、白鸡蛋，也随着"连生贵子"等祝词放入水中。这些钱与东西，在最后，都归"姥姥"拿走。虽然没有去数，我可是知道落水的铜钱并不很多。正因如此，我们才不能不感谢白姥姥的降格相从，亲自出马，同时也足证明小白姥姥惹的祸大概并不小。

边洗边说，白姥姥把说过不知多少遍的祝词又一句不减地说出来："先洗头，做王侯；后洗腰，一辈倒比一辈高；洗洗蛋，做知县；洗洗沟，做知州！"大家听了，更加佩服白姥姥——她明知盆内的铜钱不多，而仍把吉祥话说得完完全全，不偷工减料，实在不易多得！虽然我后来既没做知县，也没做知州，我可也不能不感谢她把我的全身都洗得干干净净，可能比知县、知州更干净一些。

洗完，白姥姥又用姜片艾团灸了我的脑门和身上的各重要关节。因此，我一直到年过花甲都没闹过关节炎。她还用一块新青布，沾了些清茶，用力擦我的牙床。我就在这时节哭了起来；误投误撞，这一哭原是大吉之兆！在老妈妈们的词典中，这叫作“响盆”，有无始终坚持不哭、放弃吉利的孩子，我就不知道了。最后，白姥姥拾起一根大葱打了我三下，口中念念有词：“一打聪明，二打伶俐！”这到后来也应验了，我有时候的确和大葱一样聪明。

这棵葱应当由父亲扔到房上去。就在这紧要关头，我父亲回来了。屋中的活跃是无法形容的！他一进来，大家便一齐向他道喜。他不知请了多少安，说了多少声“道谢啦！”可是眼睛始终瞭着炕中间。我是经得起父亲的鉴定的，浑身一尘不染，满是槐枝与艾叶的苦味与香气，头发虽然不多不长，却也刚刚梳过。我的啼声也很雄壮。父亲很满意，于是把褡裢中两吊多钱也给了白姥姥。

父亲的高兴是不难想象的。母亲生过两个男娃娃，都没有养住，虽然第一个起名叫“黑妞”，还扎了耳朵眼，女贱男贵，贱者易活，可是他竟自没活许久。第二个是母亲在除夕吃饺子的时候，到门外去叫：“黑小子、白小子，上炕吃饺子！”那么叫来的白小子。可是这么来历不凡的白小子也没有吃过多少回饺子便“回去”了，原因不明，而确系事实。后来，我每逢不好好地睡觉，母亲就给我讲怎么到门外叫黑小子、白小子的经过，我便赶紧蒙起头来，假装睡去，唯恐叫黑、白二小子看见！

父亲的模样，我说不上来，因为还没到我能记清楚他的模样的时候，他就逝世了。这是后话，不用在此多说。我只能说，他是个“面黄无须”的旗兵，因为在我八九岁时，我偶然发现了他出入皇城的那面腰牌，上面烫着“面黄无须”四个大字。

虽然大姐没有来，小六儿没吃上饭，和姑母既没给我“添盆”，反倒赢了好几吊钱，都是美中不足，可是整个的看来，我的洗三典礼还算过得去，既没有人挑眼，也没有喝醉了吵架的——十分感谢二哥和他的“水酒”！假若一定问我，有什么值得写入历史的事情，我倒必须再提一提便宜坊的老王掌柜。他也来了，并且送给我们一对猪蹄子。

老王掌柜是胶东人，从八九岁就来京学习收拾猪蹄与填鸭子等技术。到我洗三的时候，他已在北京过了六十年，并且一步一步地由小力笨升为大徒弟，一直升到跑外的掌柜。他从庆祝了自己的三十而立的诞辰起，就想自己去开个小肉铺，独力经营，大展经纶。可是，他仔细观察，后起的小肉铺总是时开时闭，站不住脚。就连他的东家们也把便宜坊的雅座撤销，不再附带卖酒饭与烤鸭。他注意到，老主顾们，特别是旗人，越来买肉越少，而肉案子上切肉的技术不能不有所革新——须把生肉切得片儿大而极薄极薄，像纸那么薄，以便看起来块儿不小而分量很轻，因为买主儿多半是每次只买一二百钱的（北京是以十个大钱当作一吊的，一百钱实在是一个大钱）。

老王掌柜常常用他的胶东化的京腔，激愤而缠绵地说：钱都上哪儿气（去）了？上哪儿气了！

那年月，像王掌柜这样的人，还不敢乱穿衣裳。直到他庆贺花甲之喜的时节，他才买了件缎子面的二茬儿羊皮袍，可是每逢穿出来，上面还罩上浆洗之后像铁板那么硬的土蓝布大衫。他喜爱这种土蓝布。可是，一来二去，这种布几乎找不到了。他得穿那刷刷乱响的竹布。乍一穿起这有声有色的竹布衫，连家犬带野狗都一致汪汪地向他抗议。后来，全北京的老少男女都穿起这种洋布，而且差不多把竹布衫视为便礼服，家犬、野狗才也逐渐习惯下来，不再乱叫了。

老王掌柜在提着钱口袋去要账的时候，留神观看，哼，大街上新开的铺子差不多都有个“洋”字，洋货店、洋烟店等等。就是那小杂货铺也有洋纸洋油出售，连向来代卖化妆品，而且自造鹅胰宫皂的古色古香的香烛店也陈列着洋粉、洋碱与洋沤子[①]。甚至于串胡同收买破鞋烂纸的妇女们，原来吆喝“换大肥头子儿”，也竟自改为“换洋取灯儿”[②]！

一听见“换洋取灯儿”的呼声，老王掌柜便用力敲击自己的火镰，燃起老关东烟。可是，这有什么用呢？洋缎、洋布、洋粉、洋取灯儿、洋钟、洋表，还有洋枪，像潮水一般地涌进来，绝对不是他的火镰所能挡住的。他是商人，应当见钱眼开，可是他没法去开一座洋猪肉铺，既卖熏鸡酱肉，也卖洋油洋药！他是商人，应当为东家们赚钱。若是他自己开了买卖，便须为自己赚钱。可是，钱都随着那个“洋”字流到外洋去

---

① 沤子，一种搽脸用的水粉化妆品。

② 取灯儿，火柴。

了！他怎么办呢？

“钱都上哪儿气了？”似乎已有了答案。他放弃了独力经营肉铺，大发财源的雄心，而越来越恨那个“洋”字。尽管他的布衫是用洋针、洋线、洋布做成的，无可抗拒，可是他并不甘心屈服。他公开地说，他恨那些洋玩意儿！及至他听到老家胶东闹了教案[①]，洋人与二洋人[②]骑住了乡亲们的脖子，他就不只恨洋玩意儿了。

在他刚一入京的时候，对于旗人的服装打扮，规矩礼节，以及说话的腔调，他都看不惯、听不惯，甚至有些反感。他也看不上他们的逢节按令挑着样儿吃，赊着也得吃的讲究与作风，更看不上他们的提笼架鸟，飘飘欲仙地摇来晃去的神气与姿态。可是，到了三十岁，他自己也玩上了百灵，而且和他们一交换养鸟的经验，就能谈半天儿，越谈越深刻，也越亲热。他们来到，他既要作揖，又要请安，结果是发明了一种半揖半安的、独具风格的敬礼。假若他们来买半斤肉，他却亲热地建议：拿只肥母鸡！看他们有点犹疑，他忙补充上：拿吧！先记上账！

赶到他有个头疼脑热，不要说提笼架鸟的男人们来看他，给他送来清瘟解毒丸，连女人们也派孩子来慰问。他不再是“小山东儿”，而是王掌柜、王大哥、王叔叔。他渐渐忘了他们是旗人，变成他们的朋友。虽然在三节[③]要账的时候，他

---

① 教案，指十九世纪末，在外国资本主义势力侵入我国内地的情势下，我国人民掀起的反对外国教会侵略的斗争。此处是指一八九九年山东人民反对教会、教民的斗争。

② 又叫“二毛子”，是对入了“洋教”而又仗势欺人的民族败类的蔑称。

③ 指五月初五的端阳节、八月十五的中秋节和大年三十的除夕。当此三节，债主子们多来讨账。

还是不大好对付，可是遇到谁家娶亲，或谁家办满月，他只要听到消息，便拿着点东西来致贺。“公是公，私是私”，他对大家交代清楚。他似乎觉得：清朝皇上对汉人如何是另一回事，大家伙儿既谁也离不开谁，便无妨做朋友。于是，他不但随便去串门儿，跟大家谈心，而且有权拉男女小孩的“骆驼”。在谈心的时候，旗兵们告诉了他，上边怎样克扣军饷，吃空头钱粮，营私舞弊，贪污卖缺。他也说出汉人们所受的委屈，和对洋布与洋人的厌恶。彼此了解了，也就更亲热了。

拿着一对猪蹄子，他来庆祝我的洗三。二哥无论怎么让他，他也不肯进来，理由是：“年底下了，柜上忙！”二哥听到“年底下”，不由得说出来：“今年家家钱紧，您……”王掌柜叹了口气：“钱紧也得要账，公是公，私是私！”说罢，他便匆忙地走开。大概是因为他的身上有酱肉味儿吧，我们的大黄狗一直乖乖地把他送到便宜坊门外。

【五】

是的，我一辈子忘不了那件事。并不因为他是掌柜的，也不因为他送来一对猪蹄子。因为呀，他是汉人。

不错，在那年月，某些有房产的汉人宁可叫房子空着，也不肯租给满人和回民。可是，来京做生意的山东人、山西人，和一般的卖苦力吃饭的汉人，都和我们穷旗兵们谁也离不开谁，穿堂过户。某些有钱有势的满人也还看不起汉人与回民，因而对我们这样与汉人、回民来来往往也不大以为然。不管怎样吧，他们是他们，我们是我们，谁也挡不住人民互相友好。

过了我的三天，就该过年。姑母很不高兴。她要买许多东西，而母亲在月子里，不能替她去买。幸而父亲在家，她不好意思翻脸，可是眉毛拧得很紧，腮上也时时抽动那么一下。二姐注意到：火山即快爆发。她赶快去和父亲商量。父亲决定：把她调拨给姑母，做采购专员。二姐明知这是最不好当的差事，可是无法推却。

“半斤高醋，到山西铺子去打；别心疼鞋；别到小油盐店去！听见没有？”姑母数了半天，才狠心地把钱交给小力笨兼专员。

醋刚打回来，二姐还没站稳。“还得去打香油，要小磨香油，懂吧？”姑母又颁布了旨意。

是的，姑母不喜欢一下子交出几吊钱来，一次买几样东西。她总觉得一样一样地买，每次出钱不多，便很上算。二姐是有耐心的。姑母怎么支使，她怎么办。她一点不怕麻烦，只是十分可怜她的鞋。赶到非买贵一些的东西不可了，姑母便亲自出马。她不愿把许多钱交给二姐，同时也不愿二姐知道她买那么贵的东西。她乘院里没人的时候，像偷偷溜走的小鱼似的溜出去。到街上，她看见什么都想买，而又都嫌太贵。在人群里，她挤来挤去，看看这，看看那，非常冷静，以免上当。结果，绕了两三个钟头，她什么也没买回来。直到除夕了，非买东西不可了，她才带着二姐一同出征。二姐提着筐子，筐子里放着各种小瓶小罐。这回，姑母不再冷静，在一个摊子上就买好几样东西，而且买得并不便宜。但是，她最忌讳人家说她的东西买贵了。所以二姐向母亲汇报的时候，总是把嘴放在母亲的耳朵上，而且用手把嘴遮得严严的才敢发笑。

我们的新年过得很简单。母亲还不能下地，二姐被调去做专员，一切都须由父亲操持。父亲虽是旗兵，可是已经失去二百年前的叱咤风云的气势。假若给他机会，他也会像正翁那样玩玩靛颏儿，坐坐茶馆，赊两只烧鸡，哼几句二黄或牌子曲。可是，他没有机会戴上顶子与花翎。北城外的二三十亩地早已被前人卖掉，只剩下一亩多，排列着几个坟头儿。旗下分给的住房，也早被他的先人先典后卖，换了烧鸭子吃。据说，我的曾祖母跟着一位满族大员到过云南等遥远的地方。那位大员得到多少元宝，已无可考查。我的曾祖母的任务大概是搀扶着大员的夫人上轿下轿，并给夫人装烟倒茶。在我们家里，对曾祖母的这些任务都不大提起，而只记得我们的房子是她购置的。

是的，父亲的唯一的无忧无虑的事就是每月不必交房租，虽然在六七月下大雨的时候，他还不能不着点急——院墙都是碎砖头儿砌成的，一遇大雨便塌倒几处。他没有嗜好，既不抽烟，也不赌钱，只在过节的时候喝一两杯酒，还没有放下酒杯，他便面若重枣。他最爱花草，每到夏季必以极低的价钱买几棵姥姥不疼、舅舅不爱的五色梅。至于洋麻绳菜与草茉莉等等，则年年自生自长，甚至不用浇水，也到时候就开花。到上班的时候，他便去上班。下了班，他照直地回家。回到家中，他识字不多，所以不去读书；家中只藏着一张画匠画的《王羲之爱鹅》，也并不随时观赏，因为每到除夕才找出来挂在墙上，到了正月十九就摘下来[①]。他只出来进去，劈劈柴，看看五色梅，或刷一刷水缸。有人跟他说话，他很和气，低声地回答两句。没人问他什么，他便老含笑不语，整天无话可说。对人，他颇有礼貌。但在街上走的时候，他总是目不邪视，非到友人们招呼他，他不会赶上前去请安。每当母亲叫他去看看亲友，他便欣然前往。没有多大一会儿，他便打道回府。“哟！怎这么快就回来了？”我母亲问。父亲便笑那么一下，然后用布掸子啪啪地掸去鞋上的尘土。一辈子，他没和任何人打过架，吵过嘴。他比谁都更老实。可是，谁也不大欺负他，他是带着腰牌的旗兵啊。

在我十来岁的时候，我总爱刨根问底地问母亲：父亲是什么样子？母亲若是高兴，便把父亲的那些特点告诉给我。我总觉得父亲是个很奇怪的旗兵。

父亲把打过我三下的那棵葱扔到房上去，非常高兴。从这时候起，一直到他把《王羲之爱鹅》找出来，挂上，他不但老笑着，而且也先开口对大伙儿说话。他几乎是见人便问：这小子该叫什么呢？

研究了再研究，直到除夕给祖先焚化纸钱的时候，才决定了我的官名叫常顺，小名叫秃子，暂缺“台甫”。

在这之外，父亲并没有去买什么年货，主要的原因是没有钱。他可是没有忽略了神佛，不但请了财神与灶王的纸像，而

---

① 正月十九摘画，北京旧俗，正月十八日“开示”，工人上工，商店开业，学生念书，官兵执差如常。新年期间的一应节日陈设，都应在十九日以前撤去。又，正月十九为“燕九节”，灯节通常要到这个时候才收灯。所以，挂了近二十天的画《王羲之爱鹅》也要摘下来。

且请了高香、大小红烛，和五碗还没有烙熟的月饼。他也煮了些年饭，用特制的小饭缸盛好，上面摆上几颗红枣，并覆上一块柿饼儿，插上一枝松枝，枝上还悬着几个小金纸元宝，看起来颇有新年气象。他简单地说出心中的喜悦："咱们吃什么不吃什么的都不要紧，可不能委屈了神佛！神佛赏给了我一个老儿子呀！"

除夕，母亲和我很早地就昏昏睡去，似乎对过年不大感兴趣。二姐帮着姑母做年菜，姑母一边工作，一边叨唠，主要是对我不满。"早不来，晚不来，偏偏在过年的时候来捣乱，贼秃子！"每逢她骂到满宫满调的时候，父亲便过来，笑着问问："姐姐，我帮帮您吧！"

"你？"姑母打量着他，好像向来不曾相识似的，"你不想想就说话！你想想，你会干什么？"

父亲含笑想了想，而后像与佐领或参领告辞那样，倒退着走出来。

街上，祭神的花炮逐渐多起来。胡同里，每家都在剁饺子馅儿，响成一片。赶到花炮与剁饺子馅的声响汇合起来，就有如万马奔腾，狂潮怒吼。在这一片声响之上，忽然这里，忽然那里，以压倒一切的声势，讨债的人敲着门环，啪啪啪啪，像一下子就连门带门环一齐敲碎，惊心动魄，人人肉跳心惊，连最顽强的大狗也颤抖不已，不敢轻易出声。这种声音引起多少低卑的央求，或你死我活的吵闹，夹杂着妇女与孩子们的哭叫。一些既要脸面，又无办法的男人们，为躲避这种声音，便在这诸神下界、祥云缭绕的夜晚，偷偷地去到城根或城外，默默地结束了这一生。

父亲独自包着素馅的饺子。他相当紧张。除夕要包素馅饺子是我家的传统，既为供佛，也省猪肉。供佛的作品必须精巧，要个儿姣小，而且在边缘上捏出花儿来，美观而结实——把饺子煮破了是不吉祥的。他越紧张，饺子越不听话，有的形似小船，有的像小老鼠，有的不管多么用力也还张着嘴。

除了技术不高，这恐怕也与“心不在焉”有点关系。他心中惦念着大女儿。他虽自己也是寅吃卯粮，可是的确知道这个事实，因而不敢不算计每一个钱的用途，免得在三节叫债主子敲碎门环子。而正翁夫妇与多甫呢，却以为赊到如白拣，绝对不考虑怎么还债。若是有人愿意把北海的白塔赊给他们，他们也毫不迟疑地接受。他想不明白，他们有什么妙策闯过年关，也就极不放心自己的大女儿。

母亲被邻近的一阵敲门巨响惊醒。她并没有睡实在了，心中也七上八下地惦记着大女儿。可是，她打不起精神来和父亲谈论此事，只说了声：你也睡吧！

除夕守岁，彻夜不眠，是多少辈子所必遵守的老规矩。父亲对母亲的建议感到惊异。他嗯了一声，照旧包饺子，并且找了个小钱，擦干净，放在一个饺子里，以便测验谁的运气好——得到这个饺子的，若不误把小钱吞下去，便会终年顺利！他决定要守岁，叫油灯、小铁炉、佛前的香火，都通宵不断。他有了老儿子，有了指望，必须叫灯火都旺旺的，气象峥嵘，吉祥如意！他还去把大绿瓦盆搬进来，以便储存脏水，过了“破五”[1]再往外倒。在又包了一个像老鼠的饺子之后，他拿起皇历，看清楚财神、喜神的方位，以便明天清早出了屋门便

---

① 正月初五。旧俗，破五之内不得以生米为炊，妇女不得出门。至初六，方可互相道贺。

面对着他们走。他又高兴起来，以为只要自己省吃俭用，再加上神佛的保佑，就必定会一顺百顺，四季平安！

夜半，街上的花炮更多起来，铺户开始祭神。父亲又笑了。他不大晓得云南是在东边，还是在北边，更不知道英国是紧邻着美国呢，还是离云南不远。只要听到北京有花炮咚咚地响着，他便觉得天下太平，皆大欢喜。

二姐噘着嘴进来，手上捧着两块重阳花糕，泪在眼圈儿里。她并不恼帮了姑母这么好几天，连点压岁钱也没得到。可是，接到两块由重阳放到除夕的古老的花糕，她冒了火！她刚要往地上扔，就被父亲拦住。“那不好，二妞！”父亲接过来那两块古色古香的点心，放在桌上，“二妞，别哭，别哭！那不吉祥！”二姐忍住了泪。

父亲掏出几百钱来，交给二姐：“等小李过来，买点糖豆什么的，当作杂拌吧！”他知道小李今夜必定卖到天发亮，许多买不起正规杂拌儿的孩子都在等着他。

不大会儿，小李果然过来了。二姐刚要往外走，姑母开开了屋门：“二妞，刚才，刚才我给你的……喂了狗吧！来，过来！”她塞到二姐手中一张新红钱票，然后口{的一声关上了门。二姐出去，买了些糖豆大酸枣儿和两串冰糖葫芦。回来，先问姑母：“姑姑，您不吃一串葫芦吗？白海棠的！”姑母回答了声：“睡觉喽！明年见！”

父亲看出来，若是叫姑母这么结束了今年，大概明年的一开头准会顺利不了。他赶紧走过去，在门外吞吞吐吐地问：“姐姐！不跟我、二妞，玩会儿牌吗？”

“你们存多少钱哪？”姑母问。

“赌铁蚕豆的！”

姑母哈哈地笑起来，笑完了一阵，叱的一声，吹灭了灯！

父亲回来，低声地说：我把她招笑了，大概明天不至于闹翻了天啦！

父女二人一边儿吃着糖豆儿，一边儿闲谈。

“大年初六，得接大姐回来。”二姐说。

“对！”

“给她什么吃呢？公公婆婆挑着样儿吃，大姐可什么也吃不着！”

父亲没出声。他真愿意给大女儿弄些好吃的，可是……

“小弟弟满月，又得……”二姐也不愿往下说了。

父亲本想既节约又快乐地度过除夕，可是无论怎样也快乐不起来了。他不敢怀疑大清朝的一统江山能否亿万斯年。可是，即使大清皇帝能够永远稳坐金銮宝殿，他的儿子能够补上缺，也当上旗兵，又怎么样呢？生儿子是最大的喜事，可是也会变成最发愁的事！

“小弟弟长大了啊，”二姐口中含着个铁蚕豆，想说几句漂亮的话，叫父亲高兴起来，“至小也得来个骁骑校，五品顶戴，跟大姐夫一样！”

“那又怎么样呢？”父亲并没高兴起来。

“要不，就叫他念多多的书，去赶考，中个进士！”

“谁供给得起呢？”父亲脸上一点笑容也没有了。

“干脆，叫他去学手艺！跟福海二哥似的！”二姐自己也纳闷，今天晚上为什么想起这么多主意，或者是糖豆与铁蚕豆发生了什么作用。

“咱们旗人，但分[1]能够不学手艺，就不学！”

父女一直谈到早晨三点，始终没给小弟弟想出出路来。二姐把糖葫芦吃罢，一歪，便睡着了。父亲把一副缺了一张“虎头”的骨牌[2]找出来，独自给老儿子算命。

初一，头一个来拜年的自然是福海二哥。他刚刚磕完头，父亲就提出给我办满月的困难。二哥出了个不轻易出的主意：“您拜年去的时候，就手儿辞一辞吧！”

父亲坐在炕沿上，捧着一杯茶，好大半天说不出话来。他知道，二哥出的是好主意。可是，那么办实在对不起老儿子！一个增光耀祖的儿子，怎可以没办过满月呢？

“您看，就是挨家挨户去辞，也总还有拦不住的。咱们旗人喜欢这一套！”二哥笑了笑，“不过，那可就好办了。反正咱们先说了不办满月，那么，非来不可的就没话可说了；咱们清茶恭候，他们也挑不了眼！”

“那也不能清茶恭候！”父亲皱着眉头儿说。

“就是说！好歹地弄点东西吃吃，他们不能挑剔，咱们也总算给小弟弟办了满月！”

父亲连连点头，脸上有了笑容：“对！对！老二，你说得对！”倒仿佛好歹地弄点东西吃吃，就不用花一个钱似的。“二妞，拿套裤！老二，走！我也拜年去！”

“您忙什么呀？”

“早点告诉了亲友，心里踏实！”

二姐找出父亲的那条枣红缎子套裤。套裤比二姐大着两

---

① 只要。极甚之辞。

② 虎头，骨牌中的一张，十一点，排列状如虎头。

岁，可并不显着太旧，因为只在拜年与贺喜时才穿用。

初六，大姐回来了，我们并没有给她到便宜坊叫个什锦火锅或苏式盒子。母亲的眼睛总跟着大姐，仿佛既看不够她，又对不起她。大姐说出心腹话来：“奶奶，别老看着我，我不争吃什么！只要能够好好地睡睡觉，歇歇我的腿，我就念佛！”说的时候，她的嘴唇有点颤动，可不敢落泪，她不愿为倾泻自己的委屈而在娘家哭哭啼啼，冲散新春的吉祥气儿。到初九，她便回了婆家。走到一阵风刮来的时候，才落了两点泪，好归罪于沙土迷了她的眼睛。

姑母从初六起就到各处去玩牌，并且颇为顺利，赢了好几次。因此，我们的新年在物质上虽然贫乏，可是精神上颇为焕发。在元宵节晚上，她居然主动地带着二姐去看灯，并且到后门[①]西边的城隍庙观赏五官往外冒火的火判儿。她这几天似乎颇重视二姐，大概是因为二姐在除夕没有拒绝两块古老花糕的赏赐。那可能是一种试探，看看二姐到底是否真老实，真听话。假若二姐拒绝了，那便是表示不承认姑母在这个院子里的霸权，一定会受到惩罚。

我们屋里，连汤圆也没买一个。我们必须节约，好在我满月的那天招待拦而拦不住的亲友。

到了那天，果然来了几位贺喜的人。头一位是多甫大姐夫。他的脸瘦了一些，因为从初一到十九，他忙得几乎没法儿形容。他逛遍所有的庙会。在初二，他到财神庙借了元宝，并且确信自己十分虔诚，今年必能发点财。在白云观，他用铜钱打了桥洞里坐着的老道，并且用小棍儿敲了敲放生

① 即地安门。元宵节张灯，旧时以东四牌楼和地安门为最盛。

的老猪的脊背，看它会叫唤不会。在厂甸，他买了风筝与大串的山里红。在大钟寺，他喝了豆汁，还参加了没白没票的抓彩，得回手指甲大小的一块芝麻糖。各庙会中的练把式的、说相声的、唱竹板书的、变戏法儿的……都得到他的赏钱，被艺人们称为财神爷。只在白云观外的跑马场上，他没有一显身手，因为他既没有骏马，即使有骏马他也不会骑。他可是在入城之际，雇了一匹大黑驴，项挂铜铃，跑得相当快，博得游人的喝彩。他非常得意，乃至一失神，黑驴落荒而逃，把他留在沙土窝儿里。在十四、十五、十六，他连着三晚上去看东单西四鼓楼前的纱灯、牛角灯、冰灯、麦芽龙灯；并赶到内务府大臣的门外，去欣赏燃放花盒，把洋绉马褂上烧了个窟窿。

他来贺喜，主要地是为向一切人等汇报游玩的心得，传播知识。他跟我母亲、二姐讲说，她们都搭不上茬儿。所以，他只好过来启发我：小弟弟，快快地长大，我带你玩去！咱们旗人，别的不行，要讲吃喝玩乐，你记住吧，天下第一！

父亲几次要问多甫，怎么闯过了年关，可是话到嘴边上又咽回去。一来二去，倒由多甫自己说出来：把房契押了出去，所以过了个肥年。父亲听了，不住地皱眉。在父亲和一般的老成持重的旗人们看来，自己必须住着自己的房子，才能根深蒂固，永远住在北京。因做官而发了点财的人呢，“吃瓦片”[①]是最稳当可靠的。以正翁与多甫的收入来说，若是能够勤俭持家，早就应该有了几处小房，月月取租钱。可是，他们把房契押了出去！多甫看父亲皱眉，不能不稍加解释：您放心，没错

① 指以收取房租为生的人。

儿，押出去房契，可不就是卖房！俸银一下来，就把它拿回来！

“那好！好！”父亲口中这么说，心中可十分怀疑他们能否再看到自己的房契。

多甫见话不投机，而且看出并没有吃一顿酒席的希望，就三晃两晃不见了。

大舅妈又犯喘，福海二哥去上班，只有大舅来坐了一会儿。大家十分恳切地留他吃饭，他坚决不肯。可是，他来贺喜到底发生了点作用。姑母看到这样清锅冷灶，早想发脾气，可是大舅以参领的身份，到她屋中拜访，她又有了笑容。大舅走后，她质问父亲：为什么不早对我说呢？三两五两银子，我还拿得出来！这么冷冷清清的，不大像话呀！父亲只搭讪着嘻嘻了一阵，心里说：好家伙，用你的银子办满月，我的老儿子会叫你给骂化了！

这一年，春天来得较早。在我满月的前几天，北京已经刮过两三次大风。是的，北京的春风似乎不是把春天送来，而是狂暴地要把春天吹跑。在那年月，人们只知道砍树，不晓得栽树，慢慢的山成了秃山，地成了光地。从前，就连我们的小小的坟地上也有三五株柏树，可是到我父亲这一辈，这已经变为传说了。北边的秃山挡不住来自塞外的狂风，北京的城墙，虽然那么坚厚，也挡不住它。寒风，卷着黄沙，鬼哭神号地吹来，天昏地昏，日月无光。青天变成黄天，降落着黄沙。地上，含有马尿驴粪的黑土与鸡毛蒜皮一齐得意地飞向天空。半空中，黑黄上下，渐渐混合，结成一片深灰的沙雾，遮住阳光。太阳所在的地方，黄中透出红来，像凝固了的血块。

风来了，铺户外的冲天牌楼唧唧吱吱地乱响，布幌子吹碎，带来不知多少里外的马嘶牛鸣。大树把梢头低得不能再低，干枝子与干槐豆纷纷降落，树杈上的鸦巢七零八散。甬路与便道上所有的灰土似乎都飞起来，对面不见人。不能不出门的人们，像鱼在惊涛骇浪中挣扎，顺着风走的身不自主地向前飞奔；逆着风走的两腿向前，而身子后退。他们的身上、脸上落满了黑土，像刚由地下钻出来；发红的眼睛不断流出泪来，给鼻子两旁冲出两条小泥沟。

那在屋中的苦人们，觉得山墙在摇动，屋瓦被揭开，不知哪一会儿就连房带人一齐被刮到什么地方去。风从四面八方吹进来，把一点点暖气都排挤出去，水缸里白天就冻了冰。桌上、炕上，落满了腥臭的灰土，连正在熬开了的豆汁，也中间翻着白浪，而锅边上是黑黑的一圈。

一会儿，风从高空呼啸而去；一会儿，又擦着地皮袭来，击撞着院墙，呼隆呼隆地乱响，把院中的破纸与干草叶儿刮得不知上哪里去才好。一阵风过去，大家一齐吐一口气，心由高处落回原位。可是，风又来了，使人感到眩晕。天、地，连皇城的红墙与金銮宝殿似乎都在颤抖。太阳失去光芒，北京变成任凭飞沙走石横行无忌的场所。狂风怕日落，大家都盼着那不像样子的太阳及早落下去。傍晚，果然静寂下来。大树的枝条又都直起来，虽然还时时轻摆，可显着轻松高兴。院里比刚刚扫过还更干净，破纸什么的都不知去向，只偶然有那么一两片藏在墙角里。窗楞上堆着些小小的坟头儿，土极干极细。窗台上这里厚些，那里薄些，堆着一片片的浅黄色细土，像沙滩在水退之后，留下水溜的痕迹。大家心中安定了一些，都盼望明天没有一点儿风。可是，谁知道准怎么样呢！那时候，没有天气预报啊。

要不怎么说，我的福气不小呢！我满月的那一天，不但没有风，而且青天上来了北归较早的大雁。虽然是不多的几只，可是清亮的鸣声使大家都跑到院中，抬着头指指点点，并且念叨着："七九河开，八九雁来"，都很兴奋。大家也附带着发现，台阶的砖缝里露出一小丛嫩绿的香蒿叶儿来。二姐马上要脱去大棉袄，被母亲喝止住："不许脱！春捂秋冻！"

正在这时候，来了一辆咯噔咯噔响的轿车，在我们的门外停住。紧跟着，一阵比雁声更清亮的笑声，由门外一直进到院中。大家都吃了一惊！

【六】

随着笑声，一段彩虹光芒四射，向前移动。朱红的帽结子发着光，青缎小帽发着光，帽沿上的一颗大珍珠发着光，二蓝团龙缎面的灰鼠袍子发着光，米色缎子坎肩发着光，雪青的褡包在身后放着光，粉底官靴发着光。众人把彩虹挡住，请安的请安，问候的问候，这才看清一张眉清目秀的圆胖洁白的脸，与漆黑含笑的一双眼珠，也都发着光。听不清他说了什么，虽然他的嗓音很清亮。他的话每每被他的哈哈哈与啊啊啊扰乱；雪白的牙齿一闪一闪地发着光。

光彩进了屋，走到炕前，照到我的脸上。哈哈哈，好！

好！他不肯坐下，也不肯喝一口茶，白胖细润的手从怀中随便摸出一张二两的银票，放在我的身旁。他的大拇指戴着个翡翠扳指[①]，发出柔和温润的光泽。好！好啊！哈哈哈！随着笑声，那一身光彩往外移动。不送，不送，都不送！哈哈哈！笑着，他到了街门口。笑着，他跨上车沿。鞭子轻响，车轮转动，咯噔咯噔……笑声渐远，车出了胡同，车后留下一些飞尘。

姑母急忙跑回来，立在炕前，呆呆地看着那张银票，似乎有点不大相信自己的眼睛。大家全回来了，她出了声："定大爷，定大爷！他怎么会来了呢？他由哪儿听说的呢？"

大家都要说点什么，可都想不起说什么才好。我们的胡同里没来过那样体面的轿车。我们从来没有接过二两银子的"喜敬"——那时候，二两银子可以吃一桌高级的酒席！

父亲很后悔："你看，我今年怎么会忘了给他去拜年呢？怎么呢？"

"你没拜年去，他听谁说的呢？"姑母还问那个老问题。

"你放心吧，"母亲安慰父亲，"他既来了，就一定没挑了眼！定大爷是肚子里撑得开船的人！"

"他到底听谁说的呢？"姑母又追问一次。

没人能够回答姑母的问题，她就默默地回到自己屋中，心中既有点佩服我，又有点妒意。无可如何地点起兰花烟，她不住地骂贼秃子。

我的曾祖母不是跟过一位满族大员，到云南等处去过吗？那位大员不是带回数不清的元宝吗？定大爷就是这位到处拾元宝的大员的后代。

---

① 套在右手拇指上的象牙或晶玉的装饰品，原为射箭钩弓时的用具。

他的官印[1]是定禄。他有好几个号：子丰、裕斋、富臣、少甫，有时候还自称霜清老人，虽然他刚过二十岁。刚满六岁，就有三位名儒教导他，一位教满文，一位讲经史，一位教汉文诗赋。先不提宅院有多么大，光说书房就有带廊子的六大间。书房外有一座精致的小假山，霜清老人高了兴便到山巅拿个大顶。山前有牡丹池与芍药池，每到春天便长起香蒿子与兔儿草，颇为茂盛；牡丹与芍药都早被“老人”揪出来，看看离开土还能开花与否。书房东头的粉壁前，种着一片翠竹，西头儿有一株紫荆。竹与紫荆还都活着。好几位满族大员的子弟，和两三位汉族富家子弟，都来此附学。他们有的中了秀才，有的得到差事，只有霜清老人才学出众，能够唱整出的《当锏卖马》[2]，文武双全。他是有才华的。他喜欢写字，高兴便叫书童研一大海碗墨，供他写三尺大的福字与寿字，赏给他的同学们；若不高兴，他就半年也不动一次笔，所以他的字写得很有力量，只是偶然地缺少两笔，或多了一撇。他也很爱吟诗。灵感一来，他便写出一句，命令同学们补足其余。他没学会满文，也没学好汉文，可是自信只要一使劲，马上就都学会，于是暂且不忙着使劲。他也偶然地记住一二古文中的名句，如“落霞与孤鹜齐飞，秋水共长天一色”之类，随时引用，出口成章。兴之所至，他对什么学术、学说都感兴趣，对什么三教九流的人物都乐意交往。他自居为新式的旗人，既有文化，又宽宏大量。他甚至同情康、梁的维新的主张与办法。他的心地良善，只要有人肯叫“大爷”，他就肯赏银子。

---

① 原指官府所用之印，后以敬称人的大名。

② 一出极为流行的京剧，演唱《隋唐演义》中秦叔宝的故事。

他不知道他父亲比祖父更阔了一些，还是差了一些。他不知道他们给他留下多少财产。每月的收支，他只听管事的一句话。他不屑于问一切东西的价值，只要他爱，花多少钱也肯买。自幼儿，他就拿金银锞子与玛瑙翡翠作玩具，所以不知道它们是贵重物品。因此，不少和尚与道士都说他有仙根，海阔天空，悠然自得。他一看到别人为生活发愁着急，便以为必是心田狭隘，不善解脱。

他似乎记得，又似乎不大记得，他的祖辈有什么好处，有什么缺点，和怎么拾来那些元宝。他只觉得生下来便被绸缎裹着，男女仆伺候着，完全因为他的福大量大造化大。他不能不承认自己是满人，可并不过度地以此自豪，他有时候编出一些刻薄的笑话，讥诮旗人。他渺茫地感到自己是一种史无前例的特种人物，既记得几个满洲字，又会作一两句汉文诗，而且一使劲便可以成圣成佛。他没有能够取得功名，似乎也无意花钱去捐个什么官衔，他愿意无牵无挂，像行云流水那么闲适而又忙碌。

他与我们的关系是颇有趣的。虽然我的曾祖母在他家帮过忙，我们可并不是他的家奴[1]。他的祖父、父亲，与我的祖父、父亲，总是那么似断似续地有点关系，又没有多大关系。一直到他当了家，这种关系还没有断绝。我们去看他，他也许接见，也许不接见，那全凭他的高兴与否。他若是一时心血来潮呢，也许来看看我们。这次他来贺喜，后来我们才探听到，原来是因为他自己得了个女娃娃，也是腊月生的，比我早一天。他非常高兴，觉得世界上只有他们夫妇才会生个女娃娃，别人

① 又称包衣，指在藩邸勋门永世为奴的人。

不会有此本领与福气。大概是便宜坊的老王掌柜，在给定宅送账单去，走漏了消息：在祭灶那天，那个时辰，一位文曲星或扫帚星降生在一个穷旗兵家里。

是的，老王掌柜和定宅的管事的颇有交情。每逢定大爷想吃熏鸡或烤鸭，管事的总是照顾王掌柜，而王掌柜总是送去两只或三只，便在账上记下四只或六只。到年节要账的时候，即使按照三只或四只还账，王掌柜与管事的也得些好处。老王掌柜有时候受良心的谴责，认为自己颇欠诚实，可是管事的告诉他：你想想吧，若是一节只欠你一两银子，我怎么向大爷报账呢？大爷会说：怎么，凭我的身份就欠他一两？没有的事！不还！告诉你，老掌柜，至少开十两，才像个样子！受了这点教育之后，老掌柜才不再受良心的谴责，而安心地开花账了。

定大爷看见了我，而且记住了我。是的，当我已经满了七岁，而还没有人想起我该入学读书，就多亏他又心血来潮，忽然来到我家。哈哈了几声，啊啊了几声，他把我扯到一家改良私塾里去，叫我给孔夫子与老师磕头。他替我交了第一次的学费。第二天，他派人送来一管“文章一品”，一块“君子之风”，三本小书，[①]和一丈蓝布——摸不清是做书包用的呢，还是叫我做一身裤褂。

不管姑母和别人怎样重视定大爷的光临，我总觉得金四把叔叔来贺喜更有意义。

在北京，或者还有别处，受满族统治者压迫最深的是回民。以金四叔叔的身体来说，据我看，他应当起码做个武状

---

① 文章一品，毛笔；君子之风，墨；三本小书，《三字经》、《百家姓》、《千字文》，均为儿童启蒙读物。

元。他真有功夫：近距离摔跤，中距离拳打，远距离脚踢，真的，十个八个壮小伙子甭想靠近他的身子。他又多么体面，多么干净，多么利落！他的黄净子脸上没有多余的肉，而处处发着光；每逢阴天，我就爱多看看他的脸。他干净，不要说他的衣服，就连他切肉的案子都刷洗得露出木头的花纹来。到我会去买东西的时候，我总喜欢到他那里买羊肉或烧饼，他那里是那么清爽，以至使我相信假若北京都属他管，就不至于无风三尺土了。他利落，无论干什么都轻巧干脆；是呀，只要遇上他，我必要求他“举高高”。他双手托住我的两腋，叫声“起”，我便一步登天，升到半空中。体验过这种使我狂喜的活动以后，别人即使津贴我几个铁蚕豆，我也不同意“举高高”！

我就不能明白：为什么皇上们那么和回民过不去！是呀，在北京的回民们只能卖卖羊肉，烙烧饼，做小买卖，至多不过是开个小清真饭馆。我问过金四叔：“四叔，您干吗不去当武状元呢？”四叔的极黑极亮的眼珠转了几下，拍拍我的头，才说：“也许，也许有那么一天，我会当上武状元！秃子，你看，我现在不是吃着一份钱粮吗？”

这个回答，我不大明白。跟母亲仔细研究，也久久不能得到结论。母亲说：“是呀，咱们给他请安，他也还个安，不是跟咱一样吗？可为什么……”

我也跟福海二哥研究过，二哥也很佩服金四叔，并且说：“恐怕是因为隔着教[①]吧？可是，清真古教是古教啊，跟儒、释、道一样的好啊！”

---

① 又叫“截着教”，俗称与“汉教”不同之“回教”。

那时候，我既不懂儒、释、道都是怎么一回事，也就不懂二哥的话意。看样子，二哥反正不反对跟金四叔交朋友。

在我满月的那天，已经快到下午五点钟了，大家已经把关于定大爷的历史与特点说得没有什么可补充的了，金四叔来到。大家并没有大吃一惊，像定大爷来到时那样。假若大家觉得定大爷是自天而降，对金四把的来到却感到理当如此，非常亲切。是的，他的口中除了有时候用几个回民特有名词，几乎跟我们的话完全一样。我们特有的名词，如牛录、甲喇、格格[1]……他不但全懂，而且运用得极为正确。一些我们已满、汉兼用的，如“牛录”也叫作“佐领”，他却偏说满语。因此，大家对他的吃上一份钱粮，都不怎么觉得奇怪。我们当然不便当面提及此事，可是他倒有时候自动地说出来，觉得很可笑，而且也必爽朗地笑那么一阵。

他送了两吊钱，并祝我长命百岁。大家让座的让座，递茶的递茶。可是，他不肯喝我们的茶。他严守教规。这就使我们更尊敬他，都觉得：尽管他吃上一份钱粮，他可还是个真正的好回回。是的，当彼此不相往来的时候，不同的规矩与习惯使彼此互相歧视。及至彼此成为朋友，严守规矩反倒受到对方的称赞。我母亲甚至建议：“四叔，我把那个有把儿的茶杯给你留起来，专为你用，不许别人动，你大概就会喝我们的茶了吧？”四叔也回答得好：“不！赶明儿我自己拿个碗来，存在这儿！”

四叔的嗓子很好，会唱几句《三娘教子》[2]。虽然不能上胡

---

① 对清代皇族女儿的称呼。如亲王女儿称“和硕格格”，贝勒女儿称“多罗格格”。

② 传统戏剧，演王春娥教子的故事。

琴，可是大家都替他可惜："凭这条嗓子，要是请位名师教一教，准成个大名角儿！"可是，他拜不着名师。于是只好在走在城根儿的时候，痛痛快快地喊几句。

今天，为是热闹热闹，大家恳请他消遣一段儿。

"嗐！我就会那么几句！"金四叔笑着说。可是，还没等再让，他已经唱出"小东人"[①]来了。

那时候，我还不会听戏，更不会评论，无法说出金四把到底唱得怎样。可是，我至今还觉得怪得意的：我的满月吉日是受过回族朋友的庆祝的。

【七】

在满洲饽饽里，往往有奶油，我的先人们也许是喜欢吃牛奶、马奶，以及奶油、奶酪的。可是，到后来，在北京住过几代了，这个吃奶的习惯渐渐消失。到了我这一代，我只记得大家以杏仁茶、面茶等做早点，就连喝得起牛奶的，如大舅与大姐的公公也轻易不到牛奶铺里去。只有姑母还偶尔去喝一次，可也不过是为表示她喝得起而已。至于用牛奶喂娃娃，似乎还没听说过。

这可就苦了我。我同皇太子还是婴儿的时候大概差不多，要吃饱了才能乖乖地睡觉。我睡不安，因为吃不饱。母亲没有多少奶，而牛奶与奶粉，在那年月，又不见经传。于是，尽管我有些才华，也不能不表现在爱哭上面。我的肚子一空，就大

---

①《三娘教子》里一句唱词儿的头三字，即小主人之意。

哭起来，并没有多少眼泪。姑母管这种哭法叫作“干号”。她讨厌这种干号，并且预言我会给大家招来灾难。

为减少我的干号与姑母的闹气，母亲只好去买些杨村糕干，糊住我的小嘴。因此，大姐夫后来时常嘲弄我：吃糨糊长大的孩子，大概中不了武状元！而姑母呢，每在用烟锅子敲我的时节，也嫌我的头部不够坚硬。

姑母并没有超人的智慧，她的预言不过是为讨厌我啼哭而发的。可是，稍稍留心大事的人会看出来，小孩们的饥啼是大风暴的先声。是呀，听听吧，在我干号的时候，天南地北有多少孩子，因为饿，因为冷，因为病，因为被卖出去，一齐在悲啼啊！

黄河不断泛滥，像从天而降，海啸山崩滚向下游，洗劫了田园，冲倒了房舍，卷走了牛羊，把千千万万老幼男女飞快地送到大海中去。在没有水患的地方，又连年干旱，农民们成片地倒下去，多少婴儿饿死在胎中。是呀，我的悲啼似乎正和黄河的狂吼，灾民的哀号，互相呼应。

同时，在北京，在天津，在各大都市，作威作福的吆喝声，胁肩谄笑的献媚声，鬻官卖爵的叫卖声，一掷千金的狂赌声，熊掌驼峰的烹调声，淫词浪语的取乐声，与监牢中的锁镣声，公堂上的鞭板夹棍声，都汇合到一处，“天堂”与地狱似乎只隔着一堵墙，狂欢与惨死相距咫尺，想象不到的荒淫和想象不到的苦痛同时并存。这时候，侵略者的炮声还隐隐在耳，瓜分中国的声浪荡漾在空中。这时候，切齿痛恨暴政与国贼的诅咒，与仇视侵略者的呼声，在农村，在乡镇，像狂潮激荡，那最纯洁善良的农民已忍无可忍，想用拳，用石头，用叉靶扫帚，杀出一条活路！

就是在我不住哭号的时候，我们听见了“义和拳”（后来改为义和团）这个名称。

老王掌柜的年纪越大，越爱说：得回家去看看喽！可是，最近三年，他把回家的假期都让给了年岁较轻的伙计们。他懒得动。他越想家，也越爱留在北京。北京似乎有一种使他不知如何是好的魔力。他经常说，得把老骨头埋在家乡去。可是，若是有人问他：埋在北京不好吗？他似乎也不坚决反对。

他最爱他的小儿子。在他的口中，十成（他的小儿子的名字）仿佛不是个男孩，而是一种什么标准。提到年月，他总说：在生十成的那一年，或生十成后的第三年……讲到东西的高度，他也是说：是呀，比十成高点，或比十成矮着一尺……附带着说，十成本来排三，但是“三成”有歉收之意，故名十成。我们谁也没见过十成，可是认识王掌柜的人，似乎也都认识十成。在大家问他接到家信没有的时候，总是问：十成来信没有？

正是夏天农忙时节，王十成忽然来到北京！王掌柜又惊又喜。喜的是儿子不但来了，而且长得筋是筋、骨是骨，身量比爸爸高出一头，虽然才二十岁。惊的是儿子既没带行李，又满身泥土，小褂上还破了好几块。他急忙带着儿子去买了一身现成的蓝布裤褂，一双青布双脸鞋，然后就手去拜访了两三家满汉家庭，巡回展览儿子。过了两天，不知十成说了些什么，王掌柜停止了巡回展览。可是，街坊四邻已经知道了消息，不断地来质问：怎么不带十成上我们家去？看不起我们呀？这使他受了感动，可也叫他有点为难，只好不作普遍拜访，而又不完全停止巡回。

已是下午，母亲正在西阴凉下洗衣裳；我正在屋中半醒半睡、半饥半饱，躺着咂裹自己的手指头；大黄狗正在枣树下东弹弹、西啃啃地捉狗蝇，王家父子来到。

“这就是十成！”王掌柜简单地介绍。

母亲让他们到屋里坐，他们不肯，只好在院里说话儿。在夏天，我们的院里确比屋里体面：两棵枣树不管结枣与否，反正有些绿叶。顺着墙根的几棵自生自长的草茉莉，今年特别茂盛。因为给我添购糕干，父亲今年只买了一棵五色梅，可是开花颇卖力气。天空飞着些小燕，院内还偶尔来一两只红的或黄的蜻蜓。房上有几丛兔儿草，虽然不利于屋顶，可是葱绿可喜。总起来说，我们院中颇不乏生趣。

虽然天气已相当的热，王掌柜可讲规矩，还穿着通天扯地的灰布大衫。十成的新裤褂呢，裤子太长，褂子太短，可是一致地发出热辣辣的蓝靛味儿。母亲给了王掌柜一个小板凳，他坐下，不错眼珠地看着十成。十成说“有功夫”，无论怎么让，也不肯坐下。

母亲是受过娘家与婆家的排练的，尽管不喜多嘴多舌，可是来了亲友，她总有适当的一套话语，酬应得自然而得体。是呀，放在平日，她会有用之不竭的言辞，和王掌柜专讨论天气。今天，也不知怎么，她找不到话说。她看看王掌柜，王掌柜的眼总盯着十成的脸上与身上，似乎这小伙子有什么使他不放心的地方。十成呢，像棵结实的小松树似的，立在那里，生了根，只有两只大手似乎没有地方安置，一会儿抬起来，一会儿落下去。他的五官很正，眼珠与脑门都发着光，可是严严地闭着嘴，决定能不开口就不开口。母亲不知如何是好，连天气专题也忘了。愣了一会儿，十成忽然蹲下去，用手托住双腮，仿佛思索着什么极重大的问题。

正在这时候，福海二哥来了。大黄狗马上活跃起来，蹦蹦跳跳地跑前跑后，直到母亲说了声："大黄，安顿点！"大黄才回到原位去继续捉狗蝇。

二哥坐下，十成立了起来，闭得紧紧的嘴张开，似笑不笑地叫了声"二哥"。

二哥拿着把黑面、棕竹骨的扇子，扇动了半天才说："十成我想过了，还是算了吧！"

"算了？"十成看了看父亲，看了看二哥。"算了？"他用力咽了口唾沫，"那是你说！"

母亲不晓得什么时候十成认识了福海，也听不懂他们说的是什么，只好去给他们沏茶。

王掌柜一边思索着一边说，所以说得很慢："十成，我连洋布大衫都看不上，更甭说洋人、洋教了！可是……"

"爹！"十成在新裤子上擦了擦手心上的汗，"爹！你多年不在乡下，你不知道我们受的是什么！大毛子听二毛子的撺掇，官儿又听大毛子的旨意，一个老百姓还不如这条狗！"十成指了指大黄，"我顶恨二毛子，他们忘了本！"

王掌柜和二哥都好一会儿没说出话来。

"也，也有没忘本的呀！"二哥笑着说，笑得很欠自然。

"忘了本的才是大毛子的亲人！"十成的眼对准了二哥的，二哥赶紧假装地去看枣树叶上的一个"花布手巾"[①]。

王掌柜仍然很慢地说："你已经……可是没……！"

---

① 又叫"花大姐儿"，即天牛，一种色黑、长须、背有星点的鞘翅目昆虫。

二哥赶快补上："得啦，小伙子！"

十成的眼又对准了二哥的："别叫我小伙子，我一点也不小！我练了拳，练了刀，还要练善避刀枪！什么我也不怕！不怕！"

"可是，你没打胜！"二哥冷笑了一下，"不管你怎么理直气壮，官兵总帮助毛子们打你！你已经吃了亏！"

王掌柜接过话去："对！就是这么一笔账！"

"我就不服这笔账，不认这笔账！败了，败了再打！"十成说完，把嘴闭得特别严，腮上轻动，大概是咬牙呢。

"十成！"王掌柜耐心地说，"十成，听我说！先在这儿住下吧！先看一看，看明白了再走下一步棋，不好吗？我年纪这么大啦，有你在跟前……"

"对！十成！你父亲说得对！"二哥心里佩服十成，而口中不便说造反的话；他是旗兵啊。

十成又蹲下了，一声不再出。

二哥把扇子打开，又并上，并上又打开，发出轻脆的响声。他心里很乱。有意无意地他又问了句："十成，你们有多少人哪？"

"多了！多了！有骨头的……"他狠狠地看了二哥一眼，"在山东不行啊，我们到直隶来，一直地进北京！"

王掌柜猛地立起来，几乎是喊着："不许这么说！"

母亲拿来茶。可是十成没说什么，立起来，往外就走。母亲端着茶壶，愣在那里。

"您忙去吧，我来倒茶！"二哥接过茶具，把母亲支开，同时又让王掌柜坐下。刚才，他被十成的正气给压得几乎找不出话说；现在，只剩下了王掌柜，他的话又多起来：“王掌柜，先喝碗！别着急！我会帮助您留下十成！”

“他，他在这儿，行吗？”王掌柜问。

“他既不是强盗，又不是杀人凶犯！山东闹义和团，我早就听说了！我也听说，上边决不许老百姓乱动！十成既跑到这儿来，就别叫他再回去。在这儿，有咱们开导他，他老老实实，别人也不会刨根问底！”二哥一气说完，又恢复了平日的诸葛亮气度。

“叫他老老实实？”王掌柜惨笑了一下，“他说得有理，咱们劝不住他！”

二哥又低下头去。的确，十成说的有理！“喏！老王掌柜，我要光是个油漆匠，不也是旗兵啊，我也……”

王掌柜也叹了口气，慢慢地走出去。

母亲过来问二哥：“老二，都是怎么一回事啊？十成惹了什么祸？”

“没有！没有！”二哥的脸上红了些，他有时候很调皮，可是不爱扯谎，“没事！您放心吧！”

“我看是有点事！你可得多帮帮王掌柜呀！”

“一定！”

这时候，姑母带着“小力笨”从西庙回来。姑母心疼钱，又不好意思白跑一趟，所以只买了一包刷牙用的胡盐。

“怎么样啊？老二！”姑母笑着问。

按照规律，二哥总会回答：“听您的吧，老太太！”可是，今天他打不起精神凑凑十胡什么的。十成的样子、话语还在他的心中，使他不安、惭愧，不知如何是好。“老太太，我还有点事！”他笑着回答。然后又敷衍了几句，用扇子打了大腿一下：“我还真该走啦！”便走了出去。

出了街门，他放慢了脚步。他须好好地思索思索。对世界形势，他和当日的王爷们一样，不大知道。他只知道外国很厉害。可是，不管外国怎么厉害，他却有点不服气。因此，他佩服十成。不过，他也猜得到，朝廷决不许十成得罪外国人，十成若是傻干，必定吃亏。他是旗兵，应当向着朝廷呢？还是向着十成呢？他的心好像几股麻绳绕在一块儿，撕拉不开了。他的身上出了汗，小褂贴在背上，袜子也粘住脚心，十分不好过。

糊里糊涂地，他就来到便宜坊门外。他决定不了，进去还是不进去。

恰好，十成出来了。看见二哥，十成立定，嘴又闭得紧紧的。他的神气似乎是说：你要捉拿我吗？好，动手吧！

二哥笑了笑，低声地说：“别疑心我！走！谈谈去！”

十成的嘴唇动了动，而没说出什么来。

“别疑心我！”二哥又说了一遍。

“走！我敢做敢当！”十成跟着二哥往北走。

他们走得飞快，不大会儿就到了积水滩。这里很清静，苇塘边上只有两三个钓鱼的，都一声不出。两个小儿跑来，又追着一只蜻蜓跑去。二哥找了块石头坐下，擦着头上的汗，十成在一旁蹲下，呆视着微动的苇叶。

二哥要先交代明白自己，好引出十成的真心话来。“十成，我也恨欺侮咱们的洋人！可是，我是旗兵，上边怎么交派，我怎么做，我不能自主！不过，万一有那么一天，两军阵前，你我走对了面，我绝不会开枪打你！我呀，十成，把差事丢了，还能挣饭吃，我是油漆匠！”

“油漆匠？”十成看了二哥一跟，“你问吧！”

“我不问教里的事。”

“什么教？”

“你们不是八卦教？教里的事不是不告诉外人吗？”二哥得意地笑了笑，“你看，我是白莲教。按说，咱们是师兄弟！”

“你是不敢打洋人的白莲教！别乱扯师兄弟！”

二哥以为这样扯关系，可以彼此更亲热一点；哪知道竟自碰了回来，他的脸红起来。“我，我在理儿！”

“在理儿就说在理儿，干吗扯上白莲教？”十成一句不让。

“算了，算了！”二哥沉住了气，“说说，你到底要怎样！”

“我走！在老家，我们全村受尽了大毛子、二毛子的欺负，我们造了反！我们叫官兵打散了，死了不少人！我得回去，找到朋友们，再干！洋人，官兵，一齐打！我们的心齐，我们有理，谁也挡不住我们！”十成立了起来，往远处看，好像一眼就要看到山东去。

“我能帮帮你吗？”二哥越看越爱这个天不怕地不怕的小伙子。他生在北京，长在北京，没见过像十成这样淳朴，这样干净，这样豪爽的人。

“我马上就走，你去告诉我爹，叫他老人家看明白，不打不杀，谁也没有活路儿！叫他看明白，我不是为非作歹，我是要干点好事儿！你肯吗？”十成的眼直视着二哥的眼。

“行！行！十成，你知道，我的祖先也不怕打仗！可是，现在……算了，不必说了！问你，你有盘缠钱没有？”

“没有！用不着！”

“怎么用不着？谁会白给你一个烧饼？”二哥的俏皮话又来了，可是赶紧控制住，“我是说，行路总得有点钱。”

“看！”十成解开小褂，露出一条已经被汗沤得深一块浅一块的红布腰带来，“有这个，我就饿不着！”说完，他赶紧把小褂又扣好。

“可是，叫二毛子看见，叫官兵看见，不就……”

“是呀！”十成爽朗地笑了一声，“我这不是赶快系好了扣子吗？二哥，你是好人！官兵要都像你，我们就顺利多了！哼，有朝一日，我们会叫皇上也得低头！”

“十成，”二哥掏出所有的几吊钱来，“拿着吧，不准不要！”

“好！”十成接过钱去，“我数数！记上这笔账！等把洋人全赶走，我回家种地，打了粮食还给你！”他一边说，一边数钱。“四吊八！”他把钱塞在怀里。“再见啦！”他往东走去。

二哥赶上去，“你认识路吗？”

十成指了指德胜门的城楼：“那不是城门？出了城再说！”

十成不见了，二哥还在那里立着。这里是比较凉爽的地方，有水，有树，有芦苇，还有座不很高的小土山。二哥可是觉得越来越热。他又坐在石头上。越想，越不对，越怕；头上又出了汗。不管怎样，一个旗兵不该支持造反的人！他觉得自己一点也不精明，做了极大的错事！假若十成被捉住，供出他来，他怎么办？不杀头，也得削除旗籍，发到新疆或云南去！

“也不至于！不至于！”他安慰自己，“出了事，花钱运动运动就能逢凶化吉！”这么一想，他又觉得他不是同情造反，而是理之当然了——什么事都可以营私舞弊，有银子就能买到官，赎出命来。这成何体统呢？他没读过经史，可是听过不少京戏和评书，哪一朝不是因为不成体统而垮了台呢？

再说，十成是要打洋人。一个有良心的人，没法不佩服他，大家伙儿受了洋人多少欺侮啊！别的他不知道，他可忘不了甲午之战和英法联军焚烧圆明园啊。他镇定下来。十成有理，他也有理，有理的人心里就舒服。他慢慢地立起来，想找王掌柜去。已走了几步，他又站住了。不好！不能去！他答应下王掌柜，帮他留下十成啊！再说，王掌柜的嘴快，会到处去说：儿子跑了，福海知道底细！这不行！

可是，不去安慰王掌柜，叫老头子到处去找儿子，也不对！怎么办呢？

他急忙回了家，用左手写了封信：“父亲大人金安：儿回家种地，怕大人不准回去，故不辞而别也，路上之事，到家再禀。儿十成顿首。”写完，封好，二哥说了声“不好！”赶紧又把信拆开。“十成会写字不会呢？不知道！”

想了好大半天，打不定主意，最后：“算了，就是它！”他又把信粘好，决定在天黑之后，便宜坊上了门，从门缝塞进去。

【八】

王掌柜本来不喜欢洋人、洋东西，自从十成不辞而别，他也厌恶洋教与二毛子了。他在北京住了几十年，又是个买卖地的人，一向对谁都是一团和气，就是遇见永远不会照顾他的和尚，他也恭敬地叫声大师傅。现在，他越不放心十成，就越注意打听四面八方怎么闹教案，也就决定不便对信洋教的客客气气。每逢他路过教堂，他便站住，多看一会儿；越看，心里越别扭。那些教堂既不像佛庙，又不像道观。而且跟两旁的建筑是那么不谐调，叫他觉得它们里边必有洋枪洋炮，和什么洋秘密、洋怪物。赶上礼拜天，他更要多站一会儿，看看都是谁去做礼拜。他认识不少去做礼拜的人，其中有的是很好的好人，也有他平素不大看得起的人。这叫他心里更弄不清楚了：为什么那些好人要信洋教呢？为什么教堂收容那些不三不四的人呢？他想不明白。更叫他想不通的是：教徒里有不少旗人！他知道旗人有自己的宗教（他可是说不上来那是什么教），而且又信佛教、道教和孔教。据他想，这也就很够了，为什么还得去信洋教呢？越想，他心里越绕得慌！

他决定问问多二爷。多二爷常到便宜坊来买东西，非常守规矩，是王掌柜所敬重的一个人。他的服装还是二三十年前的料子与式样，宽衣博带，古色古香。王掌柜因为讨厌那哗哗乱响的竹布，就特别喜爱多二爷的衣服鞋帽，每逢遇上他，二人就以此为题，谈论好大半天。多二爷在旗下衙门里当个小差事，收入不多。这也就是他的衣冠古朴的原因，他做不起新的。他没想到，这会得到王掌柜的夸赞，于是遇到有人说他的衣帽过了时，管他叫“老古董”，他便笑着说：“哼！老王掌柜还夸我的这份儿老行头呢！”因此，他和王掌柜的关系就越来越亲密。但是，他并不因此而赊账。每逢王掌柜说：“先拿去吃吧，记上账！”多二爷总是笑着摇摇头：“不，老掌柜！

我一辈子不拉亏空！”是，他的确是个安分守己的人。他的衣服虽然陈旧，可是老刷洗得干干净净，容易磨破的地方都事先打好补丁。

他的脸很长，眉很重，不苟言笑。可是，遇到他所信任的人，他也爱拉不断扯不断地闲谈，并且怪有风趣。

他和哥哥分居另过。多大爷不大要强，虽然没做过、也不敢做什么很大的伤天害理的事，可是又馋又懒，好贪小便宜。无论去做什么事，他的劈面三刀总是非常漂亮，叫人相信他是最勤恳，没事儿会找事做的人。吃过了几天饱饭之后，他一点也不再勤恳，睡觉的时候连灯都懒得吹灭，并且声明：“没有灯亮儿，我睡不着！”

他入了基督教。全家人都反对他入教，他可是非常坚决。他的理由是：“你看，财神爷，灶王爷，都不保佑我，我干吗不试试洋神仙呢？这年头儿，什么都是洋的好，睁开眼睛看看吧！”

反对他入教最力的是多二爷。多老二也并摸不清基督教的信仰是什么，信它有什么好处或什么坏处。他的最重要的理由是：“哥哥，难道你就不要祖先了吗？入了教不准上坟烧纸！”

“那，”多大爷的脸不像弟弟的那么长，而且一急或一笑，总把眉眼口鼻都挤到一块儿去，像个多褶儿的烧卖。此时，他的脸又皱得像个烧卖。“那，我不去上坟，你去，不是两面都不得罪吗？告诉你，老二，是天使给我托了梦！前些日子，我一点辙也没有[①]。可是，我梦见了天使，告诉我：‘城

① 一点办法也没有。辙，借指办法，此处指生计。

外有生机’。我就出了城，顺着护城河慢慢地走。忽然，我听见了蛙叫，咕呱，咕呱！我一想，莫非那个梦就应验在田鸡身上吗？连钓带捉，我就捉到二十多只田鸡。你猜，我遇见了谁？”他停住口，等弟弟猜测。

多老二把脸拉得长长的，没出声。

多老大接着说：“在法国府……”

多老二反倒在这里插了话：“什么法国府？”

“法国使馆嘛！”

“使馆不就结了，干吗说法国府？”

“老二，你呀发不了财！你不懂洋务！”

“洋务？李鸿章懂洋务，可是大伙儿管他叫汉奸！”

“老二！”多老大的眉眼口鼻全挤到一块儿，半天没有放松，“老二！你敢说李中堂[①]是……！算了，算了，我不跟你扳死杠！还说田鸡那回事儿吧！”

“大哥，说点正经的！”

“我说的正是最正经的！我呀，拿着二十多只肥胖的田鸡，进了城。心里想：看看那个梦灵不灵！正这么想呢，迎头来了法国府的大师傅，春山，也是咱们旗人，镶黄旗的。你应该认识他！他哥哥春海，在天津也当洋厨子。”

“不认识！”

“哼，洋面上的人你都不认识！春山一见那些田鸡，就一把抓住了我，说：‘多老大，把田鸡卖给我吧！’我一看他的神气，知道其中有事，就沉住了气。我说：‘我找这些田鸡，是为配药用的，不卖！’我这么一说，他更要买了。敢情啊，

① 即李鸿章。李曾官至文华殿大学士，在公私礼节上，对“大学士”敬称“中堂”。

老二，法国人哪，吃田鸡！你看，老二，那个梦灵不灵！我越不卖，他越非买不可，一直到我看他拿出两吊钱来，我才把田鸡让给他！城外有生机，应验了！从那个好日子以后，我隔不了几天，就给他送些田鸡去。可是，到了冬天，田鸡都藏起来，我又没了办法。我还没忘了天使，天使也没忘了我，又给我托了个梦：'老牛有生机'。这可不大好办！你看，田鸡可以白捉，牛可不能随便拉走啊！有一天，下着小雪，我在街上走来走去，一点辙也没有。走着走着，一看，前面有个洋人。反正我也没事儿做，就加快了脚步，跟着他吧。你知道，洋人腿长，走得快。一边走，我一边念叨：'老牛有生机'。那个洋人忽然回过头来，吓了我一跳。他用咱们的话问我：'你叫我，不叫我？'唉，他的声音，他的说法，可真别致，另有个味儿！我还没想起怎么回答，他可又说啦：'我叫牛又生。'你就说，天使有多么灵！牛有生，牛又生，差不多嘛！他敢情是牛又生，牛大牧师，真正的美国人！一听说他是牧师，我赶紧说：'牛大牧师，我有罪呀！'这是点真学问！你记住，牧师专收有罪的人，正好像买破烂的专收碎铜烂铁。牛牧师高兴极了，亲亲热热地把我拉进教堂去，管我叫迷失了的羊。我想：他是牛，我是羊，可以算差不多。他为我祷告，我也学着祷告。他叫我入查经班，白送给我一本《圣经》，还给了我两吊钱！"

"大哥！你忘了咱们是大清国的人吗？饿死，我不能去巴结洋鬼子！"多老二斩钉截铁地说。

"大清国？哈哈！"多老大冷笑着，"连咱们的皇上也怕洋人！"

"说得好！"多老二真急了，"你要是真敢信洋教，大哥，别怪我不准你再进我的门！"

"你敢！我是你哥哥，亲哥哥！我高兴几时来就几时来！"多老大气哼哼地走出去。

一个比别的民族都高着一等的旗人若是失去自信，像多老大这样，他便对一切都失去信心。他觉得自己是天底下最可怜的人，因而他干什么都应当邀得原谅。他入洋教根本不是为信仰什么，而是对社会的一种挑战。他仿佛是说：谁都不管我呀，我去信洋教，给你们个苍蝇吃[①]。他也没有把信洋教看成长远之计；多咱洋教不灵了，他会退出来，改信白莲教，假若白莲教能够给他两顿饭吃。思索了两天，他去告诉牛牧师，决定领洗入教，改邪归正。

教堂里还有位中国牧师，很不高兴收多大爷这样的人做教徒。可是，他不便说什么，因为他怕被牛牧师问倒：教会不救有罪的人，可救谁呢？况且，教会是洋人办的，经费是由外国来的，他何必主张什么呢？自从他当上牧师那天起，他就决定毫无保留地把真话都禀明上帝，而把假话告诉牛牧师。不管牛牧师说什么，他总点头，心里可是说："你犯错误，你入地狱！上帝看得清楚！"

牛牧师在国内就传过道，因为干别的都不行。他听说地球上有个中国，可是与他毫无关联，因而也就不在话下。自从他的舅舅从中国回来，他开始对中国发生了兴趣。他的舅舅在年轻的时候偷过人家的牲口，被人家削去了一只耳朵，所以逃到中国去，卖卖鸦片什么的，发了不小的财。发财还乡之后，亲

① 故意招人恶心的意思。此指"旗人"信"洋教"的事。

友们，就是原来管他叫流氓的亲友们，不约而同地称他为中国通。在他的面前，他们一致地避免说“耳朵”这个词儿，并且都得到了启发——混到山穷水尽，便上中国去发财，不必考虑有一只还是两只耳朵。牛牧师也非例外。他的生活相当困难，到圣诞节都不一定能够吃上一顿烤火鸡。舅舅指给他一条明路：“该到中国去！在这儿，你连在圣诞节都吃不上烤火鸡；到那儿，你天天可以吃肥母鸡，大鸡蛋！在这儿，你永远雇不起仆人；到那儿，你可以起码用一男一女，两个仆人！去吧！”

于是，牛牧师就决定到中国来。做了应有的准备，一来二去，他就来到了北京。舅舅果然说对了：他有了自己独住的小房子，用上一男一女两个仆人；鸡和鸡蛋是那么便宜，他差不多每三天就过一次圣诞节。他开始发胖。

对于工作，他不大热心，可又不敢太不热心。他想发财，而传教毕竟与贩卖鸦片有所不同。他没法儿全心全意地去工作。可是，他又准知道，若是一点成绩做不出来，他就会失去刚刚长出来的那一身肉。因此，在工作上，他总是忽冷忽热，有冬有夏。在多老大遇见他的那一天，他的心情恰好是夏天的，想把北京所有的罪人都领到上帝面前来，做出成绩。在这种时候，他羡慕天主教的神甫们。天主教的条件好，势力厚，神甫们可以用钱收买教徒，用势力庇护教徒，甚至修建堡垒，藏有枪炮。神甫们几乎全像些小皇帝。他，一个基督教的牧师，没有那么大的威风。想到这里，他不由得也想起舅舅的话来：“对中国人，别给他一点好颜色！你越厉害，他们越听话！”好，他虽然不是天主教的神甫，可到底是牧师，代表着上帝！于是，在他讲道的时候，他就用他的一口似是而非的北京话，在讲坛上大喊大叫：地狱，魔鬼，世界末日……震得小教堂的顶棚上往下掉尘土。这样发泄一阵，他觉得痛快了一些，没有发了财，可是发了威，也是一种胜利。

对那些借着教会的力量，混上洋事，家业逐渐兴旺起来的教友，他有些反感。他们一得到好处，就不大热心做礼拜来了。可是，他也不便得罪他们，因为在圣诞节给他送来值钱的礼物的正是他们。有些教友呢，家道不怎么强，而人品很好。他们到时候就来礼拜，而不巴结牧师。牛牧师以为这种人，按照他舅舅对中国人的看法，不大合乎标准，所以在喊地狱的时候，他总看着他们——你们这些自高自大的人，下地狱！下地狱！他最喜爱的是多老大这类的人。他们合乎标准：穷，没有一点架子，见了他便牧师、牧师短，叫得震心。跟他们在一道，他觉得自己多少像个小皇帝了。

他的身量本来不算很矮，可是因为近来吃得好，睡得香，全身越发展越圆，也就显着矮了一些。他的黄头发不多，黄眼珠很小；因此，他很高兴：生活在中国，黄颜色多了，对他不利。他的笑法很突出：咔、咔地往外挤，好像嗓子上扎着一根鱼刺。每逢遇到教友们，他必先咔咔几下，像大人见着个小孩，本不想笑，又不好不逗一逗那样。

不论是在讲坛上，还是在日常生活中，他都说不出什么大道理来。他没有什么学问，也不需要学问。他觉得只凭自己来自美国，就理当受到尊敬。他是天生的应受尊敬的人，连上帝都得怕他三分。因此，他最讨厌那些正派的教友。当他们告诉他，或在神气上表示出：中国是有古老文化的国家，在古代就把最好的瓷器、丝绸和纸、茶等等送给全人类，他便赶紧提出轮船、火车，把瓷器什么的都打碎，而后胜利地咔咔几声。及至他们表示中国也有过岳飞和文天祥等英雄人物，他最初只眨眨眼，因为根本不晓得他们是谁。后来，他打听明白了他们是谁，他便自动地、严肃地提起他们来：你们的岳飞和文天祥有什么用呢？你们都是罪人，只是上帝能拯救你们！说这些话的时候，他的脸便红起来，手心里出了汗。他不晓得自己为什么那样激动，只觉得这样脸红脖子粗的才舒服，才对得起真理。

人家多老大就永远不提岳飞和文天祥。人家多老大冬夏长青地用一块破蓝布包看《圣经》，夹在腋下，而且巧妙地叫牛牧师看见。而后，他进一步，退两步地在牧师前面摆动，直到牧师咔咔了两声，他才毕恭毕敬地打开《圣经》，双手捧着，前去请教。这样一来，明知自己没有学问的牛牧师，忽然变成有学问的人了。

“牧师！”多老大恭敬而亲热地叫，“牧师！牛牧师，咱们敢情都是土作的呀？”

“对！对！‘创世记’[①]上说得明明白白：上帝用土造人，将生气吹在他鼻内，人就成了生灵。”牛牧师指着《圣经》说。

“牧师！牛牧师！那么，土怎么变成了肉呢？”多大爷装傻充愣地问。

“不是上帝将生气吹在鼻子里了吗？”

“对！牧师！对！我也是这么想，可是又怕想错了！”

---

①《旧约》的第一章，讲“上帝创造天地”。

多大爷把《旧约》的“历代”翻开，交给牧师，而后背诵，“亚当生塞特，塞特生以挪士，以挪士生该南，该南生玛勒列……”[①]

“行啦！行啦！”牧师高兴地劝阻，“你是真用了功！一个中国人记这些名字，不容易呀！”

“真不容易！第一得记性好，第二还得舌头灵！牧师，我还有个弄不清楚的事儿，可以问吗？”

“当然可以！我是牧师！”

多老大翻开“启示录”[②]。“牧师，我不懂，为什么‘宝座中，和宝座四围有四个活物，前后遍体都长满了眼睛’？这是什么活物呢？”

“下面不是说：第一个活物像狮子，第二个活物像牛犊，第三个活物有脸像人，第四个活物像飞鹰吗？”

“是呀！是呀！可为什么遍体长满了眼睛呢？”

“那，”牛牧师抓了抓稀疏的黄头发，“那，‘启示录’是最难懂的。在我们国内，光说解释‘启示录’的书就有几大车，不，几十大车！你呀，先念‘四福音书’[③]吧，等到功夫深了再看‘启示录’！”牛牧师虚晃了一刀，可是晃得非常得体。

“对！对！”多老大连连点头。在点头之际，他又福至心灵地想出警句：“牧师，我可识字不多，您得帮助我！”他的确没有读过多少书，可是无论怎么说，他也比牛牧师多认识几

---

① “创世纪”第五章的内容。

② 《新约》的最后一章。多老大以《圣经》的一头一尾向牧师发问，表示自己已经通读。“宝座中……遍体长满了眼睛”是“启示录”第四章的原文。

③ 基督教把凡是耶稣所说的话或其门徒传布的教义，都称为“福音”。《新约全书》中有马太、马可、路加、约翰四福音，均为最基本的教义。

个汉字。他佩服了自己：一到谄媚人的时候，他的脑子就会那么快，嘴会那么甜！他觉得自己是一朵刚吐蕊的鲜花，没法儿不越开越大、越香！

“一定！一定！”牛牧师没法子不拿出四吊钱来了。他马上看出来：即使自己发不了大财，可也不必愁吃愁穿了——是呀，将来回国，他可以去做教授！好嘛，连多老大都求他帮助念《圣经》，汉语的《圣经》，他不是个汉学家，还是什么呢？舅舅，曾经是偷牲口的流氓，现在不是被称为中国通么？

接过四吊钱来，多老大拐弯抹角地说出：他不仅是个旗人，而且祖辈做过大官，戴过红顶子。

“呕！有没有王爷呢？”牛牧师极严肃地问。王爷、皇帝，甚至于一个子爵，对牛牧师来说，总有那么不小的吸引力。他切盼教友中有那么一两位王爷或子爵的后裔，以便向国内打报告的时候，可以大书特书：两位小王爷或子爵在我的手里受了洗礼！

“不记得有王爷。我可是的确记得，有两位侯爷！”多老大运用想象，创造了新的家谱。是的，就连他也不肯因伸手接那四吊钱而降低了身份。他若是侯爷的后代呢，那点钱便差不多是洋人向他献礼的了。

“侯爷就够大的了，不是吗？”牛牧师更看重了多老大，而且咔咔地笑着，又给他添了五百钱。

多老大包好《圣经》，揣好四吊多钱，到离教堂至少有十里地的地方，找了个大酒缸[①]。一进去，多老大把天堂完全忘

① 指酒馆。从前的酒馆，多置有合围的大酒缸，盖以木板或石板，当作酒桌。酒缸，即作酒馆的代称。

掉了。多么香的酒味呀！假若人真是土做的，多老大希望，和泥的不是水，而是二锅头！坐在一个酒缸的旁边，他几乎要晕过去，屋中的酒味使他全身的血管都在喊叫：拿二锅头来！镇定了一下，他要了一小碟炒麻豆腐，几个腌小螃蟹，半斤白干。

喝到他的血管全舒畅了一些，他笑了出来：遍身都是眼睛，嘻嘻嘻！他飘飘然走出来，在门外精选了一块猪头肉，一对熏鸡蛋，几个白面火烧，自由自在地，连吃带喝地，享受了一顿。用那块破蓝布擦了擦嘴，他向酒缸主人告别。

吃出点甜头来以后，多老大的野心更大了些。首先他想到：要是像旗人关钱粮似的，每月由教会发给他几两银子，够多么好呢！他打听了一下，这在基督教教会不易做到。这使他有点伤心，几乎要责备自己，为什么那样冒失，不打听明白了行市就受洗入了教。

他可是并不灰心。不！既来之则安之，他必须多动脑子，给自己打出一条活路来。是呀，能不能借着牛牧师的力量，到"美国府"去找点差事呢？刚刚想到这里，他自己赶紧打了退堂鼓：不行，规规矩矩地去当差，他受不了！他愿意在闲散之中，得到好吃好喝，像一位告老还乡的宰相似的。是的，在他的身上，历史仿佛也不是怎么走错了路。在他的血液里，似乎已经没有一点什么可以燃烧起来的东西。他的最高的理想是天上掉下馅饼来，而且恰好掉在他的嘴里。

他知道，教会里有好几家子，借着洋气儿开了大铺子，贩卖洋货，发了不小的财。他去拜访他们，希望凭教友的情谊，得点好处。可是，他们的爱心并不像他所想象的那么深厚，都对他非常冷淡。他们之中，有好几位会说洋话。他本来以为“亚当生塞特……”就是洋话；敢情并不是。他摹仿着牛牧师的官话腔调把“亚当生塞特”说成“牙当生鳃特”，人家还是摇头。他问人家那些活物为什么满身是眼睛，以便引起学术研究的兴趣，人家干脆说“不知道”！人家连一杯茶都没给他喝！多么奇怪！

多老大苦闷。他去问那些纯正的教友，他们说信教是为追求真理，不为发财。可是，真理值多少钱一斤呢？

他只好去联合吃教的苦哥儿们，想造成一种势力。他们各有各的手法与作风，不愿跟他合作。他们之中，有的借着点洋气儿，给亲友们调停官司，或介绍买房子卖地，从中取得好处；也有的买点别人不敢摸的赃货，如小古玩之类，送到外国府去；或者奉洋人之命，去到古庙里偷个小铜佛什么的，得些报酬。他们各有门道，都不传授给别人，特别是多老大。他们都看不上他的背诵“亚当生塞特”和讨论“遍身是眼睛”，并且对他得到几吊钱的赏赐也有那么点忌妒。他是新入教的，不该后来居上，压下他们去。一来二去，他们管他叫作“眼睛多”，并且有机会便在牛牧师的耳旁说他的坏话。牛牧师有“分而治之”的策略在胸，对他并没有表示冷淡，不过赶到再讨论“启示录”的时候，他只能得到一吊钱了，尽管他暗示：他的小褂也像那些活物，遍身都是眼睛！

怎么办呢？

唉，不论怎么说，非得点好处不可！不能白入教！

先从小事儿做起吧。在他入教以前，他便常到老便宜坊赊点东西吃，可是也跟别的旗人一样，一月倒一月，钱粮下来就还上账。现在，他决定只赊不还，看便宜坊怎么办。以前，他每回不过是赊二百钱的生肉，或一百六一包的盒子菜什么的；现在，他敢赊整只的酱鸡了。

王掌柜从多二爷那里得到了底细。他不再怀疑十成所说的了。他想：眼睛多是在北京，假若是在乡下，该怎样横行霸道呢？怪不得十成那么恨他们。

“王掌柜！”多二爷含羞带愧地叫，“王掌柜！他欠下几个月的了？”

“三个多月了，没还一个小钱！”

“王掌柜！我，我慢慢地替他还吧！不管怎么说，他总是我的哥哥！”多二爷含着泪说。

“怎能那么办呢？你们分居另过，你手里又不宽绰！”

“分居另过……他的祖宗也是我的祖宗！”多二爷狠狠地咽了口唾沫。

“你，你甭管！我跟他好好地讲讲理！”

“王掌柜！老大敢做那么不体面的事，是因为有洋人给他撑腰；咱们斗不过洋人！王掌柜，那点债，我还！我还！不管我怎么为难，我还！”

王掌柜考虑了半天，决定暂且不催多老大还账，省得多老大真把洋人搬出来。他也想到：洋人也许不会管这样的小事吧？可是，谁准知道呢？“还是稳当点好！”他这么告诉自己。

这时候，多老大也告诉自己：“行！行！这一手儿不坏，吃得开！看，我既不知道闹出事儿来，牛牧师到底帮不帮我的忙，也还没搬出他来吓唬王掌柜，王掌柜可是已经不言不语地把酱鸡送到我手里，仿佛儿子孝顺爸爸似的，行，行，有点意思儿！”

他要求自己更进一步：“是呀，赶上了风，还不拉起帆来吗？”可是，到底牛牧师支持他不呢？他心里没底。好吧，喝两盅儿壮壮胆子吧。喝了四两，烧卖脸上红扑扑的，他进了便宜坊。这回，他不但要赊一对肘子，而且向王掌柜借四吊钱。

王掌柜冒了火。已经忍了好久，他不能再忍。虽然做了一辈子买卖，他可究竟是个山东人，心直气壮。他对准了多老大的眼睛，看了两分钟。他以为多老大应当明白这是什么意思，希望他知难而退。可是，多老大没有动，而且冷笑了两声。这逼得王掌柜出了声：“多大爷！肘子不赊！四吊钱不借！旧账未还，免开尊口！你先还账！”

多老大没法儿不搬出牛牧师来了。要不然，他找不着台阶儿走出去。“好！王掌柜！我可有洋朋友，你咂摸咂摸[1]这个滋味儿吧！你要是懂得好歹的话，顶好把肘子、钱都给我送上门去，我恭候大驾！”他走了出去。

为索债而和穷旗人们吵闹，应当算是王掌柜的工作。他会喊叫、争论，可是不便真动气。是呀，他和人家在除夕闹得天翻地覆，赶到大年初一见面，彼此就都赶上前去，深施一礼，连祝发财，倒好像从来都没红过脸似的。这回，他可动了真气。多老大要用洋人的势力敲诈他，他不能受！他又想起十成，并且觉得有这么个儿子实在值得自豪！

---

① 寻思，反复研究。

可是，万一多老大真搬来洋人，怎么办呢？他和别人一样，不大知道到底洋人有多大力量，而越摸不着底就越可怕。他赶紧去找多老二。

多老二好大半天没说出话来，恐怕是因为既很生气，又要控制住怒气，以便想出好主意来。“王掌柜，你回去吧。我找他去！”多老二想出主意来，并且决定马上行动。

“你……”

“走吧！我找他去！请在铺子里等我吧！”多老二是老实人，可是一旦动了气，也有个硬劲。

他找到了老大。

“哟！老二！什么风儿把你吹来了？”老大故意要俏，心里说：你不高兴我入教，睁眼看看吧，我混得比从前强了好多：炒麻豆腐、腌小螃蟹、猪头肉、二锅头、乃至于酱鸡，对不起，全先偏过了！看看我，是不是长了点肉？

“大哥！听着！”老二是那么急切、严肃，把老大的笑容都一下子赶跑，“听着！你该便宜坊的钱，我还！我去给便宜坊写个字据，一个小钱不差，慢慢地都还清！你，从此不许再到那儿赊东西去！”

眼睛多心里痒了一下。他没想到王掌柜会这么快就告诉了老二，可见王掌柜是发了慌，害了怕。他不知道牛牧师愿意帮助他不愿意，可是王掌柜既这么发慌，那就非请出牛牧师来不可了！怎么知道牛牧师不愿帮助他呢？假若牛牧师肯出头，哎呀，多老大呀，多老大，前途光明的没法儿说呀！

“老二，谢谢你的好意，我谢谢你！可是，你顶好别管我的事，你不懂洋务啊！”

“老大！”完全出于愤怒，老二跪下了，给哥哥磕了个响头，“老大！给咱们的祖宗留点脸吧，哪怕是一丁点儿呢！别再拿洋人吓唬人，那无耻！无耻！”老二的脸上一点血色也没有了，双手不住地发颤，想走出去，可又迈不开步。

老大愣了一会儿，扑哧一笑：“老二！老二！”

“怎样？”老二希望哥哥回心转意，“怎样？”

“怎样？”老大又笑了一下，而后冷不防地，“你滚出去！滚！”

老二极镇定地、狠狠地看了哥哥一眼，慢慢地走了出来。出了门，他已不知道东西南北。他一向是走路不愿踩死个蚂蚁、说话不得罪一条野狗的人。对于兄长，他总是能原谅就原谅，不敢招他生气。可是，谁想到哥哥竟自做出那么没骨头的事来——狗着[1]洋人，欺负自己人！他越想越气，出着声儿叨唠：怎么呢？怎么这种事叫我碰上了呢？怎么呢？堂堂的旗人会，会变成这么下贱呢？难道是二百多年前南征北战的祖宗们造下的孽，叫后代都变成猪狗去赎罪吗？不知道怎样走的，他走回了家。一头扎在炕上，他哭起来。

多老大也为了难。到底该为这件事去找牛牧师不该呢？去吧，万一碰了钉子呢？不去吧，又怎么露出自己的锋芒呢？嗯——去！去！万一碰了钉子，他就退教，叫牛牧师没脸再见上帝！对！就这么办！

“牛牧师！”他叫得亲切、缠绵，使他的嗓子、舌头都那么舒服，以至没法儿不再叫一声，“牛牧师！”

“有事快说，我正忙着呢！”牛牧师一忙就忘了抚摸迷失

① 溜须拍马，曲意逢迎。

了的羊羔，而想打它两棍子。

“那，您就先忙着吧，我改天再来！”口中这么说，多老大的脸上和身上可都露出进退两难的样子，叫牧师看出他有些要紧的事儿急待报告。

“说说吧！说说吧！”牧师赏了脸。

大起大落，多老大首先提出他听到的一些有关教会的消息——有好多地方闹了教案。“我呀，可真不放心那些位神甫、牧师！真不放心！”

“到底是教友啊，你有良心！”牛牧师点头夸赞。

“是呀，我不敢说我比别人好，也不敢说比别人坏，我可是多少有点良心！”多老大非常满意自己这句话，不卑不亢，恰到好处。然后，他由全国性的问题，扯到北京：“北京怎么样呢？”

牛牧师当然早已听说，并且非常注意，各地方怎么闹乱子。虽然各处教会都得到胜利，他心里可还不大安静。教会胜利固然可喜，可是把自己的脑袋要掉了，恐怕也不大上算。他给舅舅写了信，请求指示。舅舅是中国通，比上帝都更了解中国人。在信里，他暗示：虽然母鸡的确肥美，可是丢掉性命也怪别扭。舅舅的回信简而明：

“很奇怪，居然有怕老鼠的猫——我说的是你！乱子闹大了，我们会出兵，你怕什么呢？在一个野蛮国家里，越闹乱子，对我们越有利！问问你的上帝，是这样不是？告诉你句最有用的话：没有乱子，你也该制造一个两个的！你要躲开那儿吗？你算把牧师的气泄透了！祝你不平安！祝天下不太平！”

接到舅舅的信，牛牧师看到了真理。不管怎么说，舅舅发了财是真的。那么，舅舅的意见也必是真理！他坚强起来。一方面，他推测中国人一定不敢造反；另一方面，他向使馆建议，早些调兵，有备无患。

“北京怎样？告诉你，连人带地方，都又脏又臭！咔，咔，咔！”

听了这样随便、亲切，叫他完全能明白的话，多老大从心灵的最深处掏出点最地道的笑意，摆在脸上。牛牧师成为他的知己，肯对他说这么爽直，毫不客气的话。乘热打铁，他点到了题：便宜坊的王掌柜是奸商，欺诈教友，诽谤教会。

“好，告他去！告他！”牛牧师不能再叫舅舅骂他是怕老鼠的猫！再说，各处的教案多数是天主教制造的，他自己该为基督教争口气。再说，教案差不多都发生在乡间，他要是能叫北京震动那么一下，岂不名扬天下，名利双收！再说，使馆在北京，在使馆的眼皮子下面闹点事，调兵大概就不成问题了。再说……越想越对，不管怎么说，王掌柜必须是个奸商！

多老大反倒有点发慌。他拿什么凭据去控告王掌柜呢？自己的弟弟会去做证人，可是证明自己理亏！怎么办？他请求牛牧师叫王掌柜摆一桌酒席，公开道歉；要是王掌柜不肯，再去打官司。

牛牧师也一时决定不了怎么做才好，愣了一会儿，想起主意：“咱们祷告吧！”他低下头、闭上了眼。

多老大也赶紧低头闭眼，盘算着：是叫王掌柜在前门外的山东馆子摆酒呢，还是到大茶馆去吃白肉呢？各有所长，很难马上做出决定，他始终没想起对上帝说什么。

牛牧师说了声“阿门”，睁开了眼。

多老大把眼闭得更严了些，心里空空的，可挺虔诚。

“好吧，先叫他道歉吧！”牛牧师也觉得先去吃一顿更实惠一些。

【九】

眼睛多没有学问，所以看不起学问。他也没有骨头，所以也看不起骨头——他重视，极其重视，酱肉。

他记得几个零七八碎的、可信可不信的小掌故。其中的一个是他最爱说道的，因为它与酱肉颇有关系。

他说呀：便宜坊里切熟肉的木墩子是半棵大树。为什么要这么高呢？在古时候，切肉的墩子本来很矮。后来呀，在旗的哥儿们往往喜爱伸手指指点点，挑肥拣瘦，并且有时候捡起肉丝或肉块儿往嘴里送。这样，手指和飞快的刀碰到一起，就难免流点血什么的，造成严重的纠纷，甚至于去打官司。所以，墩子一来二去就长了身量，高高在上，以免手指和快刀发生关系。

在他讲说这个小掌故的时候，他并没有提出自己的看法，到底应否把肉墩子加高，使手指与快刀隔离。

可是，由他所爱讲的第二件小事情来推测，我们或者也可以找到点那弦外之音。

他说呀：许多许多旗籍哥儿们爱闻鼻烟。客人进了烟铺，把烟壶儿递出去，店伙必先把一小撮鼻烟倒在柜台上，以便客人一边闻着，一边等着往壶里装烟。这叫作规矩。是呀，在北京做买卖都得有规矩，不准野调无腔。在古时候，店中的伙计并不懂先“敬”烟、后装烟这个规矩，叫客人没事可做，等得不大耐烦。于是，旗人就想出了办法：一见柜台上没有个小小的坟头儿，便把手掌找了伙计的脸去。这样，一来二去，就创造了，并且巩固下来，那条“敬”烟的规矩。

假若我们把这二者——肉墩子与“敬”烟，放在一块儿去咂摸，我们颇可以肯定地说，眼睛多对那高不可及的半棵大树是有意见的。我们可以替他说出来，假若便宜坊也懂得先“敬”点酱肉，够多么好呢！

多老大对自己是不是在旗，和是否应当保持旗人的尊严，似乎已不大在意。可是，每逢他想起那个“敬”烟的规矩，便又不能不承认旗人的优越。是呀，这一条，和类似的多少条规矩，无论怎么说，也不能不算旗人们的创造。在他信教以后，他甚至这么想过：上帝创造了北京人，北京的旗人创造了一切规矩。

对！对！还得继续创造！王掌柜不肯赊给他一对肘子，不肯借给他四吊钱，好！哈哈，叫他摆一桌酒席，公开道歉！这只是个开端，新规矩还多着哩！多老大的脸日夜不息地笑得像个烧卖，而且是三鲜馅儿的。

可是，王掌柜拒绝了道歉！

眼睛多几乎晕了过去！

王掌柜心里也很不安。他不肯再找多老二去。多老二是老实人，不应再去叫他为难。他明知毛病都在洋人身上；可是，怎样对付洋人，他没有一点经验。他需要帮助。一想，他就想到福海二哥。不是想起一个旗人，而是想起一个肯帮忙的朋友。

自从十成走后，二哥故意地躲着王掌柜。今天，王掌柜忽然来找他，他吓了一跳，莫非十成又回来了，还是出了什么岔子？直到正掌柜说明了来意，他才放下心去。

可是，王掌柜现在所谈的更不好办。他看明白：这件事和十成所说的那些事的根子是一样的。他管不了！在外省，连知府知州知县都最怕遇上这种事，他自己不过是个旗兵，而且是在北京。

他可是不肯摇头。事在人为，得办办看，先摇头是最没出息的办法。他始终觉得自己在十成面前丢了人；现在，他不能不管王掌柜的事，王掌柜是一条好汉子的父亲。再说，眼睛多是旗人，给旗人丢人的旗人，特别可恨！是，从各方面来看，他都得管这件事。

"老掌柜，您看，咱们找找定大爷去，怎样？"

"那行吗？"王掌柜并非怀疑定大爷的势力，而是有点不好意思——每到年、节，他总给定府开点花账。

"这么办：我的身份低，又嘴上无毛，办事不牢，不如请上我父亲和正翁，一位参领，一位佐领，一同去见定大爷，或者能有门儿！对！试试看！您老人家先回吧，别急，听我的回话儿！"

云亭大舅对于一个忘了本，去信洋教的旗人，表示厌恶。"旗人信洋教，那么汉人该怎么样呢？"在日常生活里，他不愿把满、汉的界限划得太清了；是呀，谁能够因为天泰轩的掌柜的与跑堂的都是汉人，就不到那里去喝茶吃饭呢？可是，遇到大事，像满汉应否通婚，大清国的人应否信洋教，他就觉得旗人应该比汉人高明，心中有个准数儿，不会先犯错误。他看不起多老大，不管他是眼睛多，还是鼻子多。

及至听到这件事里牵涉着洋人，他赶紧摇了摇头。他告诉二哥："少管闲事！"对了，大舅很喜欢说"少管闲事"。每逢这么一说，他就觉得自己为官多年，经验富，阅历深。

二哥没再说什么。他们爷儿俩表面上是父慈子孝，可心里并不十分对劲儿。二哥去找正翁。

八月未完，九月将到，论天气，这是北京最好的时候。风不多，也不大，而且暖中透凉，使人觉得爽快。论色彩，二八月，乱穿衣，大家开始穿出颜色浓艳的衣裳，不再像夏天的那么浅淡。果子全熟了，街上的大小摊子上都展览着由各地运来的各色的果品，五光十色，打扮着北京的初秋。皇宫上面的琉璃瓦，白塔的金顶，在晴美的阳光下闪闪发光。风少，灰土少，正好油饰门面，发了财的铺户的匾额与门脸儿都添上新的色彩。好玩鸟儿的人们，一夏天都用活蚂蚱什么的加意饲养，把鸟儿喂得羽毛丰满，红是红，黄是黄，全身闪动着明润的光泽，比绸缎更美一些。

二哥的院里有不少棵枣树，树梢上还挂着些熟透了的红枣儿。他打下来一些，用包袱兜好，拿去送给正翁夫妇。那年月，旗人们较比闲在，探望亲友便成为生活中的要事一端。常来常往，大家都观察得详细，记得清楚：谁家院里有一棵歪脖的大白杏，谁家的二门外有两株爱开花而不大爱结果的"虎拉车"[①]。记得清楚，自然到时候就期望有些果子送上门来，亲切

① 即花红，俗称沙果。虎读作huǒ。

而实惠。大姐婆婆向来不赠送别人任何果子，因为她从前种的白枣和蜜桃什么的都叫她给瞪死了，后来就起誓不再种果树。这可就叫她有时间关心别人家的桃李和苹果，到时候若不给她送来一些，差不多便是大逆不道！因此，二哥若不拿着些枣子，便根本不敢前去访问。

多甫大姐夫正在院里放鸽子。他仰着头，随着鸽阵的盘旋而轻扭脖颈，眼睛紧盯着飞动的“元宝”。他的脖子有点发酸，可是“不苦不乐”，心中的喜悦难以形容。看久了，鸽子越飞越高，明朗的青天也越来越高，在鸽翅的上下左右仿佛还飞动着一些小小的金星。天是那么深远，明洁，鸽子是那么黑白分明，使他不能不微张着嘴，嘴角上挂着笑意。人、鸽子、天，似乎通了气，都爽快、高兴、快活。

今天，他只放起二十来只鸽子，半数以上是白身子，黑凤头，黑尾巴的“黑点子”，其余的是几只“紫点子”和两只黑头黑尾黑翅边的“铁翅乌”。阵式不大，可是配合得很有考究。是呀，已到初秋，天高，小风儿凉爽，若是放起全白的或白尾的鸽儿，岂不显着轻飘，压不住秋景与凉风儿么？看，看那短短的黑尾，多么厚深有力啊。看，那几条紫尾确是稍淡了一些，可是鸽子一转身或一侧身啊，尾上就发出紫羽特有的闪光呀！由全局看来，白色似乎还是过多了一些，可是那一对铁翅乌大有作用啊：中间白，四边黑，像两朵奇丽的大花！这不就使鸽阵于素净之中又不算不花哨么？有考究！真有考究！看着自己的这一盘儿鸽子，大姐夫不能不暗笑那些阔人们——他们一放就放起一百多只，什么颜色的都有，杂乱无章，叫人看着心里闹得慌！“贵精不贵多呀”！他想起古人的这句名言来。虽然想不起到底是哪一位古人说的，他可是觉得“有诗为证”，更佩服自己了。

在愉快之中，他并没忘了警惕。玩嘛，就得全心全意，一丝不苟。虽然西风还没有吹黄了多少树叶，他已不给鸽子戴上鸽铃，怕声闻九天，招来“鸦虎子”——一种秋天来到北京的鹞子，鸽子的敌人。一点不能大意，万一鸦虎子提前几天进了京呢，可怎么办？他不错眼珠地看着鸽阵，只要鸽子露出点惊慌，不从从容容地飞旋，那必是看见了敌人。他便赶紧把它们招下来，决不冒险。今天，鸽子们并没有一点不安的神气，可是他还不敢叫它们飞得过高了。鸦虎子专会在高空袭击。他打开鸽栅，放出几只老弱残兵，飞到房上。空中的鸽子很快地都抿翅降落。他的心由天上回到胸膛里。

二哥已在院中立了一会儿。他知道，多甫一玩起来便心无二用，听不见也看不见旁的，而且讨厌有人闯进来。见鸽子都安全地落在房上，他才敢开口：“多甫，不错呀！”

“哟！二哥！”多甫这才看见客人。他本想说两句道歉的话，可是一心都在鸽子上，爽兴就接着二哥的话茬儿说下去，“什么？不错？光是不错吗？看您说的！这是点真学问！我叫下它们来，您细瞧瞧！每一只都值得瞧半天的！”他往栅子里撒了一把高粱，鸽子全飞了下来。“您看！您要是找紫点子和黑点子的样本儿，都在这儿呢！您看看，全是凤头的，而且是多么大、多么俊的凤头啊！美呀！飞起来，美；落下来，美；这才算地道玩意儿！”没等二哥细细欣赏那些美丽的凤头，多甫又指着一对“紫老虎帽儿”说：“二哥！看看这一对宝贝吧！帽儿一直披过了肩，多么好的尺寸，还一根杂毛儿也没有啊！告诉您，没地方找去！”他放低了声音，好像怕隔墙有耳：“庆王府的！府里的秀泉，秀把式偷出来的一对蛋！到底是王府里的玩意儿，孵出来的哪是鸽子，是凤凰哟！”

“嗯！是真体面！得送给秀把式一两八钱的吧？”

“二哥，您是怎么啦？一两八钱的，连看也不叫看一眼啊！靠着面子，我给了他三两。可是，这一对小活宝贝得值多少银子啊？二哥，不信您马上拍出十两银子来，看我肯让给您不肯！”

“那，我还留着银子娶媳妇呢！”

“那，也不尽然！”多甫把声音放得更低了些，“您记得博胜之博二爷，不是用老婆换了一对蓝乌头吗？”这时候，他才看见二哥手里的包袱。“二哥，您家里的树熟儿[①]吧？嘿！我顶爱吃您那儿的那种‘莲蓬子儿’，甜酸，核儿小，皮嫩！太好啦！我道谢啦！”他请了个安，把包袱接过去。

进了堂屋，二哥给二位长亲请了安，问了好，而后献礼：“没什么孝敬您的，自家园的一点红枣儿！”

大姐进来献茶，然后似乎说了点什么，又似乎没说什么，就那么有规有矩地找到最合适的地方，垂手侍立。

多甫一心要吃枣子，手老想往包袱里伸。大姐婆婆的眼睛把他的手瞪了回去，而后下命令：“媳妇，放在我的盒子里去！”大姐把包袱拿走，大姐夫心里凉了一阵。

有大姐婆婆在座，二哥不便提起王掌柜的事，怕她以子爵的女儿的资格，拦头给他一杠子。她对什么事，不管懂不

① 指树上熟透了的果实。

懂，都有她自己的见解与办法。一旦她说出“不管”，正翁就绝对不便违抗。这并不是说正翁有点怕老婆，而是他拥护一条真理——“不管”比“管”更省事。二哥有耐性儿，即使大姐婆婆在那儿坐一整天，他也会始终不动，滔滔不绝地瞎扯。

大姐不知在哪儿那么轻嗽了一下。只有大姐会这么轻嗽，叫有心听的能听出点什么意思来，叫没心听的也觉得挺悦耳，叫似有心听又没心听的既觉得挺悦耳，还可能听出点什么意思来。这是她的绝技。大姐婆婆听见了，瞪了瞪眼，欠了欠身。二哥听到了那声轻嗽，也看见了这个欠身，赶紧笑着说：“您有事，就请吧！”大姐婆婆十分庄严地走出去。二哥这才对二位男主人说明了来意。

多甫还没把事情完全听明白，就怒从心中起，恶向胆边生。“什么？洋人？洋人算老几呢？我斗斗他们！大清国是天朝上邦，所有的外国都该进贡称臣！”他马上想出来具体的办法，“二哥，您甭管，全交给我吧！善扑营[1]的、当库兵的哥儿们，多了没有，约个三十口子，四十口子，还不算不现成！他眼睛多呀，就是千眼佛，我也把他揍瞎了！”

“打群架吗？”二哥笑着问。

“对！拉躺下，打！打得他叫了亲爹，拉倒！不叫，往死里打！”多甫立起来，晃着两肩，抡抡拳头，还狠狠地啐了两口。

“多甫，”旗人的文化已经提到这么高，正翁当着客人面

① 善扑，摔跤。清代设置的善扑营，是专门训练为演习用的摔跤、射箭、骑马等技艺的军营。

前，称儿子的号而不呼名了，“多甫，你坐下！”看儿子坐下了，正翁本不想咳嗽，可是又似乎有咳嗽的必要，于是就有腔有调地咳嗽了一会儿，而后问二哥：“定大爷肯管这个事吗？”

“我不知道，所以才来请您帮帮忙！”

“我看，我看，拿不准的事儿，顶好不做！”正翁做出很有思想的样子，慢慢地说。

“先打了再说嘛，有什么拿不准的？”多甫依然十分坚决，“是呀，我可以去请两位黄带子[①]来，打完准保没事！”

“多甫，”正翁掏出四吊钱的票子来，“给你，出去遛遛！看有好的小白梨，买几个来，这两天我心里老有点火。”

多甫接过钱来，扭头就走，大有子路负米的孝心与勇气。“二哥，您坐着，我给老爷子找小白梨去！什么时候打，我听您一句话，决不含糊！”他摇晃着肩膀走了出去。

“正翁，您……”二哥问。

“老二，”正翁亲切地叫，“老二！咱们顶好别去蹚浑水！”这种地方，正翁与云翁有些不同：云翁在拒绝帮忙的时候，设法叫人家看出来他的身份，理当不轻举妄动。正翁呢，到底是玩鸟儿、玩票惯了，虽然拒绝帮忙，说得可怪亲切，照顾到双方的利益。“咱们爷儿俩听听书去吧！双厚坪、恒永通，双说‘西游’，可真有个听头！”

“我改天，改天陪您去！今儿个……”二哥心里很不高兴，虽然脸上不露出来——也许笑容反倒更明显了些，稍欠自

① 清代的宗室，都系着金黄色带子，俗称宗室为“黄带子”。此处是指能在宗室中请出朋友。

然一些。他看不上多甫那个虚假劲儿：明知自己不行，却还爱说大话，只图嘴皮子舒服。即使他真想打群架，那也只是证明他糊涂；他难道看不出来，旗人的威风已不像从前那么大了吗？对正翁，二哥就更看不上了。他对于这件事完全漠不关心，他一心想去听《西游记》！

大姐婆婆在前，大姐在后，一同进来。大姐把包袱退还给二哥，里边包着点东西。不能叫客人拿着空包袱走，这是规矩，这也就是婆媳二人躲开了半天的原因。大姐婆婆好吃，存不下东西。婆媳二人到处搜寻，才偶然地碰到了一小盒杏仁粉，光绪十六年的出品。“就行啦！”大姐安慰着婆婆，“反正有点东西压着包袱，就说得过去啦！”

二哥拿着远年的杏仁粉，请安道谢，告退。出了大门，打开包袱，看了看，顺手儿把小盒扔在垃圾堆上——那年月，什么地方都有垃圾堆，很“方便”。

【十】

福海二哥是有这股子劲头的：假若听说天德堂的万应锭这几天缺货，他就必须亲自去问问；眼见为实，耳听是虚。他一点不晓得定大爷肯接见他不肯。他不过是个普通的旗兵。可是，他决定去碰碰；碰巧了呢，好；碰一鼻子灰呢，再想别的办法。

他知道，他必须买通了定宅的管家，才会有见到定大爷的希望。他到便宜坊拿了一对烧鸡，并没跟王掌柜说什么。帮忙就帮到家，他不愿意叫王老头儿多操心。

提着那对鸡——打了个很体面的蒲包，上面盖着红纸黑字的门票，也鲜艳可喜——他不由得笑了笑，心里说：这算干什么玩呢！他有点讨厌这种送礼行贿的无聊，可又觉得有点好玩儿。他是旗人，有什么办法能够从蒲包儿、烧鸡的圈圈里冲出去呢？没办法！

见了管家，他献上了礼物，说是王掌柜求他来的。是的，王掌柜有点小小的、比针尖大不了多少的困难，希望定大爷帮帮忙。王掌柜是买卖地儿的人，不敢来见定大爷，所以才托他登门拜见。是呀，二哥转弯抹角地叫管家听明白，他的父亲是三品顶子的参领——他知道，定大爷虽然有钱有势，可是还没做过官。二哥也叫管家看清楚，他在定大爷面前，一定不会冒冒失失地说出现在一两银子能换多少铜钱，或烧鸡卖多少钱一只。他猜得出，定宅的银盘儿和物价都与众不同，完全由管家规定。假若定大爷万一问到烧鸡，二哥会说：这一程子，烧鸡贵得出奇！二哥这些话当然不是直入公堂说出来的。他也不是怎么说着说着，话就那么一拐弯儿，叫管家听出点什么意思来，而后再拐弯儿，再绕回来。这样拐弯抹角，他说了一个钟头。连这样，管家可是还没有替他通禀一声的表示。至此，二哥也就露出，即使等三天三夜，他也不嫌烦——好在有那对烧鸡在那儿摆着，管家还不至把他轰了出去。

管家倒不耐烦了，只好懒懒地立起来：“好吧，我给你回一声儿吧！”

恰好定大爷这会儿很高兴，马上传见。

定大爷是以开明的旗人自居的。他的祖父、父亲都做过外任官，到处拾来金银元宝，珍珠玛瑙。定大爷自己不急于做官，因为那些元宝还没有花完，他满可以从从容容地享些清福。在戊戌变法的时候，他甚至于相当同情维新派。他不像云翁与正翁那么顾虑到一变法就丢失了铁杆儿庄稼。他用不着顾虑，在他的宅院附近，半条街的房子都是他的，专靠房租，他也能舒舒服服地吃一辈子。他觉得自己非常清高，有时候他甚至想到，将来他会当和尚去，像贾宝玉似的。因此，他也轻看做生意。朋友们屡屡劝他拿点资本，帮助他们开个买卖，他总是摇头。对于李鸿章那伙兴办实业的人，他不愿表示意见，因为他既不明白实业是什么，又觉得“实业”二字颇为时髦，不便轻易否定。对了，定大爷就是这么样的一个阔少爷，时代潮浪动荡得那么厉害，连他也没法子听而不闻，没法子不改变点老旗人的顽固看法。可是，他的元宝与房产又遮住他的眼睛，使他没法子真能明白点什么。所以，他一阵儿明白，一阵儿糊涂，像个十岁左右、聪明而淘气的孩子。

他只有一个较比具体的主张：想叫大清国强盛起来，必须办教育。为什么要办教育呢？因为识文断字的人多起来，社会上就会变得文雅风流了。到端午、中秋、重阳，大家若是都作些诗，喝点黄酒，有多好呢！哼，那么一来，天下准保太平无事了！从实际上想，假若他捐出一所不大不小的房子做校址，再卖出一所房子购置桌椅板凳，就有了一所学堂啊！这容易做到，只要他肯牺牲那两所房子，便马上会得到毁家兴学的荣誉。

定大爷极细心地听取二哥的陈述，只在必要的地方“啊”

一下或“哈”一下。二哥原来有些紧张，看到定大爷这么注意听，他脸上露出真的笑意。他心里说：哼，不亲自到药铺问问，就不会真知道有没有万应锭！心中虽然欢喜，二哥可也没敢加枝添叶，故意刺激定大爷。他心里没底——那个旗人是天之骄子，所向无敌的老底。

二哥说完，定大爷闭上眼，深思。而后，睁开眼，他用细润白胖，大指上戴着个碧绿明润的翡翠扳指的手，轻脆地拍了胖腿一下：“啊！啊？我看你不错，你来给我办学堂吧！”

“啊？”二哥吓了一跳。

“你先别出声，听我说！”定大爷微微有点急切地说，“大清国为什么……啊？”凡是他不愿明说的地方，他便问一声“啊”，叫客人去揣摩。“旗人，像你说的那个什么多，啊？去巴结外国人？还不都因为幼而失学，不明白大道理吗？非办学堂不可！非办不可！你就办去吧！我看你很好，你行！哈哈哈！”

“我，我去办学堂？我连学堂是什么样儿都不知道！”二哥是不怕困难的人，可是听见叫他去办学堂，真有点慌了。

定大爷又哈哈地笑了一阵。平日他所接触到的人，没有像二哥这么说话的。不管他说什么，即使是叫他们去挖祖坟，他们也嗻嗻是是地答应着。他们知道，过一会儿他就忘了说过什么，他们也就无须去挖坟了。二哥虽然很精明，可到底和定大爷这样的人不大来往，所以没能沉住了气。定大爷觉得二哥的说话法儿颇为新颖，就仿佛偶然吃一口窝窝头也怪有个意思儿似的。“我看你可靠！可靠的人办什么也行！啊？我找了不是一天啦，什么样的人都有，就是没有可靠的！你就看我那个管家吧，啊？我叫他去买一只小兔儿，他会赚一匹骆驼的钱！哈哈哈！”

“那，为什么不辞掉他呢？”这句话已到唇边，二哥可没敢说出来，省得定大爷又笑一阵。

“啊！我知道你要说什么！我五年前就想辞了他！可是，他走了，我怎么办呢？怎见得找个新人来，买只小兔，不赚三匹骆驼的钱呢？”

二哥要笑，可是没笑出来；他也不怎么觉得一阵难过。他赶紧把话拉回来：“那，那什么，定大爷，您看王掌柜的事儿怎么办呢？”

“那，他不过是个老山东儿！”

这句话伤了二哥的心。他低下头去，半天没说出话来。

“怎么啦？怎么啦？”定大爷相当急切地问。在他家里，他是个小皇帝。可也正因如此，他有时候觉得寂寞、孤独。他很愿意关心国计民生，以备将来时机一到，大展经纶，像出了茅庐的诸葛亮似的。可是，自幼儿娇生惯养，没离开过庭院与花园，他总以为老米白面，鸡鸭鱼肉，都来自厨房；鲜白藕与酸梅汤什么的都是冰箱里产出来的。他接触不到普通人所遇到的困难与问题。他有点苦闷，觉得孤独。是呀，在家里，一呼百诺；出去探望亲友，还是众星捧月；看见的老是那一些人，听到的老是那一套奉承的话。他渴望见到一些新面孔，交几个真朋友。因此，他很容易把初次见面的人当作宝贝，希望由此而找到些人与人之间的新关系，增加一些人生的新知识。是的，新来上工的花把式或金鱼把式，总是他的新宝贝。有那么三四天，他从早到晚跟着他们学种花或养鱼。可是，他们也和那个管家一样，对他总是那么有礼貌，使他感到难过，感到冷淡。新鲜劲儿一过去，他就不再亲自参加种花和养鱼，而花把式与鱼把式也就默默地操作着，对他连看也不多看一眼，好像不同种的两只鸟儿相遇，谁也不理谁。

这一会儿，二哥成为定大爷的新宝贝。是呀，二哥长得体面，能说会道，既是旗人，又不完全像个旗人——至少是不像管家那样的旗人。哼，那个管家，无论冬夏，老穿着护着脚面的长袍，走路没有一点声音，像个两条腿的大猫似的！

二哥这会儿很为难，怎么办呢？想来想去，嗯，反正定大爷不是他的佐领，得罪了也没太大的关系。实话实说吧：“定大爷！不管他是老山东儿，还是老山西儿，他是咱们的人，不该受洋人的欺侮！您，您不恨欺压我们的洋人吗？”说罢，二哥心里痛快了一些，可也知道恐怕这是砂锅砸蒜，一锤子的买卖，不把他轰出去就是好事。

定大爷愣了一会儿：这小伙子，教训我呢，不能受！可是，他忍住了气；这小伙子是新宝贝呀，不该随便就扔掉。“光恨可有什么用呢？啊？咱们得自己先要强啊！”说到这里，定大爷觉得自己就是最要强的人：他不吸鸦片，晓得有个林则徐；他还没做官，所以很清廉；他虽爱花钱，但花的是祖辈留下来的，大爷高兴把钱都打了水飘儿玩，谁也管不着……

“定大爷，您也听说了吧，四外闹义和团哪！”

二哥这么一提，使定大爷有点惊异。他用翡翠扳指蹭了蹭上嘴唇上的黑而软的细毛——他每隔三天刮一次脸。关于较比重大的国事、天下事，他以为只有他自己才配去议论。是呀，事实是这样：他的亲友之中有不少贵人，即使他不去打听，一些紧要消息也会送到他的耳边来。对这些消息，他高兴呢，就想一想；不高兴呢，就由左耳进来，右耳出去。他想一想呢，是关心国家大事；不去想呢，是沉得住气，不见神见鬼。不管怎么说吧，二哥，一个小小的旗兵，不该随便谈论国事。对于各处闹教案，他久有所闻，但没有特别注意，因为闹事的地方离北京相当的远。当亲友中做大官的和他讨论这些事件的时候，在感情上，他和那些满族大员们一样，都很讨厌那些洋人；在理智上，他虽不明说，可是暗中同意那些富贵双全的老爷们的意见：忍口气，可以不伤财。是的，洋人不过是要点便宜，给他们就是了，很简单。至于义和团，谁知道他们会闹出什么饥荒来呢？他必须把二哥顶回去："听说了，不该闹！你想想，凭些个拿着棍子棒子的乡下佬儿，能打得过洋人吗？啊？啊？"他走到二哥的身前，嘴对着二哥的脑门子，又问了两声："啊？啊？"

二哥赶紧立起来。定大爷得意地哈哈了一阵。二哥不知道外国到底有多么大的力量，也不晓得大清国到底有多么大的力量。最使他难以把定大爷顶回去的是，他自己也不知道自己有多大力量。他只好改变了口风："定大爷，咱们这一带可就数您德高望重，也只有您肯帮助我们！您要是揣起手儿不管，我们这些小民可找谁去呢？"

定大爷这回是真笑了，所以没出声。"麻烦哪！麻烦！"他轻轻地摇着头。二哥看出这种摇头不过是做派，赶紧再央求："管管吧！管管吧！"

“可怎么管呢？”

二哥又愣住了。他原想定大爷一出头，就能把教会压下去。看样子，定大爷并不准备那么办。他不由得又想起十成来。是，十成做得对！官儿们不管老百姓的事，老百姓只好自己动手！就是这么一笔账！

“我看哪，”定大爷想起来了，“我看哪，把那个什么牧师约来，我给他一顿饭吃，大概事情也就可以过去了。啊？”

二哥不十分喜欢这个办法。可是，好容易得到这么个结果，他不便再说什么。“那，您就分心吧！”他给定大爷请了个安。他急于告辞。虽然这里的桌椅都是红木的，墙上挂着精裱的名人字画，而且小书童隔不会儿就进来，添水或换茶叶，用的是景德镇细瓷盖碗，沏的是顶好的双熏茉莉花茶，他可是觉得身上和心里都很不舒服。首先是，他摸不清定大爷到底是怎么一个人，不知对他说什么才好。他愿意马上走出去，尽管街上是那么乱七八糟，飞起的尘土带着马尿味儿，他会感到舒服、亲切。

可是，定大爷不让他走。他刚要走，定大爷就问出来：“你闲着的时候，干点什么？养花？养鱼？玩蛐蛐？”不等二哥回答，他先说下去，也许说养花，也许说养鱼，说着说着，就又岔开，说起他的一对蓝眼睛的白狮子猫来。二哥听得出来，定大爷什么都知道一点，什么可也不真在行。二哥决定只听，不挑错儿，好找机会走出去。

二哥对定大爷所用的语言，也觉得有点奇怪。他自己的话，大致可以分作两种：一种是日常生活中用的，里边有不少土话、歇后语、油漆匠的行话和旗人惯用的而汉人也懂得的满文词儿。他最喜欢这种话，信口说来，活泼亲切。另一种是交际语言，在见长官或招待贵宾的时候才用。他没有上过朝，只能想象：皇上若是召见他，跟他商议点国家大事，他大概就须用这种话回奏。这种话大致是以云亭大舅的语言为标准，第一要多用些文雅的词儿，如“台甫”“府上”之类，第二要多用些满文，如“贵牛录”“几栅栏”等等。在说这种话的时候，吐字要十分清楚，所以顶好有个腔调，并且随时要加入“嗻嗻是是”，毕恭毕敬。二哥不大喜爱这种拿腔作势的语言，每一运用，他就觉得自己是在装蒜。它不亲切。可是，正因为不亲切，才听起来像官腔，像那么回事儿。

定大爷不要官腔，这叫二哥高兴；定大爷没有三、四品官员的酸味儿。使二哥不大高兴的是：第一，定大爷的口里还有不少好几年前流行而现在已经不大用的土语。这叫他感到不是和一位青年谈话呢。听到那样的土语，他就赶紧看一看对方，似乎怀疑定大爷的年纪。第二，定大爷的话里有不少虽然不算村野，可也不算十分干净的字眼儿。二哥想得出来：定大爷还用着日久年深的土语，是因为不大和中、下层社会接触，或是接触得不及时。他可是想不出，为什么一个官宦之家的，受过教育的子弟，嘴里会不干不净。是不是中等旗人的语言越来越文雅，而高等旗人的嘴里反倒越来越简单、俗俚呢？二哥想不清楚。

更叫他不痛快的是：定大爷的话没头没脑，说着说着金鱼，忽然转到：“你看，赶明儿个我约那个洋人吃饭，是让他进大门呢？还是走后门？”这使二哥很难马上做出妥当的回答。他正在思索，定大爷自己却提出答案：“对，叫他进后门！那，头一招，他就算输给咱们了！告诉你，要讲斗心路儿，红毛儿鬼子可差多了！啊？”

有这么几次大转弯，二哥看清楚：定大爷是把正经事儿掺在闲话儿说，表示自己会于谈笑之中，指挥若定。二哥也看清楚：表面上定大爷很随便，很天真，可是心里并非没有自己的一套办法。这套办法必是从日常接触到的达官贵人那里学来的，似乎有点道理，又似乎很荒唐。二哥很不喜欢这种急转弯，对鬼子进大门还是走后门这类的问题，也不大感觉兴趣。他急于告别，一来是他心里不大舒服，二来是很怕定大爷再提起叫他去办学堂。

【十一】

牛牧师接到了请帖。打听明白了定大爷是何等人，他非常兴奋。来自美国，他崇拜阔人。他只尊敬财主，向来不分析财是怎么发的。因此，在他的舅舅发了财之后，若是有人暗示：那个老东西本是个流氓。他便马上反驳：你为什么没有发了财呢？可见你还不如流氓！因此，他拿着那张请帖，老大半天舍不得放下，几乎忘了定禄是个中国人，他所看不起的中国人。这时候，他心中忽然来了一阵民主的热气：黄脸的财主是可以做白脸人的朋友的！同时，他也想起：他须抓住定禄，从而多认识些达官贵人，刺探些重要消息，报告给国内或使馆，提高自己的地位。他赶紧叫仆人给他擦鞋、烫衣服，并找出一本精装的《新旧约全书》，预备送给定大爷。

他不知道定大爷为什么请他吃饭，也不愿多想。眼睛多倒猜出一点来，可是顾不得和牧师讨论。他比牛牧师还更高兴："牛牧师！牛牧师！准是翅席哟！准是！嘿！"他咂摸着滋味，大口地咽口水。

眼睛多福至心灵地建议：牛牧师去赴宴，他自己愿当跟班的，头戴红缨官帽，身骑高大而老实的白马，给牧师拿着礼物什么的。他既骑马，牧师当然须坐轿车。"对！牛牧师！我去雇一辆车，准保体面！到了定宅，我去喊：'回事'！您听，我的嗓音儿还像那么一回事吧？"平日，他不敢跟牧师这么随便说话。今天，他看出牧师十分高兴，而自己充当跟随，有可能吃点残汤腊水，或得到两吊钱的赏赐，所以就大胆一些。

"轿车？"牛牧师转了转眼珠。

"轿车！对！"眼睛多不知吉凶如何，赶紧补充，"定大爷出门儿就坐轿车，别叫他小看了牧师！"

"他坐轿车，我就坐大轿！我比他高一等！"

眼睛多没有想到这一招，一时想不出怎么办才好："那，那，轿子，不，不能随便坐呀！"

"那，你等着瞧！我会叫你们的皇上送给我一乘大轿，八个人抬着！"

"对！牧师！牧师应当是头品官！您可别忘了，您戴上红顶子，可也得给我弄个官衔！我这儿先谢谢牧师啦！"眼睛多规规矩矩地请了个安。

牧师咔咔咔地笑了一阵。

商议了许久，他们最后决定：牧师不坚持坐大轿，眼睛多也不必骑马，只雇一辆体面的骡车就行了。眼睛多见台阶就下，一来是他并没有不从马上掉下来的把握，尽管是一匹很老实的马，二来是若全不让步，惹得牧师推翻全盘计划，干脆连跟班的也不带，他便失去到定宅吃一顿或得点赏钱的机会。

宴会时间是上午十一点。牛牧师本想迟起一些，表示自己并不重视一顿好饭食。可是，他仍然起来得很早，而且加细地刮了脸。他不会去想，到定宅能够看见什么珍贵的字画，或艺术价值很高的陈设。他能够想象得到的是去看看大堆的金锭子、银锞子，和什么价值连城的夜光珠。他非常兴奋，以至把下巴刮破了两块儿。

眼睛多从看街的德二爷那里借来一顶破官帽。帽子太大，戴上以后，一个劲儿在头上打转儿。他很早就来在教堂门外，先把在那儿歇腿的几个乡下人和几个捡煤核的孩子，都轰了走："这儿是教堂，站不住脚儿！散散！待会儿洋大人就出来，等着吃洋火腿吗？"看他们散去，他觉得自己的确有些威严，非常高兴。然后，他把牧师的男仆叫了出来："我说，门口是不是得动动笤帚呢？待会儿，牧师出来一看……是吧？"平日，他对男仆非常客气，以便随时要口茶喝什么的，怪方便。现在，他戴上了官帽，要随牧师去赴宴，他觉得男仆理当归他指挥了。男仆一声没出，只对那顶风车似的帽子翻了翻白眼。

十点半，牛牧师已打扮停妥。他有点急躁。在他的小小生活圈子里，穷教友们是他天天必须接触到的。他讨厌他们，鄙视他们，可又非跟他们打交道不可。没有他们，他的饭锅也就砸了。他觉得这是上帝对他的一种惩罚！他羡慕各使馆的那些文武官员，个个扬眉吐气，的确像西洋人的样子。他自己算哪道西洋人呢？他几乎要祷告：叫定大爷成为他的朋友，叫他打入贵人、财主的圈子里去！那，可就有个混头儿了！这时候，他想起许多自幼儿读过的廉价的“文学作品”来。那些作品中所讲的冒险的故事，或一对男女仆人的罗曼司，不能都是假的。是呀，那对仆人结了婚之后才发现男的是东欧的一位公爵，而女的得到一笔极大极大的遗产！是，这不能都是假的！

这时候，眼睛多进来请示，轿车已到，可否前去赴宴？平时，牧师极看不起眼睛多，可是又不能不仗着他表现自己的大慈大悲，与上帝的无所不知，无所不能。现在，他心中正想着那些廉价的罗曼司，忽然觉得眼睛多确有可爱之处，像一条丑陋而颇通人性的狗那么可笑又可爱。他爱那顶破官帽。他不由得想到：他若有朝一日发了财，就必用许多中国仆人，都穿一种由他设计的服装，都戴红缨帽。他看着那顶破帽子咔咔了好几声。眼睛多受宠若惊，乐得连腿都有点发软，几乎立不住了。

这是秋高气爽的时候，北京的天空特别晴朗可喜。正是十一点来钟，霜气散尽，日光很暖，可小西北风又那么爽利，使人觉得既暖和又舒服。

可惜，那时代的道路很坏：甬路很高，有的地方比便道高着三四尺。甬路下面往往就是臭泥塘。若是在甬路上翻了车，坐车的说不定是摔个半死，还是掉在臭泥里面。甬路较比平坦，可也黑土飞扬，只在过皇上的时候才清水泼街，黄土垫道，干净那么三五个钟头。

眼睛多雇来的轿车相当体面。这是他头一天到车口[1]上预订的，怕临时抓不着好车。

他恭恭敬敬地拿着那本精装《圣经》，请牧师上车。牛牧师不肯进车厢，愿跨车沿儿。

“牧师！牛牧师！请吧！没有跟班的坐里面，主人反倒跨车沿儿的，那不成体统！”眼睛多诚恳地劝说。

牧师无可如何，只好往车厢里爬，眼睛多拧身跨上车沿，轻巧飘洒，十分得意。给洋人当跟随，满足了他的崇高愿望。

车刚一动，牧师的头与口一齐出了声，头上碰了个大包。原来昨天去订车的时候，几辆车静静地排在一处，眼睛多无从看出来骡子瘸了一条腿。腿不大方便的骡子须费很大的事，才能够迈步前进，而牧师左摇右晃，手足失措，便把头碰在坚硬的地方。

“不要紧！不要紧！”赶车的急忙笑着说，“您坐稳点！上了甬路就好啦！别看它有点瘸，走几十里路可不算一回事！还是越走越快，越稳！”

牧师手捂着头，眼睛多赶紧往里边移动，都没说什么。车上了甬路。牧师的腿没法儿安置：开始，他蜷着双腿，一手用力拄着车垫子，一手捂着头上；这样支持了一会儿，他试探着伸开一条腿。正在此时，瘸骡子也不怎么忽然往路边上一扭，牧师的腿不由得伸直。眼睛多正得意地用手往上推一推官帽，以便叫路上行人赏识他的面貌，忽然觉得腰眼上挨了一炮弹，

---

① 停放车辆以等待顾主的地方。

或一铁锤。说时迟，那时快，他还没来得及“哎呀”一声，身子已飘然而起，直奔甬路下的泥塘。他想一拧腰，改变飞行的方向，可是恰好落在泥塘的最深处。别无办法，他只好极诚恳地高喊：救命啊！

几个过路的七手八脚地把他拉了上来。牛牧师见车沿已空，赶紧往前补缺。大家仰头一看，不约而同地又把眼睛多扔了回去。他们不高兴搭救洋奴。牛牧师催车夫快走。眼睛多独力挣扎了许久，慢慢地爬了上来，带着满身污泥，手捧官帽，骂骂咧咧地回了家。

定宅门外已经有好几辆很讲究的轿车，骡子也都很体面。定大爷原想叫牧师进后门，提高自己的身份，削减洋人的威风。可是，女眷们一致要求在暗中看看“洋老道”是什么样子。她们不大熟悉牧师这个称呼，而渺茫地知道它与宗教有关，所以创造了“洋老道”这一名词。定大爷觉得这很好玩，所以允许牛牧师进前门。这虽然给了洋人一点面子，可是暗中有人拿他当作大马猴似的看着玩，也就得失平衡，安排得当。

一个十三四岁的小童儿领着牧师往院里走。小童儿年纪虽小，却穿着件扑着脚面的长衫，显出极其老成，在老成之中又有点顽皮。牛牧师的黄眼珠东溜溜，西看看，不由得长吸了一口气。看，迎面是一座很高很长的雕砖的影壁，中间悬着个大木框，框心是朱纸黑字，好大的两个黑字。他不会欣赏那砖雕，也不认识那俩大黑字，只觉得气势非凡，的确是财主住的地方。影壁左右都有门，分明都有院落。

“请！”小童儿的声音不高也不低，毫无感情。说罢，他向左手的门走去。门槛很高，牧师只顾看门上面的雕花，忘了下面。鞋头碰到门槛上，磕去一块皮，颇为不快。

进了二门，有很长的一段甬路，墁[①]着方砖，边缘上镶着五色的石子，石子儿四围长着些青苔。往左右看，各有月亮门儿。左边的墙头上露着些青青的竹叶。右门里面有座小假山，遮住院内的一切，牛牧师可是听到一阵妇女的笑声。他看了看小童儿，小童儿很老练而顽皮地似乎挤了挤眼，又似乎没有挤了挤眼。

又来到一座门，不很大，而雕刻与漆饰比二门更讲究。进了这道门，左右都是长廊，包着一个宽敞的院子。听不见一点人声，只有正房的廊下悬着一个长方的鸟笼，一只画眉独自在歌唱。靠近北房，有两大株海棠树，挂满了半红的大海棠果。一只长毛的小白猫在树下玩着一根鸡毛，听见脚步声，忽然地不见了。

顺着正房的西北角，小童儿把牧师领到后院。又是一片竹子，竹林旁有个小门。牧师闻到桂花的香味。进了小门，豁然开朗，是一座不小的花园。牛牧师估计，从大门到这里，至少有一里地。迎门，一个汉白玉的座子，上边摆着一块细长而玲珑的太湖石。远处是一座小土山，这里那里安排着一些奇形怪状的石头，给土山添出些棱角。小山上长满了小树与杂花，最高的地方有个茅亭，大概登亭远望，可以看到青青的西山与北山。山前，有个荷花池，大的荷叶都已残破，可是还有几叶刚刚出水，半卷半开。顺着池边的一条很窄、长满青苔的小路走，走到山尽头，在一棵高大的白皮松下，有三间花厅。门

---

① 铺。

外，摆着四大盆桂花，二金二银，正在盛开。

“回事！”小童儿喊了一声。听到里面的一声轻嗽，他高打帘栊，请客人进去。然后，他立在大松下，抠弄树上的白皮儿，等候命令。

花厅里的木器一致是楠木色的，蓝与绿是副色。木制的对联，楠木地绿字；匾额，楠木地蓝字。所有的瓷器都是青花的。只有一个小瓶里插着两朵红的秋玫瑰花。牛牧师扫了一眼，觉得很失望——没有金盘子银碗！

定大爷正和两位翰林公欣赏一块古砚。见牛牧师进来，他才转身拱手，很响亮地说：“牛牧师！我是定禄！请坐！”牧师还没坐下，主人又说了话：“啊，引见引见，这是林小秋翰林，这是纳雨声翰林，都坐！坐！”

两位翰林，一高一矮，一胖一瘦，一满一汉，都留着稀疏的胡子。汉翰林有点拘束。在拘束之中露出他既不敢拒绝定大爷的约请，又实在不高兴与洋牧师同席。满翰林是个矮胖子，他的祖先曾征服了全中国，而他自己又吸收了那么多的汉族文化，以至当上翰林，所以不像汉翰林那么拘束。他觉得自己是天之骄子，他的才华足以应付一切人，一切事。一切人，包括着白脸蓝眼珠的，都天生来的比他低着一等或好几等。他不知道世界列强的真情实况，可的确知道外国的枪炮很厉害，所以有点怕洋鬼子。不过，洋鬼子毕竟是洋鬼子，无论怎么厉害也是野人，只要让着他们一点，客气一点，也就可以相安无事了。不幸，非短兵相接，打交手仗不可，他也能在畏惧之中想出对策。他直看牛牧师的腿，要证实鬼子腿，像有些人说的那样，确是直的。假若他们都是直腿，一倒下就再也起不来，那便好办了——只需用长竹竿捅他们的磕膝，弄倒他们，就可以像捉仰卧的甲虫那样，从从容容地捉活的就是了。牛牧师的腿并不像两根小柱子。翰林有点失望，只好再欣赏那块古砚。

“贵国的砚台，以哪种石头为最好呢？”纳雨声翰林为表示自己不怕外国人，这样发问。

牛牧师想了想，没法儿回答，只好咔咔了两声。笑完，居然想起一句：“这块值多少钱？”

“珍秀斋刚送来，要八十两，还没给价儿。雨翁说，值多少？”定大爷一边回答牧师，一边问纳翰林。

“给五十两吧，值！”纳雨翁怕冷淡了林小秋，补上一句，“秋翁说呢？”

秋翁知道，他自己若去买，十两银子包管买到手，可是不便给旗官儿省钱，于是只点了点头。

牛牧师的鼻子上出了些细汗珠儿。他觉得自己完全走错了路。看，这里的人竟自肯花五十两买一块破石头！他为什么不早找个门路，到这里来，而跟眼睛多那些穷光蛋们瞎混呢？他须下决心，和这群人拉拢拉拢，即使是卑躬屈膝也好！等把钱拿到手，再跟他们瞪眼，也还不迟！他决定现在就开始讨他们的喜欢！正在这么盘算，他听见一声不很大而轻脆的响声。他偷眼往里间看，一僧一道正在窗前下围棋呢。他们聚精会神地看着棋盘，似乎丝毫没理会他的光临。

那和尚有五十多岁，虽然只穿件灰布大领僧衣，可是气度不凡：头剃得极光，脑门儿极亮，脸上没有一丝五十多岁人所应有的皱纹。那位道士的道袍道冠都很讲究，脸色黄黄的，静中透亮，好像不过五十来岁，可是一部胡须很美很长，完全白了。

牛牧师不由得生了气。他，和他的亲友一样，知道除了自己所信奉的，没有，也不应当有，任何配称为宗教的宗教。这包括着犹太教、天主教。至于佛教、道教……更根本全是邪魔外道，理当消灭！现在，定大爷竟敢约来僧道陪他吃饭，分明是戏弄他，否定他的上帝！他想牺牲那顿好饭食，马上告辞，叫他们下不来台。

一个小丫鬟托着个福建漆的蓝色小盘进来，盘上放着个青花瓷盖碗。她低着头，轻轻把盖碗放在他身旁的小几上，轻俏地走出去。

他掀开了盖碗的盖儿，碗里边浮动着几片很绿很长的茶叶。他喝惯了加糖加奶的稠嘟嘟的红茶，不晓得这种清茶有什么好处。他觉得别扭，更想告辞了。

“回事！”小童在外边喊了一声。

两位喇嘛紧跟着走进来。他们满面红光，满身绸缎，还戴着绣花的荷包与褡裢，通体光彩照人。

牛牧师更坐不住了。他不止生气，而且有点害怕——是不是这些邪魔外道要跟他辩论教义呢？假若是那样，他怎么办呢？他的那点学问只能吓唬眼睛多，他自己知道！

一位喇嘛胖胖的，说话声音很低，嘴角上老挂着笑意，看起来颇有些修养。另一位，说话声音很高，非常活泼，进门就嚷：“定大爷！我待会儿唱几句《辕门斩子》[①]，您听听！”

“那好哇！”定大爷眉飞色舞地说，“我来焦赞，怎样？

① 传统戏剧，演杨六郎严正军法，欲斩其子杨宗保的故事。焦赞为该剧中的人物。

啊，好！先吃饭吧！”他向门外喊：“来呀！开饭！”

小童儿在园内回答：“嗻！全齐啦！”

“请！请！”定大爷对客人们说。

牛牧师听到开饭，也不怎么怒气全消，绝对不想告辞了。他决定抢先走，把僧、道、喇嘛和翰林，都撂在后边。可是，定大爷说了话：“不让啊，李方丈岁数最大，请！”

那位白胡子道士，只略露出一点点谦让的神气，便慢慢往外走，小童儿忙进来搀扶。定大爷笑着说：“老方丈已经九十八了，还这么硬朗！”

这叫牛牧师吃了一惊，可也更相信道士必定有什么妖术邪法，可以长生不老。

和尚没等让，就随着道士走。定大爷也介绍了一下：“月朗大师，学问好，修持好，琴棋书画无一不佳！”

牛牧师心里想：这顿饭大概不容易吃！他正这么想，两位翰林和两位喇嘛都走了出去。牛牧师皱了皱眉，定大爷面有得色。牛牧师刚要走，定大爷往前赶了一步：“我领路！”牛牧师真想踢他一脚，可是又舍不得那顿饭，只好做了殿军。

酒席设在离花厅不远的一个圆亭里。它原来是亭子，后来才安上玻璃窗，改成暖阁。定大爷在每次大发脾气之后，就到这里来陶真养性。假若尚有余怒，他可以顺手摔几件小东西。这里的陈设都是洋式的，洋钟、洋灯、洋瓷人儿……地上铺着洋地毯。